LA VOLONTÉ DE VIVRE

LES ENQUÊTES DE DÉTECTIVE KAY HUNTER

RACHEL AMPHLETT

CHAPITRE 1

Elsa Flanagan jura entre ses dents et frappa la lampe de poche contre la paume de sa main.

Le faisceau vacilla avant de se rallumer et elle expira, relâchant une partie de la tension de ses épaules.

Elle avait dit à Dennis de changer les piles la veille au soir quand il était revenu du pub, le chien portant une légère odeur de fumée de cigarette de l'endroit où son maître avait passé du temps avec ses amis dans le petit abri couvert à côté de la taverne du XIVe siècle.

Il avait manifestement oublié les piles après plusieurs pintes de bière, et maintenant elle traversait le champ plongé dans l'obscurité avec Smokey, priant pour que le faisceau tienne assez longtemps pour qu'elle laisse le chien faire un petit tour avant de rentrer chez elle pour la soirée.

En ce début de printemps, l'air était chargé de fraîcheur, la campagne commençant à s'éveiller de son sommeil hivernal.

Elle avait passé l'après-midi dans le jardin, à arracher toute la végétation vieille et pourrie, à tailler férocement les roses, et à préparer les parterres de fleurs pour la première éclosion des jonquilles.

Dennis avait téléphoné une demi-heure plus tôt pour dire qu'il rentrerait tard du terrain de golf. Il y avait eu un accident sur la M20 où les nouvelles voies d'insertion, mises en place l'année précédente, causaient encore des problèmes aux conducteurs inattentifs.

Elsa avait soupiré, mais elle savait que ce n'était pas de sa faute. Ils aimaient faire leurs promenades du soir avec le chien ensemble, mais il l'avait encouragée à y aller sans lui cette fois-ci.

— Dieu sait combien de temps je vais mettre, avait-il dit.

À contrecœur, elle avait été d'accord avec lui, car Smokey faisait déjà les cent pas dans le couloir d'anticipation.

— Allez, viens, avait-elle dit, en attrapant sa laisse accrochée au poteau de l'escalier, et elle était sortie, fermant la porte d'entrée à clé derrière elle.

Il fut un temps où elle aurait simplement laissé le chien attendre le matin pour une longue promenade et l'aurait laissé sortir dans le jardin à la place, mais avec son âge avancé, elle savait que si elle ne l'emmenait pas maintenant, il serait agité toute la nuit, et elle ne pourrait pas dormir.

Dennis serait trop occupé à ronfler pour le remarquer.

Elle avait souri et fait un signe de la main à une

voisine qui revenait de promener son Yorkshire terrier, puis elle s'était retournée et avait suivi un sentier envahi de végétation qui menait à un petit champ.

Pour autant qu'elle sache, seule la voisine empruntait régulièrement ce chemin. Elle et Dennis marchaient habituellement sur un autre sentier qui passait devant le pub du village. Leur banlieue était suffisamment éloignée de la ville principale pour ne pas être surpeuplée, et était en grande partie peuplée de personnes à la retraite, ou dont les enfants avaient quitté le nid depuis longtemps. Elle avait détaché le chien dès qu'elle avait atteint le champ désert, sachant que la zone était bien clôturée. Elle lui faisait confiance pour revenir quand elle l'appelait, mais c'était rassurant de savoir qu'il ne pouvait pas s'égarer sur la voie ferrée qui coupait le bout du champ pendant qu'il chassait les lapins.

Consciente du ciel qui s'assombrissait, elle avait fouillé dans sa poche et sorti la petite lampe de poche, et c'est alors qu'elle s'était rendu compte que Dennis avait oublié de changer les piles.

Maintenant, elle regrettait de ne pas avoir pris le temps de vérifier avant de quitter la maison.

Un aboiement excité de Smokey la ramena au présent. Sa silhouette bondissait à travers le champ au-delà de l'endroit où elle se tenait, la laisse à la main, un éclair blanc près de la haie au loin reflétant le faisceau de la lampe alors qu'un lapin réussissait à s'échapper.

Au loin, et encore à plusieurs kilomètres, le son du klaxon du train de 17h55 en provenance de Londres

Victoria portait dans le vent. Il y a un temps, pas si lointain, où ce son lui servait de réveil, un signal pour allumer le four et commencer à préparer le dîner pour quand Dennis franchirait la porte d'entrée, après avoir conduit depuis la gare.

Maintenant, elle émit un sifflement en deux notes pour le chien et fit tinter l'attache métallique de sa laisse.

Le lapin hors de portée, le chien revint en trottinant vers elle.

Claquant la langue devant ses pattes couvertes de boue, elle attacha la laisse à son collier et ébouriffa la fourrure entre ses oreilles.

— Bon chien.

Il tira sur la laisse alors qu'elle se redressait, tournant la tête vers la voie ferrée, et dressa les oreilles.

Une brise tira sur ses cheveux, et elle fronça les sourcils.

— Allez, tous les lapins sont partis.

Elle se retourna pour partir mais la laisse se tendit.

En baissant les yeux, elle vit le border collie fixer les rails, le corps rigide. Ses oreilles tressaillirent, et il leva le nez en l'air avant de gémir et de tirer à nouveau sur la laisse.

— Qu'est-ce qu'il y a ?

Elle ressentit une pointe de peur. Dennis lui disait toujours de ne pas promener le chien dans le champ toute seule. « Tu es trop confiante », disait-il. « Ce n'est plus comme avant », disait-il. « Emmène-le plutôt faire le tour du pâté de maisons ».

Elle agita la lampe en un large cercle, le faible faisceau tombant sur une paire de lapins qui se retournèrent et s'enfuirent lorsque la lumière les frappa.

— Ce ne sont que des lapins, Smokey, le gronda-t-elle, tout en essayant d'ignorer le tremblement dans sa voix. Viens...

Le vent lui caressa la joue, et elle l'entendit alors.

Une faible voix, masculine.

Smokey gémit à nouveau avant de grogner, un grondement qui commença dans sa gorge et se termina par un aboiement sourd.

— Qui est là ?

Elle entendit le tremblement dans sa voix, et tapota les poches de sa veste, le cœur battant.

Mince.

Elle avait laissé son téléphone portable sur le comptoir de la cuisine dans sa hâte de promener le chien avant qu'il ne fasse trop sombre pour naviguer dans le champ.

Elle fit un pas en arrière et tira sur la laisse.

— Smokey. Allez, viens.

Il gémit à nouveau, et au lieu de la suivre, tira en avant.

Elle trébucha, réussit à retrouver son équilibre au dernier moment, et inspira brusquement.

— Aidez-moi.

Elsa tendit le cou, essayant de voir au-delà de la portée la plus éloignée du faisceau de la lampe.

La voix semblait venir de la direction de la voie ferrée.

Elle fit quelques pas en avant et, enhardi, le chien profita du lest et tira à nouveau.

— Il y a quelqu'un ?

Un moment de pause, puis—

— À l'aide ! S'il vous plaît, aidez-moi !

Le cœur battant, Elsa se mit à courir sur le terrain accidenté et poussa un cri lorsque sa cheville tourna. Elle garda l'équilibre, ignora l'élancement douloureux de sa hanche arthritique et descendit la pente douce vers les rails.

Un enchevêtrement de lianes recouvrait un grillage qui avait été érigé entre le champ et la voie ferrée. Elle longea la clôture jusqu'à ce qu'elle trouve une zone moins densément couverte de végétation.

Elle ne pouvait pas escalader la clôture, pas avec sa hanche, et avec sa petite taille, le sommet lui arrivait une demi-tête au-dessus d'elle.

— S'il vous plaît, aidez-moi, je ne peux pas bouger !

Elle agita sa torche en direction de la voix, son souffle s'échappant de ses lèvres par à-coups, jusqu'à ce que le faisceau tombe sur une forme allongée sur les rails.

Elle cligna des yeux, puis la forme bougea.

— Le train arrive ! Aidez-moi !

Elsa poussa un cri et couvrit sa bouche de sa main, avant de laisser tomber la torche. De près, elle pouvait encore distinguer la forme qui se débattait.

Un grondement dans le sol envoya une petite onde de choc dans ses jambes, et sa tête se tourna brusquement vers la droite.

Smokey se mit à aboyer, excité par le rugissement du train qui approchait et les cris terrifiés de l'homme.

— Oh mon Dieu, oh mon Dieu.

Elsa enroula ses doigts autour du grillage métallique et essaya de l'arracher du poteau, mais il ne céda pas. Son souffle s'échappait en courtes respirations paniquées tandis qu'elle secouait le grillage dans une tentative de trouver un point faible, un passage.

L'homme continuait à se tortiller, son corps contre le rail le plus proche, et sa tête le plus loin d'elle.

— Levez-vous, levez-vous ! l'exhorta-t-elle. Le train arrive !

Pourquoi ne bouge-t-il pas ?

À seulement quelques mètres de l'endroit où elle se tenait, les rails commencèrent leur chant familier alors que le poids des roues du train s'abattait, se rapprochant.

Le klaxon retentit une fois de plus.

L'homme se mit à hurler, la suppliant de se dépêcher, d'arrêter le train, de l'aider, mais le grillage refusait de céder sous ses doigts.

Le train tourna au coin, sa lumière fondant sur elle, et elle leva les yeux vers les rails.

L'homme avait réussi à relever la tête et la regardait, terrifié.

Les freins du train grincèrent alors que les phares éclairaient la forme sur sa trajectoire, mais il n'allait pas s'arrêter à temps. Il était simplement trop lourd et allait trop vite.

Elsa ferma les yeux dans une vaine tentative

d'effacer la vision devant elle, une fraction de seconde trop tard.

Les cris de l'homme furent noyés par un craquement écœurant, le sang explosant sur l'avant de la locomotive.

Les roues crissèrent contre les rails alors que le train s'immobilisait en tremblant, le silence qui suivit n'étant rompu que par le sifflement des freins à air.

Le chien gémit une fois avant de pousser son corps tremblant contre ses jambes, puis Elsa se retourna et vomit dans les broussailles.

CHAPITRE 2

L'inspectrice Kay Hunter gara sa voiture derrière un véhicule tout-terrain blanc arborant les logos de la police ferroviaire britannique sur sa carrosserie, et elle déglutit.

Un décès sur une voie ferrée n'était jamais facile à gérer, et elle n'avait eu à se rendre sur une scène comme celle-ci qu'une seule fois dans sa carrière – il y a longtemps, quand elle était encore agente de police.

C'était quelque chose qu'elle espérait ne pas avoir à revivre.

L'appel téléphonique était arrivé alors que l'équipe commençait à partir pour la journée, avec une demande de ceux présents sur les lieux pour que deux détectives se rendent sur place. Les détails étaient rares, mais la police ferroviaire était sur place depuis quarante minutes, et les propriétaires de la voie ferrée étaient impatients de rouvrir la ligne dès que possible.

— L'heure de pointe. Salopard inconsidéré, avait

marmonné l'un des détectives plus âgés. Content que ce soit vous, pas moi.

Maintenant, Kay se tourna vers la femme assise sur le siège passager à côté d'elle.

L'enquêteuse Carys Miles fixait le pare-brise, les yeux écarquillés, son visage habituellement pâle ayant pris une teinte mortellement blanche.

— Estime-toi heureuse ; ce n'est pas toi qui dois nettoyer tout ça.

— Ça n'aide pas.

— Allez, on y va.

Un assortiment hétéroclite d'ambulances, de bus et de véhicules de police était garé de part et d'autre de l'étroite route de campagne. Un agent en uniforme se tenait devant un portail ouvert dans une haie, dirigeant les services présents vers un chemin non pavé qui s'éloignait de la route et traversait un champ. Des projecteurs créaient une zone de lumière sur toute sa longueur, et en suivant le chemin des yeux, Kay vit le train et ses huit wagons de passagers piégés sur la voie ferrée au-delà.

— Bonsoir, Graham, dit Kay en s'approchant.

— Bonsoir, inspectrice.

— Qui est responsable de la scène ?

L'agent désigna le petit groupe rassemblé au bas du champ.

— Dave Walker, de la police ferroviaire britannique. C'est lui qui a demandé notre présence.

— D'accord. Allons voir ce qu'il a pour nous.

Kay ouvrit la marche le long du chemin, en prenant soin d'éviter les parties les plus boueuses du champ.

— Cette maudite voie ferrée, marmonna-t-elle entre ses dents. La clôture était censée empêcher ce genre de choses.

— C'est fréquent ici ? demanda Carys, en se dépêchant pour suivre le rythme.

— Disons que les habitants l'appelaient le « kilomètre du suicide » pendant des années. Ça s'est calmé un peu quand la clôture a été installée il y a dix-huit mois, mais je suppose que si quelqu'un est déterminé à mettre fin à ses jours...

— Il doit y avoir une meilleure façon de partir.

— On pourrait le penser, n'est-ce pas ?

Un homme se détacha du groupe d'officiers de police à leur approche, son visage ombragé par l'angle des projecteurs.

— Inspectrice Kay Hunter ?

— C'est moi.

Il tendit la main.

— Sergent Dave Walker.

Kay présenta Carys, puis fit un geste vers la voie.

— Un autre suicide ?

— Nous n'en sommes pas sûrs, et c'est pour ça que vous êtes là. Selon un témoin oculaire, la victime a essayé de changer d'avis au dernier moment.

— Que voulez-vous dire ?

— Elle est avec l'un de vos agents en ce moment, en train de faire une déposition.

Il pointa du pouce par-dessus son épaule.

— Assez secouée, comme vous pouvez l'imaginer. Apparemment, elle promenait son chien quand elle a entendu une voix d'homme. Elle est descendue ici pour voir et a dit qu'il l'appelait à l'aide. Elle n'a pas pu franchir la clôture pour l'atteindre à temps.

Kay jeta un coup d'œil par-dessus son épaule alors qu'une des ambulances présentes commençait à traverser le champ, cahotant et tressautant sur le terrain inégal vers un portail qui avait été ouvert de l'autre côté.

— Ils ne sont pas restés pour déclarer le décès ?

— Pas besoin.

Il désigna une petite tente blanche qui avait été dressée de l'autre côté de la clôture parmi les broussailles, à quelques mètres de l'avant du train.

— Sa tête est là-bas.

Carys émit un gémissement et se détourna.

— Situation actuelle ?

— Nous attendons la confirmation du centre de contrôle que la ligne est sûre et qu'aucune locomotive ne fait de manœuvres entre les gares, et ensuite nous commencerons à faire descendre ces gens du train et à les faire monter dans les bus. Tous les autres trains de passagers ont été arrêtés dans les gares de part et d'autre de notre position, donc il y a des bus qui circulent entre Maidstone et Tonbridge. C'est le chaos.

— Combien de temps pensez-vous qu'il faudra avant d'avoir votre confirmation que nous pouvons y aller ?

— Ça devrait être dans les quinze prochaines minutes.

— D'accord, merci. Nous allons aller discuter nous-mêmes avec le témoin en attendant.

Kay marcha côte à côte avec Carys alors qu'elles s'approchaient d'un des véhicules de patrouille, la porte arrière ouverte. À l'intérieur, la silhouette d'une femme âgée de petite taille était recroquevillée sur le siège arrière, les yeux grands ouverts tandis qu'elle parlait à l'agente de police debout à côté du véhicule, carnet à la main.

Un border collie était assis à ses pieds, les oreilles attentives pendant qu'elle parlait, mais il sentit l'approche des deux détectives et se retourna pour les accueillir, tirant sur sa laisse.

Kay se pencha pour caresser la tête du chien, puis se redressa et attendit que l'agente en uniforme les présente à Elsa Flanagan.

— J'ai fini de prendre la déposition initiale de Mme Flanagan, dit-elle. Je l'aurai sur votre bureau demain matin. Le mari de Mme Flanagan est en route pour venir la chercher. Il devrait arriver bientôt.

— Merci, dit Kay, en tournant son attention vers la femme âgée et en s'accroupissant. Mme Flanagan, je sais que vous avez passé du temps avec ma collègue à revoir les événements de ce soir, mais pourriez-vous me raconter ce qui s'est passé ?

La femme expira, un souffle tremblant qui en disait long, et elle serra la couverture plus étroitement autour de ses épaules.

— C'était terrible, dit-elle. Je n'avais aucune idée qu'il y avait quelqu'un ici. Je promenais Smokey, il était occupé à chasser des lapins, et quand je l'ai appelé, il est revenu en courant. Ce n'est qu'après lui avoir remis sa laisse que j'ai entendu quelque chose. J'ai d'abord cru qu'il faisait des siennes, mais ensuite j'ai entendu une voix. Ici en bas.

— Où étiez-vous quand vous avez entendu la voix pour la première fois ?

— Là-bas. À peu près à mi-chemin dans le champ, là où il y a ce creux dans le paysage. Vous le voyez ?

Kay mit sa main en visière pour se protéger des puissants projecteurs et elle repéra l'endroit que la femme indiquait à la limite de la zone délimitée par les rubans.

— Oui.

— Il y a un sentier juste derrière. Il mène à la route où nous habitons. Il n'y a que nous et une autre femme qui l'utilisons pour promener nos chiens.

— Vous n'avez vu personne d'autre quand vous êtes partie ?

— Seulement la femme qui se promenait avant moi. Elle a un Yorkshire terrier.

Kay jeta un coup d'œil à l'agente de police, qui hocha la tête.

— Nous avons pris note des coordonnées de la voisine, dit-elle. L'agente West est partie il y a vingt minutes pour aller lui parler.

— Merci.

Kay reporta son attention sur Elsa.

— Que s'est-il passé après que vous avez entendu la voix de l'homme pour la première fois ?

— J'ai cru que c'était un agresseur ou quelqu'un comme ça. Dennis me dit toujours de ne pas venir ici toute seule. Il préfère que je promène Smokey autour du pâté de maisons s'il n'est pas rentré pour m'accompagner.

Elle se pencha en avant et ébouriffa les oreilles du chien.

— Mais Smokey aime bien venir ici.

Kay attendit. Le témoin était en train de se remémorer l'accident, et elle ne voulait pas la brusquer. La pauvre femme était déjà suffisamment traumatisée.

Elsa soupira et se rassit sur le siège passager, les yeux baissés.

— Smokey ne voulait pas bouger. Il tirait sur la laisse, comme s'il savait que quelque chose n'allait pas. Puis je l'ai entendu. Il a crié. « Aidez-moi », a-t-il dit. Au début, je ne savais pas d'où venait la voix, mais ensuite il a appelé à nouveau et j'ai réalisé que la voix venait d'ici, près de la voie ferrée.

Elle porta une main tremblante à sa bouche.

— J'ai alors entendu le klaxon du train. On peut l'entendre quand il quitte la gare d'East Malling si le vent souffle dans la bonne direction. J'ai couru, enfin aussi vite que je le pouvais, jusqu'au bas du champ, là où se trouve la clôture. Je ne voyais rien au début, et j'ai continué à balayer les alentours avec ma lampe torche, mais ensuite il a bougé.

— Où était-il exactement ?

— En travers des rails, en diagonale. Ses pieds étaient le plus près de moi, et sa tête était de l'autre côté.

— D'accord. Continuez.

— Je ne pouvais pas passer par-dessus la clôture. J'ai de l'arthrite à la hanche, et la clôture était trop haute. J'ai essayé de tirer sur le grillage, pour le desserrer, mais je n'y arrivais pas. Le train se rapprochait, et pendant tout ce temps, il continuait à appeler à l'aide. Puis le train est arrivé au tournant. Je ne sais pas... je suppose qu'à ce moment-là, le conducteur pouvait le voir parce que le phare m'a presque aveuglée, mais il ne pouvait pas s'arrêter. Il ne s'est pas arrêté...

Kay posa sa main sur le genou de la femme.

— Merci, Elsa.

— Chef ? On dirait que M. Flanagan est arrivé.

Kay se redressa en entendant la voix de Carys et se retrouva face à face avec un homme d'une soixantaine d'années, le visage blême.

— Elsa ?

La femme repoussa la couverture tandis que le chien se retournait et se jetait sur l'homme. La femme tomba dans les bras de l'homme, et ses yeux croisèrent ceux de Kay.

— Je peux la ramener à la maison maintenant ?

— Oui.

Kay tendit une de ses cartes de visite au couple.

— Merci, Mme Flanagan. Nous vous contacterons dans les prochains jours, mais s'il vous plaît, si vous avez besoin de parler à quelqu'un, n'hésitez pas à demander de l'aide. Vous avez été témoin d'un événement très traumatisant, et ces choses prennent du temps.

— Merci, détective.

Kay regarda le couple âgé s'éloigner vers la voie éclairée par les projecteurs, puis se retourna lorsque le sergent Walker s'approcha.

— Nous avons le feu vert, dit-il. Je vais vous montrer ce que nous avons.

Kay et Carys le suivirent alors qu'il les conduisait vers une brèche qui avait été découpée dans la clôture pour permettre aux services d'urgence et aux équipes d'enquête d'accéder aux rails.

Un flot constant de passagers mécontents était évacué du wagon à l'extrémité la plus éloignée, loin du carnage à l'avant du train.

— Où est le conducteur ? demanda-t-elle en enfilant la combinaison et les surchaussures en plastique qu'on lui tendait.

— Il donne sa déposition à l'un de mes collègues, dit-il. Nous vous en ferons parvenir une copie dès que possible.

— Merci.

— Bon Dieu.

Kay acquiesça au commentaire murmuré de Carys tandis qu'elles s'approchaient de l'avant du train.

Des éclaboussures de sang couvraient les roues avant, un enchevêtrement de vêtements et de membres éparpillés en dessous.

Kay regarda par-dessus son épaule.

Les premiers intervenants avaient érigé des écrans au début des wagons, de sorte qu'aucun des passagers ne puisse voir ce qui se passait à l'avant de l'enquête.

— Harriet est là, dit Carys.

Kay salua la chef de l'équipe de la brigade criminelle et expliqua les faits connus pendant que la femme enfilait une combinaison de protection par-dessus ses propres vêtements et attachait ses cheveux.

Experte en criminalistique perspicace et respectée, Harriet Baker avait étudié à Oxford avant de s'installer dans la ville du comté de Kent avec son mari directeur commercial, et elle avait déjà travaillé avec Kay sur plusieurs affaires.

Le visage grave, elle fit signe au photographe qui l'accompagnait.

— Si nous sommes tous prêts, jetons un rapide coup d'œil, et ensuite je vais fermer cette scène de crime pour l'analyse. Je préférerais que seule l'une d'entre vous nous accompagne, dit-elle à Kay.

Kay jeta un coup d'œil au visage pâle et aux yeux écarquillés de Carys et sut qu'elle devrait y aller.

— D'accord. Carys, tu peux attendre ici et faire la liaison avec l'équipe d'Harriet pour le reste de la soirée ?

— Oui, chef, dit l'enquêteuse, le soulagement clairement perceptible dans sa voix avant qu'elle ne s'éloigne rapidement.

— Il n'est pas rare que quelqu'un change d'avis au moment de se suicider, dit Kay. Alors, pourquoi avez-vous besoin de nous ?

Walker lui fit signe, ainsi qu'à la chef de la brigade criminelle, puis il se dirigea vers l'arrière de la locomotive en empruntant un chemin balisé qui avait été aménagé au-dessus de la tranchée formée par le ballast, le photographe les suivant. Il s'accroupit à côté des roues et éclaira les rails avec sa lampe torche.

— Ce n'était pas un suicide.

Kay déglutit face aux dégâts, mais essaya de se concentrer sur la tâche à accomplir.

— Que dois-je chercher ?

En guise de réponse, Walker fit danser le faisceau de la lampe torche sur le rail le plus éloigné.

— Là. Ce qu'il reste de ses chevilles est attaché aux rails.

CHAPITRE 3

Kay poussa du coude la porte de la salle des opérations, équilibrant une pile de dossiers qu'elle avait apportés de son bureau habituel, tout en essayant d'empêcher la bandoulière de son sac à main de glisser de son bras.

— Donne, je vais t'aider.

Elle leva les yeux vers cette voix familière.

— Salut, Gavin, merci.

Elle bloqua la porte avec son pied pour que le jeune policier puisse la suivre, les bras chargés de fournitures de bureau et d'un assortiment de manuels, puis elle se dirigea vers un bureau d'un côté de la pièce.

Des écrans et des unités centrales avaient déjà été installés à chaque bureau par l'équipe informatique, et tandis que l'agent Gavin Piper faisait le tour de la pièce pour brancher les claviers et allumer chacune des machines, le reste de l'équipe immédiate commença à arriver.

La porte s'ouvrit brusquement et Ian Barnes apparut,

un enquêteur que Kay connaissait depuis des années. Après un bref congé sabbatique, il avait appelé Kay quelques semaines plus tôt pour lui dire qu'il revenait au poste, et elle se réjouissait de travailler à nouveau avec lui. Il pouvait être abrupt, mais Kay appréciait son sens de l'humour pince-sans-rire.

Il sourit en s'approchant de son bureau.

— Ça fait un bail, Hunter.

— Contente de te revoir, Ian.

— Ah, tu dis ça maintenant.

Elle secoua la tête et sourit.

— Je t'ai réservé celui-ci, dit-elle en désignant le bureau attenant au sien. Ça te va ?

— Ouais, je pourrai plus facilement te piquer tes affaires.

— Super.

Il jeta sa veste sur le dossier de sa chaise et s'étira.

— Où est Sharp ?

— Avec Larch et la commissaire divisionnaire. Il devrait arriver d'une minute à l'autre.

Kay prit le gobelet de café fumant qu'il lui tendait et s'adossa à sa chaise.

— Merci.

— Je me suis dit que tu en aurais besoin. Tu es rentrée à quelle heure hier soir ?

— Vers vingt-trois heures.

— Adam était là ?

— Déjà endormi. Il ronflait encore comme un sonneur quand je suis partie ce matin.

— Sacré veinard, dit l'inspecteur plus âgé. Si j'avais

su qu'on allait m'appeler aujourd'hui, je n'aurais pas proposé d'aller chercher Emma à ce foutu concert de boys band à Londres à une heure du matin.

Kay sourit et tira une chaise de sous le bureau à côté de lui.

— Avoue que tu adores ça.

Il sourit et ouvrit le couvercle du gobelet en polystyrène.

— Ouais, concéda-t-il, avant d'étouffer un bâillement et de prendre une gorgée.

— Ça aurait pu être pire, Ian : elle aurait pu te demander d'aller au concert avec elle.

Il s'étouffa et se frappa la poitrine du poing avant de parler.

— Ce n'est pas drôle.

Kay rit, se pencha par-dessus le bureau et remua la souris pour allumer les deux écrans d'ordinateur.

— Tu as vu Carys ?

— Oui, elle était là avant toi. Elle en est à son troisième café, je crois.

— Je lui ai demandé de faire la liaison avec Harriet sur cette affaire. Je pensais que ça lui ferait du bien.

— Bonne idée. Il reste beaucoup à faire ?

Kay fronça le nez et posa son café.

— Je n'envie pas Lucas et ses collègues en temps normal, encore moins avec une affaire comme celle-ci. Quant aux ambulanciers et aux pompiers qui ont dû nettoyer après...

— J'ai entendu dire qu'il avait été décapité.

— Ouais.

— Au moins, c'était rapide.

— Mis à part le fait qu'il savait que ça allait arriver.

Kay reporta son attention sur les dossiers, les triant dans les corbeilles à côté de son ordinateur. Même si elle avait maintenant un meurtre à résoudre, elle devait quand même essayer de rester au fait de la myriade de crimes qui devaient être suivis et traités. Personne d'autre n'était disponible.

Elle ne leva pas les yeux quand l'inspecteur principal Sharp entra dans la pièce, d'un pas résolu, se dirigeant vers le tableau blanc que Piper avait installé pour le début de l'enquête.

Au lieu de cela, elle finit d'arranger son bureau comme elle le souhaitait, une façon de se préparer à l'adrénaline et à la frustration que l'enquête allait inévitablement apporter.

— Bien, rassemblez-vous, dit Sharp.

Kay tourna son siège vers le tableau blanc, puis déglutit.

Le commandant divisionnaire Angus Larch se tenait à côté de Sharp, ses yeux fixés sur elle.

CHAPITRE 4

Kay avait réussi à éviter Larch depuis la dernière enquête sur un meurtre où leurs chemins s'étaient croisés. Après avoir résolu l'affaire et s'être assurée que deux individus peu recommandables étaient derrière les barreaux pour avoir produit et distribué des snuff movies, Larch l'avait félicitée à contrecœur pour ses efforts, mais depuis lors, il avait continué à bloquer et à retarder toute tentative de sa part d'être promue inspectrice principale, citant une enquête des normes professionnelles à laquelle elle avait été soumise l'année précédente.

Le bon sens avait fini par l'emporter, et l'enquête avait confirmé son innocence, ce qu'elle avait maintenu depuis le début.

Cela avait néanmoins eu des conséquences désastreuses sur sa santé, et elle avait gardé le secret d'une fausse couche subséquente vis-à-vis de ses collègues. Au lieu de cela, elle et son compagnon,

Adam, s'étaient repliés sur eux-mêmes, avaient lutté et continué d'avancer.

Pourtant, Larch continuait de remettre en question ses capacités professionnelles à chaque occasion.

Il semblait cependant que son rôle lui pesait récemment. Des poches se dessinaient sous ses yeux injectés de sang, et les veines éclatées qui formaient un motif d'araignée sur l'arête de son nez paraissaient plus prononcées. Malgré cela, elle n'éprouvait que peu de sympathie pour lui.

Deux hommes se tenaient près du tableau blanc à côté d'eux, et Kay en reconnut un de la veille. L'autre, elle ne le connaissait pas.

Elle baissa les yeux, se retourna pour prendre son carnet et se concentra sur la prise de notes tandis que Sharp commençait le briefing.

— Commençons, dit-il.

Il attendit que l'équipe rassemblée se rapproche.

— Avant de débuter, j'aimerais vous présenter les sergents Dave Walker et Robert Moss de la police ferroviaire britannique. Étant donné la nature de ce décès, et leurs connaissances combinées du lieu, nous partagerons les ressources sur cette affaire. Présentez-vous après le briefing, accueillez-les convenablement.

Ses commentaires furent accueillis par un chœur de murmures d'approbation tandis que les deux officiers de la police ferroviaire trouvaient des sièges et faisaient face au tableau blanc.

— Bien, Hunter, mettez-nous au courant des événements de la nuit dernière.

Kay se leva et s'approcha de l'avant de la salle, puis donna un aperçu des faits connus avant de conclure :

— Nous traitons ce décès comme suspect, car notre témoin oculaire affirme que la victime a appelé à l'aide, et qu'il n'a pas pu bouger de la voie ferrée avant que le train ne le percute. En arrivant sur les lieux, le sergent Walker et ses collègues ont remarqué que les chevilles de la victime avaient été attachées aux rails.

Un silence choqué remplit la pièce.

— Le commandant Larch et moi avons rencontré la commissaire divisionnaire avant cette réunion pour discuter de la stratégie médiatique, dit Sharp. Pour le moment, nous le signalerons au public comme un possible suicide, et nous les informerons que l'enquête policière se poursuit. Jusqu'à nouvel ordre, nous n'alerterons pas le public sur le fait que nous enquêtons sur un meurtre. Nous ne voulons pas laisser le coupable ou quiconque d'autre impliqué savoir que nous sommes sur leur piste.

— Vous devez admettre que c'est le déguisement parfait pour un tueur, dit Kay. Toute victime de ce type de meurtre serait considérée comme une autre statistique de suicide.

— Nous ne disons pas que tous les suicides sur cette portion de voie sont des victimes de meurtre, Hunter, dit Larch.

Kay se mordit la lèvre. La voix de l'homme semblait rauque comme s'il était en train d'attraper froid ou avait trop parlé. Elle prit une profonde inspiration.

— Je comprends cela, monsieur, mais je pense que c'est à prendre en considération.

— Je pense que c'est une bonne idée.

Kay se retourna sur sa chaise pour voir Carys fixer Larch, le menton en avant, puis elle se retourna.

— C'était trop bien pensé, dit-elle. J'ai l'impression que, qui que soit le tueur, ce n'est pas sa première fois.

— Je suis enclin à être d'accord avec Hunter, dit Sharp. La dernière chose que nous voulons envisager est qu'un tueur soit passé inaperçu pendant si longtemps, mais nous ne pouvons pas l'exclure. Pas à ce stade.

Larch lança un regard noir à Kay, mais elle refusa de détourner les yeux. Finalement, il soupira.

— Eh bien, c'est votre réputation qui est en jeu, Sharp. Je vous laisse vous en occuper.

Il quitta la pièce d'un pas rageur.

Sharp attendit que la porte claque derrière le commandant divisionnaire, puis il fit signe à Carys.

— Conclusions initiales d'Harriet ?

L'enquêteuse ouvrit son carnet et s'éclaircit la gorge.

— La victime a été décapitée. La force du train le percutant a sectionné sa tête, qui a été retrouvée dans les broussailles à côté de la locomotive.

Un gémissement collectif remplit la pièce, et Kay nota quelques murmures de remerciement de ceux qui avaient été épargnés d'avoir à se rendre sur les lieux.

— Il ne reste pas grand-chose du corps de la victime. Nous avons les restes des jambes : les parties que l'équipe du sergent Walker a trouvées attachées à la voie. Ses autres membres sont gravement endommagés.

Sharp hocha la tête.

— C'était à prévoir. Hunter, quand Lucas pense-t-il pouvoir nous donner ses premières conclusions ?

— Ce matin, dit Kay. Il sait que nous comptons sur lui pour nous aider à identifier la victime, donc il essaie d'accélérer l'autopsie. Heureusement pour nous, les derniers jours ont été calmes ailleurs.

— Qu'en est-il des alentours : véhicules, signalements d'activités suspectes ?

Sharp dirigea sa question vers les officiers de la police ferroviaire.

— Rien pour l'instant, dit Walker. Votre équipe de la police scientifique a délimité la zone en face de l'endroit où Mme Flanagan dit s'être tenue. Ils ont trouvé des empreintes de pas partielles dans la terre en contrebas des voies ferrées, et les broussailles ont été piétinées, donc ils prélèveront également des échantillons de là-bas.

— Nous avons établi un planning des résidents et des pubs à proximité, ce genre de choses. Nous travaillerons avec les agents en uniforme pour recueillir autant de déclarations que possible au cours des prochains jours, dit Kay.

Sharp consulta sa montre.

— Bien, comme nous sommes dans l'impasse jusqu'à ce que Harriet nous donne quelque chose sur quoi travailler, occupons-nous de ce que nous avons. Nous demanderons à l'administration de collaborer avec la police ferroviaire pour récupérer les dossiers de tous les autres suicides le long de ce tronçon. Étant donné la nature de celui-ci, nous devons vérifier s'il s'agit d'un cas isolé ou non. Barnes, rendez-vous chez les Flanagan et parlez à Elsa. Voyez si elle peut se souvenir de quelque chose de nouveau concernant la nuit dernière. Ensuite, allez parler à l'autre promeneuse de chien, celle avec le Yorkshire terrier. Il faisait plus clair quand elle promenait son chien, elle a peut-être vu quelqu'un près des voies.

— Oui, chef.

— Carys, rendez-vous au laboratoire de Harriet. Découvrez s'ils ont trouvé quelque chose sur les vêtements de la victime, n'importe quoi qui pourrait nous donner une longueur d'avance ou nous aider à l'identifier avant que son rapport n'arrive. Kay, vous vous occupez de l'autopsie : si Lucas dit qu'il va la faire ce matin étant donné les circonstances, ne le faisons pas attendre. Debbie, assurez la liaison avec les agents en uniforme et passez en revue les autres déclarations d'hier soir des résidents locaux et coordonnez le programme mentionné par Kay. Identifiez les lacunes, voyez si quelqu'un a remarqué quelque chose d'inhabituel, et découvrez à qui nous devons parler à nouveau. Établissez un schéma pour les enquêtes et faites le point avec moi en début d'après-midi.

— Oui, chef.

La jeune policière baissa la tête et écrivit dans son carnet, le front plissé de concentration.

Kay sourit. Debbie West était une autre étoile montante, et un atout pour l'enquête.

Sharp consulta sa montre.

— Débriefing à seize heures, les gens. Ne soyez pas en retard.

Kay attendit que l'équipe se disperse, puis se dirigea vers l'endroit où Carys était assise.

— Salut.

— Salut, Kay.

Elle tira une chaise libre et la rapprocha de l'enquêteuse avant de baisser la voix.

— Écoute, je sais que tu veux faire bonne impression, mais crois-moi, prendre ma défense face à Larch n'est pas une bonne idée.

Le sourire de l'autre femme vacilla.

— Que veux-tu dire ?

— J'apprécie le geste mais, s'il te plaît, ne le refais pas.

Elle réussit à sourire pour adoucir ses paroles, et s'éloigna.

C'était mieux pour tout le monde si elle menait ses propres batailles.

CHAPITRE 5

— Chef ?

Elle pointa la clé électronique vers la voiture et rattrapa Gavin.

— Quoi ?

— Je n'ai jamais assisté à une autopsie.

Kay le guida à travers le parking vers une porte latérale du bâtiment. Elle tint la porte ouverte, puis leva la main pour l'arrêter.

— Respire doucement. Concentre-toi sur l'enquête, pas sur ce que tu vas voir.

Il déglutit.

— D'accord, chef.

Elle se dirigea vers un bureau d'accueil et les inscrivit tous les deux. Prenant les combinaisons qu'on lui tendait, elle en donna une à Gavin et marcha vers une double porte.

— Tu peux utiliser le vestiaire des hommes pour

enfiler ça, dit-elle. Laisse toutes tes affaires personnelles dans un des casiers, il devrait y en avoir plein de libres.

Kay pointa du doigt par-dessus son épaule.

— Les toilettes sont là-bas, si tu en as besoin.

— Merci. Je crois.

Quelques instants plus tard, il la rejoignit devant la double porte, et elle esquissa un mince sourire.

— Allons-y, finissons-en.

— Bonjour, Hunter, dit Lucas lorsqu'ils entrèrent dans la pièce. Sharp m'a dit que vous seriez en route.

— Et il m'a dit de te transmettre ses remerciements pour t'en être occupé si rapidement.

— Eh bien, il ne reste pas grand-chose de lui, alors ça avait du sens de s'en occuper en premier. On a commencé, car on avait besoin d'une aide spécialisée qui n'était disponible que tôt ce matin.

Kay présenta Gavin et fit le tour de la table d'examen.

— Vous avez trouvé beaucoup de choses ?

Lucas fit un geste vers les membres disposés sur la table.

— Pas grand-chose de ces morceaux, malheureusement. Pas de tatouages, pas de cicatrices, et aucun signe de chirurgie, donc on peut exclure de trouver des choses comme des plaques d'acier pour l'identifier.

Il déplaça la main mutilée sur le côté.

— Tu nous enverras des photos de son visage par e-mail, pour qu'on puisse demander à quelques administrateurs de commencer à fouiller la base de données des personnes disparues ?

— Je les ferai envoyer dès qu'on aura fini ici.

— Ce n'est pas grand-chose pour avancer, n'est-ce pas ? J'ai l'impression que cette affaire va être longue.

— Pas nécessairement. On a eu un peu plus de chance avec le crâne, regarde, dit Lucas.

Il retourna la tête coupée pour que la bouche soit face à eux.

Kay se concentra sur ce qu'il lui montrait, refusant de regarder les yeux de la victime.

Lucas utilisa ses pouces pour ouvrir la bouche, tandis que son assistant inclinait la lampe au-dessus pour éclairer la cavité.

— Quand une personne est décapitée, la perte de sang est si soudaine que la rigidité cadavérique ne s'installe pas. On ne pourrait pas faire ça avant quelques jours autrement. Ici, tu peux voir qu'il a eu des travaux dentaires importants au fil des ans. Ses molaires du fond sont extrêmement usées, comme s'il grinçait des dents. Preuve de stress, ce genre de choses. Mais c'est une usure récente. De plus, il a eu deux dents extraites à un moment donné. Tu vois ces deux-là ? Ce sont des fausses, fixées chirurgicalement.

— Donc tu pourras l'identifier ?

— Au bout d'un moment. L'odontologiste médico-légale est passée, tu l'as ratée de peu. Elle a pris des radiographies et fait des moulages en plâtre de la mâchoire ainsi qu'un décompte physique de la disposition des dents. On va parler aux personnes disparues et aux dentistes locaux. Aucune personne n'a le même profil odontologique, donc avec un peu de chance, on aura des nouvelles d'ici une semaine. Pour le moment, tout ce que je peux te dire, c'est qu'il avait entre trente-cinq et cinquante ans.

— Autre chose ?

— Comme tu peux l'imaginer, il ne restait pas grand-chose de son torse. Il a pris le plus gros de l'impact. On a prélevé des échantillons sous ce qui reste de ses ongles. Sa main gauche ne nous a rien apporté, mais on a trois doigts de sa main droite à examiner. Il y a une légère marque sur le majeur, peut-être d'une chevalière ou quelque chose comme ça, mais à moins que l'équipe de Harriet ne trouve la bague, c'est à peu près tout. On a pris des empreintes digitales là où on a pu, mais malheureusement il n'en reste pas assez pour un set complet.

— On passera ce que vous avez dans la base de données, voir si on peut déterminer son identité de cette façon. S'il n'a jamais eu de problèmes avant, ça ne nous aidera pas.

Kay résista à la tentation d'inhaler. Elle avait appris par expérience que le goût d'une inspiration brusque hanterait son après-midi, l'odeur dans la morgue étant si âcre. Au lieu de cela, elle fit un geste vers les restes mutilés disposés sur la table d'examen.

— Que peux-tu nous dire d'autre sur lui ?

Lucas pinça les lèvres.

— Pas grand-chose, j'en ai peur, dit-il. À moins que,

ou jusqu'à ce que, nous obtenions des résultats sur ces radiographies et empreintes de la mâchoire, ou que vous receviez un appel d'un proche se demandant où il est, il restera un mystère. On va continuer ici pendant encore une heure ou deux, mais je ne pense pas qu'on trouvera autre chose.

— Merci, Lucas.

Kay ouvrit la marche hors de la pièce et se dirigea vers la porte du vestiaire des femmes.

— Je te retrouve ici une fois que tu auras eu le temps de te changer, dit-elle par-dessus son épaule à Gavin.

Elle sortit son sac de l'armoire sécurisée, retira la combinaison en papier fournie par l'équipe de la morgue, et la jeta dans la poubelle pour déchets biologiques à côté de la porte avant de l'ouvrir brusquement.

Gavin faisait les cent pas dans le couloir, le visage pâle.

— Ok, allons-y.

Gavin se précipita à travers la porte, la tint ouverte pour Kay, puis enfonça ses mains dans ses poches et leva la tête vers le ciel, ferma les yeux et prit une profonde inspiration.

— Ça va ?

— Ouais. Donne-moi une minute.

— Ne sois pas gêné. J'ai failli vomir la première fois, et c'était même après avoir vu des cadavres quand j'étais encore en uniforme.

Il ouvrit les yeux.

— Je pourrais encore vomir.

Elle sourit, fouilla dans son sac et en sortit un paquet de pastilles à la menthe.

— Tiens. Prends-en une.

Il les prit, en arracha une et lui rendit le paquet.

— Ça aide ?

— Non, mais ça t'occupera pendant que je conduis.

Il la suivit jusqu'à la voiture.

— Ça va pour toi. Tu n'as pas cillé là-dedans.

Kay haussa les épaules en déverrouillant la voiture et en y montant.

— Ça ne veut pas dire que ça ne m'affecte pas. Mais avec le temps, tu apprends à te concentrer sur ce que tu découvres pendant que tu es là, et comment cela peut t'aider à résoudre l'affaire. Ça aide à surmonter l'expérience, car tu ne sais jamais quand tu pourrais écouter quelqu'un au cours des prochains jours, ou lire quelque chose sur le passé de la victime qui aura un lien avec ce que tu as vu ou entendu pendant l'autopsie. Le rapport d'un médecin légiste ne peut te dire que certaines choses. C'est pourquoi il est important que nous y assistions. Nous avons la possibilité de poser des questions à Lucas immédiatement, et ensemble nous pourrions trouver quelque chose qui aurait été négligé autrement. C'est un travail d'équipe.

— Est-ce que ça s'améliore ?

— Tu veux dire, est-ce que ça devient plus facile ? Non. Pas vraiment. Mais tu trouveras ta propre façon de gérer ça.

Il avala le reste de la pastille et son regard se durcit.

— Quel genre de salaud pourrait faire ça à quelqu'un ?

Kay tourna la clé dans le contact.

— Allons le découvrir.

CHAPITRE 6

Lorsque Kay revint dans la salle d'enquête, l'équipe avait reçu une série de fichiers informatisés contenant tous les cas enregistrés de suicides sur les voies ferrées de la région.

— Nous allons commencer par les cinq dernières années, dit Sharp en faisant les cent pas dans son bureau pendant qu'il attendait que les fichiers soient téléchargés dans la base de données de l'enquête. Nous n'avons toujours pas d'identification pour notre victime, mais au moins Lucas nous a donné une estimation approximative de l'âge. Ce n'est pas grand-chose pour commencer, mais séparez les dossiers et mettez de côté toutes les personnes qui correspondent à ces critères. Ce sont ceux-là sur lesquels nous allons nous concentrer pour commencer.

Kay se tordit sur sa chaise alors qu'il passait derrière elle une fois de plus.

— Chef ? Pourriez-vous vous asseoir ? J'ai un torticolis à force d'essayer de vous suivre.

Il soupira et s'affala dans son fauteuil.

— C'est mieux ?

— Oui, merci. J'allais suggérer qu'une fois que nous aurons séparé ces cas particuliers, nous les divisions entre les victimes identifiées et celles comme la nôtre : les inconnues. Ensuite, essayer d'établir si quelqu'un dans la base de données des personnes disparues correspond.

— Mettez Debbie et un membre de l'équipe administrative sur cette tâche dès que possible. Une fois qu'ils auront identifié ceux qui ont des noms, Barnes, Carys et vous pourrez commencer à contacter les familles.

— J'aimerais aussi impliquer Gavin, chef.

— Ses examens de détective approchent, alors assurez-vous qu'il ne soit pas trop distrait.

Son regard dériva à travers les fenêtres de la cloison vers la salle des opérations où le jeune policier était assis.

— J'ai le sentiment qu'il a une carrière prometteuse devant lui. Il ne rechigne certainement pas à l'effort.

— Je pense qu'il y a un peu de rivalité entre lui et Carys.

Kay sourit.

— Ça devrait rendre les choses intéressantes.

— C'est vrai. Assurez-vous que ça ne gêne pas cette enquête, cependant.

— Je le ferai.

— Très bien. Commençons le briefing.

Il ouvrit la marche vers la salle des opérations, et Kay attrapa une chaise de libre sous un bureau.

— Bien, dit Sharp. Barnes, donnez-nous un compte-rendu de votre déplacement pour voir Harriet.

Barnes fit un geste vers Carys, qui s'éclaircit la gorge avant de parler.

— Harriet confirme que les vêtements de la victime ne contenaient aucun effet personnel. Pas de portefeuille, pas de montre, et pas de note de suicide. Les premiers intervenants avaient délimité un chemin clair, et personne n'a été autorisé à quitter le train jusqu'à ce que la voie soit sécurisée. Les passagers ont été maintenus dans le train pendant vingt minutes supplémentaires pour que des écrans puissent être érigés et la scène de crime établie à l'avant du train. Nous pouvons être sûrs que la plupart de cela n'a pas été perturbé avant l'arrivée de la police scientifique.

— Des signes de traces de véhicules ou d'empreintes de pas ?

— Les broussailles du côté de Chapel Street ont été traitées en premier, dit Barnes. Il le fallait, pour pouvoir accéder à l'endroit où notre victime a fini. Les premiers intervenants ont effectué une recherche préliminaire à leur arrivée, puis ont délimité le chemin avec du ruban pour que Harriet et son équipe puissent traiter le reste à leur arrivée. Après que la voie a été déclarée sûre, la police scientifique a commencé à traiter l'autre côté de la voie.

— Qu'est-ce que Lucas avait à dire, Hunter ?

— Il a envoyé des radiographies des dents de l'homme pour analyse. Apparemment, la victime avait subi une extraction majeure il y a quelques années, et une paire de fausses dents avait été implantée dans ses gencives.

— Bien. Avec un peu de chance, ils pourront le retrouver grâce à ça. Délai ?

— Il a dit une semaine, mais il va faire pression pour un résultat rapide, étant donné les circonstances du décès.

Sharp leva les yeux en entendant un léger *ping* provenant d'un des ordinateurs et Carys traversa la pièce pour lire l'écran.

— Nous sommes prêts. Tous les fichiers ont été téléchargés.

Kay se leva de sa chaise.

— Voyons ce que nous avons, alors.

Ils passèrent le reste de l'après-midi à éplucher toutes les informations qu'ils avaient reçues de la police ferroviaire britannique. Les dossiers étaient complets et rendaient la lecture inconfortable.

Plus d'une fois, Kay dut quitter son bureau et aller se promener dehors simplement pour s'éclaircir les idées. Elle n'avait pas réalisé qu'il y avait autant de cas de suicide chaque année, sans parler du nombre impressionnant sur les chemins de fer.

Un sentiment croissant de frustration concernant l'état des services de santé mentale et le soutien disponible pour les personnes souffrant de dépression hantait ses pensées. À un moment donné, Barnes l'avait bousculée alors qu'elle ouvrait la porte latérale du bâtiment pour retourner dans la salle des opérations.

Ils échangèrent un regard complice.

— Ce n'est pas le genre de lecture que j'associe habituellement à une belle journée de printemps, dit Barnes. Content de voir que je ne suis pas le seul à avoir besoin de m'éloigner de mon bureau.

Alors que le soleil commençait à disparaître derrière la ligne de toit du bâtiment et à projeter des ombres sur son bureau, Kay et le reste de l'équipe avaient établi que huit décès sur les lignes de chemin de'fer autour de Maidstone présentaient des circonstances similaires à celles de leur enquête.

Barnes et Carys avaient apporté un autre tableau blanc dans la salle des opérations, l'avaient divisé en huit carrés et y avaient inscrit les similitudes entre les huit suicides et la victime du meurtre.

Tous étaient des hommes, âgés de trente-sept à cinquante-deux ans et vivant dans un rayon de quatre-vingts kilomètres de la ville. À part cela, les données démographiques étaient larges – un homme avait pris une retraite anticipée et pouvait se permettre de conduire un 4x4 haut de gamme, trois étaient au chômage – l'un d'entre eux était retourné vivre chez sa mère.

Sharp se tenait les mains sur les hanches, fixant le tableau.

— Bon travail, tout le monde. C'est un début.

Il regarda sa montre.

— Divisez cela en deux lots. Kay, prenez Barnes

avec vous demain matin et faites le nécessaire pour parler aux familles de ces hommes et obtenir des déclarations à jour. Carys, Gavin, passez le reste de cet après-midi à vous familiariser avec les rapports de pathologie et d'enquête sur ces décès pour que nous soyons prêts à agir rapidement lorsque ces déclarations reviendront. Prenons de l'élan sur cette affaire pendant que notre tueur croit encore s'en être tiré.

CHAPITRE 7

Kay tourna sa clé dans la serrure et entra dans la chaleur du couloir, la voix d'Adam lui parvenant de la cuisine.

Elle sourit pour elle-même, verrouilla la porte et déposa son sac à main sur les escaliers, puis elle accrocha son manteau au pilier de l'escalier et se dirigea vers la cuisine pour le trouver. En entrant dans la pièce, elle entendit des griffes gratter contre le carrelage et poussa un cri de surprise lorsque le plus gros chien qu'elle ait jamais vu s'approcha d'elle d'un pas nonchalant.

— Salut, dit Adam. Voici Holly.

— Bonjour, Holly, dit Kay en grattant les oreilles de la chienne.

La tête du dogue allemand lui arrivait à l'abdomen et l'énorme bête s'appuya contre elle, faisant glisser ses pieds enfilés dans des chaussettes sur le sol.

— Doucement, ma belle. Tu es lourde. *Vraiment* lourde, ajouta-t-elle en voyant le renflement révélateur.

Ses yeux rencontrèrent ceux d'Adam.

— C'est pour quand ?

— Dans les prochains jours, dit-il. J'avais des jours de congé à récupérer, alors on s'est dit que ce serait mieux si je la ramenais à la maison. Plus calme, ajouta-t-il.

— Ça se tient.

Kay tapota la tête de la chienne enceinte.

— D'accord, ma belle. Laisse-moi passer. J'ai besoin d'un verre de vin.

Adam finit d'installer le panier de la chienne dans un coin de la cuisine, puis sortit une bouteille de bourgogne blanc du réfrigérateur et remplit deux verres avant d'en passer un à Kay.

— Santé.

— Santé, dit-elle. À la joie de ne pas rentrer pour trouver un serpent en liberté cette fois.

Ils entrechoquèrent leurs verres et il sourit.

— Il allait bien. Il n'a fait aucun mal.

Kay le fusilla du regard par-dessus son verre jusqu'à ce qu'elle ne puisse plus retenir son rire.

Holly s'approcha et s'appuya à nouveau contre elle.

— Comment s'est passée ta journée ? demanda Adam, s'asseyant sur l'un des tabourets près de l'îlot central. Vous avez inculpé quelqu'un ?

Kay secoua la tête.

— Pas encore, et je pense que ça va prendre un moment avant qu'on le fasse. On a dû passer la journée à examiner tous les anciens dossiers de suicide.

Elle poussa doucement Holly sur le côté et s'assit en

face d'Adam, posant son verre de vin sur le plan de travail entre eux.

— Indépendamment de cette affaire, je n'arrive pas à croire que quelqu'un puisse être désespéré au point de se jeter sous un train.

— Il faut de tout pour faire un monde.

— C'est vrai.

Elle but une gorgée de son vin.

— Comment ça se passe à la clinique cette semaine ?

— À part celle-ci ? Pas trop mal. Les écuries de course sont calmes pour les deux prochaines semaines. C'est surtout des petits trucs en ce moment. Principalement des cochons d'Inde et des hamsters traumatisés par l'expérience d'avoir été ramenés à la maison par des enfants pour les vacances scolaires.

Il lui fit un clin d'œil par-dessus son verre de vin.

— Je pense que la plupart d'entre eux vont avoir besoin d'une thérapie.

— Je pense que j'en aurais besoin aussi.

Holly se déplaça du côté d'Adam et posa sa tête massive sur ses genoux. Il lui caressa les oreilles et but une autre gorgée de vin.

— Comment avance l'autre enquête ?

Kay se mordit la lèvre. Elle avait passé plusieurs semaines – des mois, en fait – à revoir les faits dont elle se souvenait concernant une affaire de l'année précédente qui s'était retournée contre l'ensemble de la police, et avait failli conduire à son licenciement suite à une enquête des normes professionnelles.

Sa soif de justice ne s'était pas émoussée depuis qu'elle avait été blanchie de tout acte répréhensible, pas plus que sa détermination à découvrir qui l'avait piégée, en retirant des preuves cruciales d'une pièce fermée à clé et en l'accusant, envoyant sa carrière et sa santé dans une spirale infernale.

Elle et Adam étaient encore en train de faire face aux conséquences, et dans une tentative pour la sortir de sa dépression, Adam avait suggéré qu'elle commence sa propre enquête – secrètement, et à la maison.

Elle fit glisser ses doigts le long du pied de son verre et le fit tourner dans la condensation sur le plan de travail de la cuisine.

— Je suis dans une impasse.

— Dans quel sens ?

Elle se pencha en arrière sur le tabouret et soupira.

— J'attends que le bureau soit calme un soir pour pouvoir accéder à la base de données sans être dérangée. Je ne veux pas vraiment expliquer à qui que ce soit ce que je suis en train de faire.

Adam leva un sourcil.

— Est-ce bien sage ? Ne peuvent-ils pas voir si tu y as accédé ?

— Si, dit-elle. Mais je pense que ça vaut le risque. C'est humain de vouloir savoir ce qui s'est vraiment passé, non ?

Il soutint son regard, l'expression troublée.

— Tu pourrais avoir des ennuis ?

— Plus que je n'en ai déjà eu ?

Elle renifla.

— Non. Ils m'ont blanchie de tout acte répréhensible.

— Est-ce sûr ?

Elle se frotta l'œil droit, puis prit une autre gorgée de son vin.

— Je pense que oui.

Adam tendit le bras par-dessus le plan de travail, enveloppa sa main dans la sienne et caressa ses phalanges avec son pouce.

— Promets-moi que tu seras prudente, dit-il.

Elle sourit.

— Promets-moi. Dis-le.

— Je te le promets.

— Merci.

Il lui serra la main.

— Je ne supporterais pas qu'il t'arrive quelque chose.

Le téléphone portable de Kay commença à vibrer sur le plan de travail et elle vérifia le numéro.

— Merde.

— Qu'est-ce qui se passe ?

— C'est ma mère.

— Je vais chercher plus de vin.

Kay lui tira la langue et porta le téléphone à son oreille.

— Salut, Maman.

— Je pensais que tu n'allais jamais décrocher. Tu es encore au travail ? Tu fais trop d'heures, tu sais.

— Je suis à la maison.

— Bien. Il est temps que tu voies plus souvent ce petit ami ou peu importe comment tu l'appelles.

Kay ferma les yeux.

— Tu voulais quelque chose ?

— Oui. Nous sommes en France en ce moment avec Abby et les enfants. Un temps magnifique. On rentre demain, alors on passera te voir pour dîner sur le chemin du retour. Tu peux nous préparer quelque chose, n'est-ce pas ?

— Maman, je—

— Fabuleux. On se voit demain alors. Ne sois pas en retard.

Kay fixa son téléphone pendant un moment, abasourdie.

— Que s'est-il passé ? demanda Adam en lui repoussant son verre rempli à travers le plan de travail.

— Ils viennent ici. Demain.

— Ta mère ?

— Et mon père. Et ma sœur. Et les enfants.

— Pourquoi ?

— Apparemment, ils sont en France depuis une semaine. Ils rentrent en voiture demain et veulent passer dîner.

— Oh.

Kay se laissa aller sur son tabouret de bar et enroula ses doigts autour du pied de son verre.

— Qu'est-ce que je vais faire ?

Adam prit sa main dans la sienne.

— Tu vas faire bonne figure, essayer de partir du

travail à une heure raisonnable, et te comporter en adulte.

Kay le fusilla du regard, puis réalisa qu'elle faisait la moue.

— Je ne leur dirai rien demain.

— Alors, ne dis rien. Ta fausse couche de l'année dernière ne les regarde pas de toute façon. Je ne dirai rien non plus. Ne t'inquiète pas, je m'occuperai du dîner demain. S'ils reviennent de France, ton père ne voudra pas rester longtemps de toute façon.

— Tu as raison, je suppose.

Elle soupira, puis regarda sa montre.

— Il se fait tard. Qu'est-ce que tu as envie de manger ?

Un sourire en coin commença à se dessiner sur le visage d'Adam.

— Non.

Elle agita un doigt réprobateur vers lui.

— Je suis sérieuse. Je meurs de faim. Qu'est-ce qu'on prend ?

— Soyons faibles.

Elle sourit.

— À quel point ?

— Un plat chinois à emporter.

Il prit son téléphone portable et le débrancha de son chargeur, son pouce sur la numérotation rapide.

— Ce n'est pas vraiment faible. Espèce de mauviette.

Il leva les yeux au ciel.

— D'accord. Indien. De ce restaurant près de Spot Lane.

— Maintenant, je t'écoute.

— Ouaf, fit Holly.

CHAPITRE 8

La salle des opérations continuait de bourdonner d'une énergie née d'une nouvelle investigation lorsque Kay arriva le lendemain matin.

Les téléphones semblaient sonner constamment, un mélange d'appels sur ligne fixe et mobile, tandis que le personnel administratif se précipitait entre les bureaux, distribuant des rapports et traitant les demandes de recherches supplémentaires.

Parfois, Kay enviait à Sharp la possibilité de fermer la porte de son bureau et de bloquer une partie du bruit, bien qu'il le fasse rarement. Il préférait être impliqué à tout moment ; heureux de déléguer, mais gardant toujours un œil attentif sur l'avancement de l'affaire et l'approche de l'équipe.

Elle jeta son sac sous son bureau et posa sa tasse de café sur un dessous de verre qu'elle avait acquis dans le pub local lors d'une soirée avec l'équipe quelques mois auparavant. Barnes l'avait persuadée d'essayer un demi de la dernière bière invitée, et même si elle avait trouvé que c'était un goût acquis et pas un qu'elle était susceptible d'atteindre, elle avait adoré l'illustration du clip de la pompe et le matériel promotionnel que la brasserie avait fourni au pub. Le propriétaire lui avait donné une demi-douzaine de ces carrés en carton, et elle les avait utilisés depuis, les jetant à la poubelle au fur et à mesure qu'ils se détérioraient avec le temps.

Sharp sortit de sa pièce d'un pas décidé, remit une pile de paperasse à l'un des assistants administratifs, et fit signe à l'équipe d'approcher.

— Tâches du jour, dit-il alors qu'ils formaient un demi-cercle face au tableau blanc. Nous allons examiner les noms que nous avons tirés de la liste des suicides sur les voies ferrées de la région hier, et rechercher les circonstances. Avant cela, et afin que nous ne supposions pas que chacun d'entre eux soit une victime de meurtre, j'aimerais que le sergent Walker vous fournisse à tous des informations de base concernant les statistiques de suicide sur les chemins de fer.

Il grimaça.

— Malheureusement, c'est plus courant que nous le voudrions. Dave ?

— Merci. J'ai préparé un résumé d'une page pour chacun d'entre vous, si vous voulez bien les faire circuler ?

Il attendit un moment pendant que les documents étaient distribués.

— Pour commencer, plus de soixante-quinze pour cent de tous les décès ferroviaires sont des suicides.

Malheureusement, d'année en année, nous observons une augmentation du nombre total, et parmi ces suicides, quatre-vingts pour cent sont des hommes.

— Tranche d'âge ? demanda Kay.

— Typiquement entre trente et cinquante-cinq ans. Ces hommes ont souvent été au chômage pendant une longue période, ou en difficulté financière.

— Que fait-on pour essayer de les arrêter ? dit Carys.

— De nombreuses gares dans les environs ont été équipées de clôtures au milieu des quais pour empêcher les gens de marcher devant les trains express, et ils ont dépensé de l'argent pour installer des caméras aux endroits populaires pour les suicides afin d'alerter le personnel, dit-il. Tout le personnel des gares est formé à la prévention du suicide. Ils ont aussi un bon taux de réussite.

Barnes prit le document que Debbie lui passa et parcourut les informations des yeux.

— Ces statistiques disent qu'il y a encore plus de deux cents suicides sur les chemins de fer au Royaume-Uni chaque année, cependant.

Walker haussa les épaules.

— Aucun système n'est parfait et, soyons honnêtes, si quelqu'un veut se suicider, il trouvera un moyen.

— D'accord, merci, Dave, dit Sharp. Barnes ? Donnez-nous un résumé des découvertes d'hier.

— Il semble que les choses se soient aggravées au cours des six à douze derniers mois, dit Barnes, en agitant l'un des rapports. Certains ont été empêchés par le personnel ferroviaire, mais ensuite ça s'est intensifié.

— Ça pourrait être lié au fait qu'il y a moins de financement pour les programmes de santé mentale ? dit Carys.

— Peut-être, dit Sharp en prenant le rapport de Barnes pour le parcourir.

Il leva les yeux vers le tableau blanc.

— Trois de ces huit personnes là-haut sont dans les douze derniers mois. Le dernier il y a seulement deux mois. Avons-nous des noms pour tous ceux-ci, Ian ?

— Oui. J'ai déjà dressé une liste des relations et autres contacts mentionnés dans les rapports d'enquête pour ces trois-là. Je vais passer quelques coups de fil ce matin et faire en sorte que nous puissions aller leur parler cet après-midi ou demain, si vous voulez ?

— Ce serait bien, merci. Qu'en est-il des antécédents pour eux ?

— Le premier, Stephen Taylor, était au chômage ; sa mère a dit qu'il avait des antécédents de dépression s'étalant sur deux ans avant qu'il ne saute d'un pont sur la trajectoire d'un train express à destination de Londres tôt un matin il y a sept mois. Nathan Cox est mort quand il a été heurté par un train tard dans la nuit près d'Aylesford il y a quatre mois, et puis il y a celui d'il y a deux mois : Cameron Abbott. Il travaillait de manière intermittente comme ouvrier, apparemment. Stephen et Cameron étaient tous deux sous antidépresseurs, et personne ne semblait surpris qu'ils aient choisi de mettre fin à leurs jours.

— Qu'en est-il des médecins ?

— Différents médecins généralistes. Mais, et c'est quelque chose que je vais approfondir, Stephen et Cameron avaient tous deux assisté aux mêmes ateliers organisés par le conseil local après avoir été reconnus coupables et inculpés pour conduite en état d'ivresse. Il pourrait y avoir quelque chose là.

— Faites-moi savoir dès que vous trouvez quelque chose. Travaillez avec Kay là-dessus.

— Je le ferai.

— Carys, pouvez-vous travailler avec Dave et obtenir les rapports d'enquête pour les trois suicides et parler aux enquêteurs ?

Sharp ajouta les notes de briefing au tableau blanc.

— Je vous rappelle de garder l'esprit ouvert, toutes et tous. Si nous avons un tueur en liberté qui a déjà fait ça et s'en est tiré, nous devons l'arrêter avant qu'il ne recommence.

— Vous devez admettre que c'est une façon parfaite de couvrir ses traces, dit Barnes, puis il se baissa alors que Gavin lui lançait une balle anti-stress molle et que les autres grommelaient à l'unisson.

CHAPITRE 9

Kay cliqua sur « envoyer » pour le dernier e-mail de sa liste de travail en attente, toujours furieuse de l'attitude de Larch envers elle la veille, même si elle savait qu'il l'avait fait exprès de l'irriter.

Bien que Sharp ait été d'accord avec elle sur le fait que deux pistes d'enquête seraient prudentes, il était évident que leur commandant divisionnaire pensait qu'il s'agissait d'une perte de temps totale.

Elle ouvrit un dossier dans sa boîte de réception et fit défiler le texte. Même s'il datait de plusieurs mois, il parvenait toujours à la mettre en colère.

Votre candidature au poste d'inspectrice principale n'a pas été retenue pour le moment.

Quand elle avait répondu par e-mail pour demander pourquoi, l'équipe des ressources humaines s'était montrée évasive, invoquant un processus de candidature surchargé. Kay avait contesté cette réponse, avait fait irruption dans le bureau de Sharp et fermé la porte avant d'exiger une explication.

C'est alors qu'elle avait découvert que Larch avait eu le dernier mot concernant ses ambitions professionnelles.

Ça avait été le coup de grâce, et celui-ci avait eu de graves conséquences sur sa santé – et sur celle de la petite fille qu'elle venait à peine de découvrir qu'elle portait.

Elle n'avait jamais compris l'animosité de Larch envers elle. Depuis la dernière enquête où leurs chemins s'étaient croisés, il l'avait surtout ignorée – chose dont elle lui était reconnaissante.

De temps en temps, son nom apparaissait dans une conversation et elle se demandait où il était, presque tentée de regarder par-dessus son épaule parfois. Ces derniers mois, il n'avait été rien de plus qu'un fantôme. Souvent, on ne savait pas où il se trouvait, et quand elle avait demandé à Sharp, il avait haussé les épaules et nié savoir quoi que ce soit, avant de trouver une excuse comme quoi le commandant divisionnaire travaillait sur un projet spécial pour la commissaire. « C'est tout ce que je sais à ce sujet, Kay. Au moins, il n'est pas dans nos pattes. »

Elle avait été encline à être d'accord avec lui, et ce n'était que maintenant qu'il était impliqué dans cette dernière enquête qu'elle réalisait à quel point elle avait apprécié de ne pas l'avoir sur le dos. Elle leva les yeux quand Barnes s'éclaircit la gorge.

— Allez, viens. On va prendre un déjeuner. Tu as l'air d'avoir besoin d'air frais.

Vingt minutes plus tard, debout dans la file au comptoir du pub pour commander leur repas, Kay observa son collègue et remarqua son nouveau costume et sa nouvelle cravate.

Il la surprit en train de le fixer.

— Quoi ?

— Nouveaux vêtements ?

Il s'éclaircit la gorge.

— C'était l'idée de ma fille. J'ai perdu un peu de poids, et elle a dit que mon vieux costume avait l'air un peu trop large.

Kay haussa un sourcil.

— Perte de poids et nouveaux vêtements ?

Elle réalisa alors qu'elle n'avait pas vu Barnes prendre ses habituels déjeuners à emporter de hamburgers et de frites depuis qu'il était revenu au travail. D'ailleurs, il venait juste de commander une salade de poulet. Ses yeux se plissèrent.

— Tu vois quelqu'un ?

— Non.

Kay ne dit rien de plus, prit sa monnaie et se dirigea vers la table où Carys et Gavin étaient assis.

Alors que Barnes approchait, Gavin émit un petit sifflement de loup.

— Tu as l'air plutôt élégant, Ian. Je n'avais pas vu la nouvelle veste ce matin.

Barnes lui lança un regard noir, mais Kay remarqua l'étincelle d'amusement dans ses yeux.

— Qui est l'heureuse élue ? dit Carys.

— Il n'y a pas d'heureuse élue. Et mêlez-vous de vos affaires.

Kay éclata de rire.

———

— C'est de ça dont je parlais à Sharp, dit Barnes depuis le bureau d'en face après qu'ils étaient revenus du déjeuner.

Il se pencha et poussa une page imprimée vers Kay, qui menait une bataille perdue d'avance contre la paperasse éparpillée sur son espace de travail.

Elle leva les yeux, secoua la tête pour éclaircir ses pensées, et tendit la main vers la page.

— C'est le programme de réhabilitation ?

— Ouais, dit-il, et il contourna les bureaux pour la rejoindre. Deux de nos victimes de suicide ont suivi le même programme de réhabilitation après avoir été arrêtées pour conduite en état d'ivresse, dit-il, et il pointa du doigt la page. Stephen Taylor et Cameron Abbott. Chacun d'eux a perdu son permis de conduire pour une période de six mois, et une condition de leur peine était d'assister à une séance hebdomadaire de réhabilitation sur les dangers de la conduite en état d'ivresse pendant une période de quatre semaines.

— Qui d'autre était dans le programme en même temps ?

— Quatre autres personnes. J'ai pris des dispositions pour que Carys aille leur parler plus tard ce matin avec

Gavin, si nous parlons aux familles des victimes de suicide.

— Ça me semble être un bon plan. Tu as entendu que Gavin étudie pour ses examens de détective ?

— Ouais. Carys l'a mentionné. Elle n'avait pas l'air trop contente.

— Je pense que notre enfant prodige pourrait devenir un peu anxieuse face à une certaine concurrence dans l'équipe.

Kay sourit et baissa la voix.

— J'ai fait en sorte de répartir équitablement les dossiers entre eux, pour qu'ils ne puissent pas m'accuser de favoritisme.

Barnes rit doucement.

— C'est si grave que ça ?

— Non, pas vraiment, et je peux voir les choses de son point de vue. Mais Sharp ne prend pas parti, alors nous ne devrions pas le faire non plus.

— Dynamique intéressante.

— En effet.

Kay baissa les yeux vers le document qu'elle tenait.

— Quelles étaient les circonstances pour que nos victimes se retrouvent dans ce programme de réhabilitation en premier lieu ?

— Taylor roulait à quelques kilomètres-heure au-dessus de la limite de vitesse sur l'A20 près de The Landway. Sa voiture a été prise au radar, et quand les agents l'ont arrêté et l'ont soumis à l'alcootest, ils ont découvert qu'il conduisait en état d'ivresse également. Le magistrat a pris en compte le fait qu'il prenait des antidépresseurs à l'époque, mais s'il en prenait, il n'aurait pas dû boire en premier lieu, alors elle lui a confisqué son permis et l'a mis dans le programme.

— Des antécédents ?

— Aucun. La seule autre information que j'ai pu trouver provient des dossiers judiciaires. Taylor était au chômage à l'époque, et ce depuis quelques mois. Il semble qu'il ait enchaîné les périodes d'emploi et de chômage avant cela.

— Et notre deuxième victime ?

— Cameron Abbott a été repéré par une patrouille en uniforme dans le centre de Maidstone. Il est sorti d'un pub sur High Street, a titubé jusqu'au parking de The Mall, et est monté dans sa voiture. Ils l'ont arrêté dès qu'il a mis la clé dans le contact. Apparemment, c'était une première infraction, et il était suffisamment contrit pour que le magistrat lui inflige une amende et une suspension de permis de six mois, plus le programme de réhabilitation. Là encore, pas de casier judiciaire.

Kay rendit l'imprimé avec les noms.

— En quoi consistait le programme de réhabilitation ?

— Des discussions de groupe, des vidéos de sécurité, ce genre de choses. Ils essaient de rééduquer les contrevenants sur les dangers de la conduite en état d'ivresse, dans l'espoir qu'ils ne récidiveront pas une fois leur permis récupéré.

— Un bon taux de réussite ?

— Il semble que oui, même si on ne peut pas

prouver si c'est grâce au programme de réhabilitation ou au fait que les gens ne veulent pas risquer tous les tracas liés à une nouvelle perte de permis.

— Qui le gère ?

— C'est sous-traité à une entreprise appelée « Mending Ways ». En gros, deux psychologues se sont associés et ont proposé l'idée. Ils le gèrent depuis un an et demi à la salle communale de Shepway.

— Quelqu'un leur a déjà parlé ?

— Pas encore. Tu veux t'en charger ?

— Ouais. Donne-moi le numéro. Je vais les appeler et voir si on peut passer les voir avant de parler aux familles.

CHAPITRE 10

Kay dirigea la voiture autour du rond-point et prit la deuxième sortie. La route longeait l'arrière d'une école, et bientôt la salle communale apparut sur le côté gauche.

Une demi-douzaine de voitures occupaient les places de stationnement devant le bâtiment de plain-pied, et Kay se gara dans l'un des espaces libres.

— Ma fille venait ici pour des cours de karaté quand elle était petite, dit Barnes. Je n'arrive pas à croire que ça existe encore.

— Heureusement que c'est le cas. Je ne pense pas que certains de ces groupes auraient un autre endroit où se réunir sinon.

Kay mena le chemin vers l'entrée de la salle à travers un ensemble de portes doubles, et fut immédiatement frappée par l'odeur distincte de transpiration de chaussures de sport. Elle plissa le nez et jeta un coup d'œil autour du petit atrium. Deux séries de portes lui faisaient face, toutes deux fermées. Elle regarda sa montre.

— D'après le site web, ils ont une séance en cours qui devrait se terminer dans les prochaines minutes, dit-elle, donc nous ne devrions pas avoir à attendre longtemps.

Ils arpentèrent le hall d'entrée, et Kay parcourut des yeux les diverses annonces épinglées sur un tableau de liège qui courait le long du mur. Elle se retourna lorsque l'une des portes s'ouvrit, et un petit groupe de personnes commença à défiler devant elle et Barnes, se dirigeant vers le parking.

Elle attendit encore une minute pour laisser le temps aux retardataires, puis conduisit Barnes à travers la porte et dans la salle.

La surface lisse du sol avait subi le poids de divers sports d'intérieur au fil des années, sa surface brillante étant piquée et rayée par endroits. Kay s'attarda sur le seuil, incertaine de devoir marcher sur la surface avec ses talons. Alors qu'elle débattait de la marche à suivre, l'un des deux hommes restant dans la salle vit son hésitation et l'interpella.

— Vous devez être la détective à qui j'ai parlé au téléphone. Venez donc, ce sol a vu beaucoup d'usure. Une paire de chaussures de plus ne lui fera pas de mal.

Kay ne put s'empêcher de sourire et guida Barnes à travers la pièce où les deux hommes empilaient les chaises de la séance et les plaçaient contre le mur du fond, hors du chemin. Ils se retournèrent lorsque Kay et

Barnes s'approchèrent, et l'homme qui avait parlé tendit la main.

— Je suis Malcolm Bannister. Vous devez être l'inspectrice Kay Hunter ?

— C'est exact. Et voici mon collègue, l'enquêteur Ian Barnes. Merci de prendre le temps de nous parler ce matin.

L'homme serra la main de Barnes et fit un geste vers son collègue.

— Voici Ethan Aspley. Il m'aide avec les séances pour nos cas de conduite en état d'ivresse.

— Il y a trop d'écho ici, dit Aspley. Il y a un petit bureau au niveau de la mezzanine. Pourquoi n'irions-nous pas l'utiliser à la place ? C'est plus privé aussi.

—Ça me va, dit Kay. Montrez-nous le chemin.

Elle et Barnes suivirent les deux hommes hors de la salle et montèrent un court escalier menant à un niveau de mezzanine bas. En open space, il contenait quelques bureaux au milieu de la pièce, des classeurs étiquetés avec le nom de chaque club utilisant la salle, et un assortiment d'équipements sportifs dans divers états de délabrement.

Elle attendit qu'ils aient sorti des chaises et que Barnes ait extrait son carnet de l'intérieur de sa veste.

— Depuis combien de temps ce programme fonctionne-t-il ?

— Un peu plus de deux ans maintenant. Nous avons d'abord proposé l'idée au conseil il y a trois ans, mais il leur a fallu près de sept mois pour la mettre en œuvre.

Quelque chose à voir avec la gestion du budget et la nouvelle année fiscale à l'époque.

— De qui venait l'idée ?

— Nous pratiquions tous les deux la psychologie depuis plusieurs années, dit Bannister. Puis, ma sœur a été tuée par un homme qui s'est avéré plus tard avoir trois fois la limite légale d'alcool dans le sang. Je me souviens avoir vu la famille de l'homme au tribunal de première instance. Cela semblait un tel gâchis. Il était heureux en mariage, avait un très bon travail, et avait tout gâché parce qu'il avait bu trop de verres avant de prendre le volant. Cela m'a préoccupé pendant des mois, puis Ethan ici présent a mentionné que nous pourrions peut-être faire quelque chose en mémoire de ma sœur, et c'est alors que nous avons eu l'idée de ce programme.

— Si c'était ma sœur qui avait été tuée, je ne sais pas si j'aurais pu envisager de faire quelque chose d'aussi noble.

Un léger sourire traversa ses lèvres.

— Ce n'a pas été facile, détective, je vous l'accorde. Mais nous avons un bon taux de réussite, et il est rare que les participants récidivent.

— Et vous, Ethan ? Quel était votre intérêt à lancer ceci ?

— J'étais fiancé à la sœur de Malcolm. Il s'effondrait et moi aussi, pour être honnête. Nous avions tous les deux besoin de quelque chose sur quoi nous concentrer.

— Parlez-moi du moment où Stephen Taylor et Cameron Abbott se sont suicidés. Quand l'avez-vous appris ?

Bannister passa une main dans ses cheveux.

— C'était un choc, c'est sûr. Je veux dire, nous abordons la question de l'infraction de conduite en état d'ivresse, et nous prenons en compte tous les autres problèmes qu'un participant pourrait avoir. Mais apprendre que deux hommes ont choisi de mettre fin à leurs jours seulement quelques mois après nous avoir quittés ? Je n'en avais aucune idée. Quand je l'ai appris par les journaux, j'ai passé des heures à me creuser la cervelle pour essayer de me rappeler si l'un d'eux avait donné une indication qu'ils feraient quelque chose comme ça. Je n'ai rien trouvé.

— Gardez-vous contact avec les gens, une fois qu'ils quittent le programme ?

— Non. Nous leur fournissons le soutien dont ils ont besoin pendant la période de réhabilitation. Une fois qu'ils partent d'ici, c'est fini, même si nous leur fournissons les coordonnées d'endroits comme les Alcooliques Anonymes, et nous les encourageons à parler à leurs médecins généralistes si nous pensons qu'il y a des problèmes sous-jacents qui devraient être discutés.

— Et vous n'avez jamais revu Stephen Taylor ou Cameron Abbott ?

— Non. Jamais.

Kay se tourna vers Aspley, mais il secoua la tête.

— Moi non plus.

Kay se leva de sa chaise.

— Dans ce cas, messieurs, je pense que nous en avons fini ici. Merci pour votre temps.

Barnes lui lança les clés de la voiture alors qu'ils quittaient le bâtiment.

— Je veux ajouter quelques éléments à mes notes pendant que tu conduis.

— Tu feras les vérifications habituelles à leur sujet ? Dossier professionnel, casier judiciaire et tout ça ?

— Oui. Ça m'était déjà venu à l'esprit en les écoutant tous les deux.

— Qu'en penses-tu ? Trop beau pour être vrai ?

— Si c'était ma sœur ou ma fiancée qui avait été tuée, je serais sacrément plus en colère que ces deux-là.

— Une façon louable de gérer le chagrin, cependant.

— Ce serait plus facile de déplacer un corps sur des rails de chemin de fer en étant deux.

— Voilà une pensée réjouissante.

CHAPITRE 11

Kay poussa la portière de la voiture et attendit Barnes tout en examinant la maison devant elle.

Un chemin traversait directement une bande de gazon du trottoir à la porte d'entrée de ce qui avait été autrefois la maison de Stephen Taylor. Une clôture avait été érigée à gauche de la maison avec un portail verrouillé que Kay supposait mener au jardin, tandis qu'une poubelle à roulettes se tenait à l'extérieur, un essaim de mouches bleues bourdonnant autour du couvercle. Sous la fenêtre de devant, une variété de grands pots contenait une tentative peu enthousiaste de jardinage. Une seule lampe décorative pendait au-dessus de la porte d'entrée, qui était abritée des éléments par un porche en saillie.

Elle appuya sur la sonnette, puis se retourna face à la rue en attendant que la porte s'ouvre.

Au-delà du mur du jardin se trouvaient deux rangées étroites de maisons mitoyennes. Chaque propriété avait la même apparence – une façade en briques rouges, une porte d'entrée du même style – à l'exception d'un ou deux voisins rebelles qui avaient installé des modèles sur mesure – et une fenêtre de devant, avec deux fenêtres à l'étage qui donnaient sur la rue en contrebas.

Certaines propriétés – Kay supposait qu'elles appartenaient à des personnes plus âgées – étaient bien entretenues. Les autres semblaient un peu plus délabrées ; trois portes plus loin de l'autre côté, une voiture reposait sur des briques, sa peinture rouillée et des toiles d'araignée sur le pare-brise. Elle devina qu'elle n'avait pas bougé depuis au moins six mois.

— Joli quartier, dit Barnes. Ce sont tous des logements sociaux ?

Kay plissa le nez.

— En fait, je pense que toutes ces maisons sont privées, dit-elle.

Elle se retourna en entendant quelqu'un approcher de la porte.

Elle s'ouvrit, et une femme que Kay estimait être dans la fin de la cinquantaine jeta un coup d'œil.

— Que voulez-vous ?

Kay se présenta.

— Cela vous dérangerait-il si nous entrions, Mme Taylor ?

La lèvre supérieure de la femme se retroussa, mais elle s'écarta et tint la porte ouverte.

Ses yeux parcoururent Kay puis Barnes alors qu'ils entraient avant qu'elle ne frotte ses yeux endormis.

— De quoi s'agit-il ? David n'a pas encore des ennuis, n'est-ce pas ?

Kay attendit que la porte se ferme et jeta un coup d'œil à Barnes avant de parler.

— Qui est David ?

— C'est mon fils. Qu'est-ce qu'il a fait cette fois ?

Kay secoua la tête.

— Nous ne sommes pas là pour David, dit-elle. Nous aimerions vous parler de Stephen.

La femme recula d'un pas et fronça les sourcils.

— Stephen ?

— Pouvons-nous nous asseoir quelque part ?

La femme hocha la tête, le front toujours plissé, et les conduisit devant un escalier, le long d'un couloir étroit et jusqu'à une cuisine qui semblait ne pas avoir quitté les années 1980.

— Vous voulez une tasse de thé ?

Kay jeta un coup d'œil aux surfaces graisseuses et à la poubelle à pédale débordante, et préféra s'abstenir.

— Non, merci, nous ne prendrons pas trop de votre temps.

— Bien.

La femme fit un geste vers la table de cuisine spartiate et les quatre chaises rassemblées autour.

— Asseyez-vous. Que voulez-vous savoir ?

— Tout d'abord, je dois vous demander que cette conversation ne soit répétée à personne d'autre pour le moment, dit Kay. Nous enquêtons actuellement sur une mort suspecte sur la voie ferrée entre East Malling et Barming.

La femme se balança en arrière sur sa chaise, les sourcils levés.

— Encore un suicide ?

— C'est ce que nous essayons d'établir, dit Kay. Je suis désolée, je sais que Stephen est mort il y a sept mois, mais cela aiderait notre enquête si vous pouviez me dire ce qui s'est passé et quel était son état d'esprit avant sa mort.

— Son état d'esprit ? Je vais vous dire quel était son état d'esprit. Il était complètement déboussolé. Il n'avait pas travaillé depuis des mois, pas après avoir perdu son emploi. C'était la goutte d'eau après s'être fait prendre en état d'ivresse au volant. On a failli perdre la maison parce qu'il ne pouvait pas payer le loyer. J'ai arrêté de lui demander quand il trouverait un autre travail, alors j'ai fini par le laisser à la maison pour qu'il y ait quelqu'un ici quand les enfants rentraient de l'école l'après-midi, et je suis allée travailler au supermarché du coin pour remplir les rayons de trois heures à neuf heures du soir.

— Comment a-t-il perdu son emploi ?

La femme haussa les épaules.

— Il souffrait de dépression, dit-elle. Et, comme d'habitude, ses patrons ne comprenaient pas. C'était vraiment dur pour lui d'expliquer que parfois il ne pouvait tout simplement pas se lever du lit. Il n'était pas paresseux. Il avait juste cette mélancolie qui l'aspirait et il était perdu pendant des jours.

Elle se leva de sa chaise et se dirigea vers l'évier avant de regarder par la fenêtre le jardin simple.

— Si je suis honnête, j'ai toujours su qu'il se suiciderait.

Elle se retourna pour faire face à Kay, des larmes brillant aux coins de ses yeux.

— Je ne savais pas comment l'en empêcher, cependant. Il a essayé, vraiment : il est même allé chez le médecin et s'est fait prescrire des pilules à prendre, mais c'était trop tard. Elles n'ont pas fait effet à temps. Après, lors de l'enquête, le médecin a dit que les antidépresseurs auraient fait effet dans les deux semaines suivantes.

Elle renifla.

— Stephen aurait peut-être été bien après ça.

— Je comprends qu'il a suivi un programme de réhabilitation après une infraction de conduite en état d'ivresse. Pouvez-vous me dire quelque chose à ce sujet ?

— Eh bien, ça ne lui a pas fait de bien, n'est-ce pas ?

Elle secoua la tête.

— Ça a empiré les choses, pour être honnête. Il se sentait tellement mal d'avoir été pris en état d'ivresse au volant, même si je pense que c'était plus de l'embarras qu'autre chose. Il avait hâte de terminer le programme et de récupérer son permis.

Kay se pencha en avant.

— Vous souvenez-vous d'amis à qui il aurait pu parler dans les jours précédant sa mort ?

La femme renifla.

— Tous ses amis ont disparu. Il recevait parfois un appel ou un message ; je suppose que l'un d'eux essayait de le faire sortir pour boire un verre ou quelque chose comme ça, le faire sortir de la maison, mais il refusait toujours. À la fin, ils ont arrêté de l'appeler.

— Avez-vous une idée de ce qui aurait pu aggraver sa dépression ?

— Perdre ce dernier emploi a été la goutte d'eau. Il avait été au chômage pendant deux mois avant de commencer là-bas, mais comme je l'ai dit, ils ne comprenaient pas ses humeurs et après un avertissement écrit, ils l'ont licencié.

Elle s'essuya les yeux, et Kay fit signe à Barnes qu'ils allaient partir.

— Madame Taylor, merci de nous avoir parlé aujourd'hui, dit-elle, et elle lui tendit une de ses cartes. Si vous vous souvenez de quelque chose d'inhabituel qui aurait pu se produire avant la mort de Stephen, ou si vous vous rappelez quelqu'un qui l'aurait appelé avant ce jour-là, pourriez-vous me le faire savoir ?

— Vous pensez que quelqu'un l'a poussé au suicide ?

Kay pinça les lèvres.

— Non, non je ne pense pas. Pas pour le moment, dit-elle. Nous nous assurons simplement de ne rien négliger en relation avec notre enquête actuelle.

CHAPITRE 12

La maison de Cameron Abbott offrait un aspect complètement différent de la première qu'ils avaient visitée.

Deux voitures occupaient l'espace limité de l'étroite allée en béton en contrebas de la maison, et un mur de pierres sèches faisait face à la route avec deux piliers de briques rouges de chaque côté d'un court escalier menant à la porte d'entrée. La résidence située en bout de rue avait été recouverte pour dissimuler sa finition d'origine en crépi, bien que la surface bosselée soit restée, tandis que le petit jardin de devant contenait une variété d'arbustes ; ici et là, quelques jonquilles précoces pointaient sous les autres plantes, dominées par une grande fenêtre en baie.

Barnes appuya sur la sonnette et un doux carillon retentit de l'intérieur.

Quelques instants plus tard, une ombre apparut derrière le panneau de verre dépoli en haut de la porte.

Elle s'ouvrit, et une femme les regarda, repoussant ses cheveux blonds courts de ses yeux. Vêtue d'un legging noir et d'une chemise en soie crème, son apparition fut précédée d'un effluve de parfum musqué.

— Bonjour. Denise Abbott ? dit Kay.

Elle se présenta ainsi que Barnes.

— Pouvons-nous entrer, s'il vous plaît ?

La femme cligna des yeux, puis s'écarta.

— Bien sûr, dit-elle.

Elle ferma la porte d'entrée et se tourna vers eux. Elle croisa les bras sur sa poitrine.

— Est-ce à propos du suicide qui a eu lieu l'autre jour ?

— Oui, dit Kay, c'est exact.

La femme haussa les épaules.

— Je ne sais pas comment je peux vous aider. Vous êtes évidemment ici parce que mon mari s'est suicidé sur le même tronçon de voie il y a deux mois. On dirait que la compagnie ferroviaire n'a rien fait pour empêcher les gens de faire ça depuis.

De près, la femme paraissait plus âgée et Kay remarqua des mèches grises parmi ses cheveux blonds. De larges bagues couvraient la majorité de ses doigts, et elle gesticulait constamment avec ses mains.

Kay soupçonna que c'était pour montrer ses bijoux.

Elle se rendit compte que la femme était impatiente de se débarrasser d'eux.

— Si cela ne vous dérange pas, pourriez-vous me dire quel était l'état d'esprit de votre mari avant son suicide ? Aviez-vous une quelconque indication qu'il pourrait faire quelque chose d'aussi drastique ?

— Il était toujours déprimé. Même avant de perdre son emploi. C'était juste une de ces personnes qui ne semblait jamais heureuse. Nous pouvions être en vacances quelque part comme dans le sud de la France, et il trouvait toujours une raison d'être malheureux.

Kay compta jusqu'à cinq dans sa tête avant de poursuivre.

— Dans les semaines précédant sa mort, semblait-il particulièrement inquiet de quelque chose ?

— Pas vraiment. Pas que je me souvienne.

Une lame du plancher grinça au-dessus de leurs têtes.

Kay arqua un sourcil, mais ne dit rien.

La femme parut agacée.

— Mon compagnon, Vince. J'espère que vous n'allez pas me regarder de haut et me dire que je devrais me comporter comme une veuve éplorée.

— Ce ne sont pas mes affaires, dit Kay. Vous parliez de l'état d'esprit de votre mari ?

La femme soupira.

— Le médecin lui avait donné des antidépresseurs. Ils ont essayé une petite dose au début, mais ça ne marchait pas. Il faut attendre quelques semaines pour qu'ils fassent effet. Quand ça n'a pas marché, le médecin a prescrit un dosage plus fort. Il n'avait pas de travail à l'époque, et les médicaments le rendaient léthargique. Il restait assis toute la journée à la maison, à regarder la télévision ou dans le vide.

— Je crois comprendre qu'il a été admis dans un programme de réhabilitation pour les contrevenants en état d'ébriété au volant ?

— Une chose stupide à faire. Il conduisait la voiture de son frère à l'époque, et celui-ci n'était pas impressionné, je peux vous le dire. Une perte de temps, aussi. Ça ne l'a pas aidé, n'est-ce pas ?

— Et ses amis ?

— Quoi, ses amis ? Ils ont essayé de l'appeler bien sûr, quand sa dépression a commencé à s'aggraver, mais au bout d'un moment, ils en ont eu assez d'essayer de le faire sortir de la maison. S'ils allaient boire un verre ou partaient à la pêche, il ne faisait qu'empirer les choses pour eux tous.

Elle haussa les épaules.

— Ils ont fini par arrêter de l'appeler.

— Savez-vous s'il a rencontré quelqu'un, ce jour-là ?

La veuve d'Abbott secoua la tête.

— Comme je l'ai dit, beaucoup de ses anciens collègues et amis se sont éloignés une fois que la dépression s'est aggravée.

Ses mains tremblèrent alors qu'elle tamponnait à nouveau ses yeux.

— Il y avait à peine de gens à son enterrement.

— Pourriez-vous nous donner une noté avec les noms de ses amis et collègues ; et leurs numéros de téléphone, si vous les avez encore ?

— Bien sûr. J'ai un carnet d'adresses quelque part. Attendez.

Elle quitta la cuisine, et Kay l'entendit se déplacer le

long du couloir, vers l'endroit où elle supposait qu'un carnet d'adresses serait conservé à côté du téléphone fixe qu'elle avait repéré sur un petit meuble près de la porte d'entrée.

Elle revint quelques minutes plus tard et tendit un livre en cuir noir à Kay.

— C'est probablement plus facile si vous le prenez et le photocopiez, n'est-ce pas ?

— Oui, si vous êtes sûre ?

La femme hocha la tête.

— J'ai mis un astérisque à côté des noms des personnes à qui vous voudriez peut-être parler.

Kay prit le livre.

— Merci. Je noterai les détails dès notre retour au poste, et je vous le rendrai dès que possible.

Alors que Kay et Barnes retournaient à la voiture, elle s'arrêta sur le trottoir pour regarder la maison.

— À quoi penses-tu ?

— Stephen Taylor et Cameron Abbott avaient tous deux perdu tout contact avec leurs amis avant de mourir. En fait, ils étaient isolés. Et si cela les avait rendus plus vulnérables à un tueur ?

— Ne tirons pas de conclusions hâtives, Kay. L'isolement est un facteur important dans la dépression ; les gens ne la comprennent pas, donc ils ne savent pas comment gérer si un ami en souffre.

Elle soupira.

— Je sais. C'est juste une idée.

— Je la garderai à l'esprit.

CHAPITRE 13

Il passa sa main sur la page devant lui, se pencha et souffla doucement sur sa surface.

La gomme allait et venait, le doux graphite gris disparaissant sous sa force jusqu'à ce que les lignes qu'il avait tracées au cours de la dernière heure aient complètement disparu.

Une assiette de fromage et de biscuits reposait près de son coude. Une mouche se posa sur un coin de l'assiette, agita ses ailes, puis s'envola à nouveau.

Il agita sa main près de son oreille alors qu'elle s'approchait trop près, et il essaya de se concentrer.

Dans le coin de la pièce, un vieux modèle de télévision à écran plat scintillait alors qu'une série de publicités se terminait et qu'une émission revenait à l'écran. Le présentateur marchait devant une grande usine, gesticulant vers la caméra tout en essayant de paraître nonchalamment informatif en même temps. La scène changea pour l'intérieur de l'usine, d'énormes bras robotiques transformant des panneaux de tôle en voitures.

Il renifla avec dérision à la tournure de phrase du présentateur, puis tendit la main vers la télécommande à côté de lui et appuya sur le bouton « muet ».

Il ne pouvait pas se permettre la distraction, pas après la dernière fois.

De plus, il connaissait l'épisode ; il les avait tous regardés maintes et maintes fois.

Cela aidait à passer le temps, autrefois.

Il se pencha en arrière et regarda autour de la pièce.

Des voilages couvraient la fenêtre, tandis que des particules de poussière flottaient dans l'air, dansant dans la lumière tamisée.

Il essaya de se rappeler la dernière fois qu'il avait nettoyé l'endroit.

Il fronça les sourcils, ses yeux prenant conscience de la fine couche de poussière qui recouvrait tout, et il se demanda s'il devait faire un effort pour y remédier.

Il préférait travailler dans le jardin, s'il était honnête. Bien sûr, cela signifiait qu'il devait échanger des politesses avec sa voisine curieuse d'à côté, ou avec le jeune couple qui vivait dans la maison adjacente, mais si le jardin était bien entretenu, ils le laissaient tranquille. Personne ne savait que l'intérieur du bâtiment ne ressemblait guère à la propreté et à l'ordre de l'extérieur.

Ce n'était pas comme s'il invitait des gens à prendre le thé, après tout.

Non, le ménage pouvait attendre. Il avait des choses plus importantes à faire.

Ses yeux retombèrent sur la table devant lui. Un téléphone portable reposait silencieusement à l'extrémité, un fil serpentant jusqu'à la prise de courant sur le mur opposé.

Il ne sonnait pas beaucoup ; tout le monde avait renoncé à l'appeler après les premiers mois, et il n'avait aucune intention d'appeler qui que ce soit.

Il aimait les jeux, cependant. Des jeux simples, comme le solitaire ou le sudoku. Des jeux auxquels il pouvait passer des heures à jouer, tout en pensant à tout et à rien.

Il laissa tomber la gomme, repoussa les surligneurs et la calculatrice, puis reprit la carte. Il se tortilla, essayant de soulager la tension dans sa colonne vertébrale. Il était resté penché trop longtemps, perdu dans le temps, trop occupé à se concentrer sur la tâche à accomplir.

Car c'est ce que c'était.

Un travail.

Un projet. Défini comme un champ d'action avec une fin limitée.

Tout s'était déroulé comme prévu jusqu'à il y a deux nuits.

Il réprima sa colère.

Il n'avait jamais vu la promeneuse de chiens auparavant, elle n'avait donc pas été prise en compte dans ses plans.

Heureusement, elle était de l'autre côté des voies par rapport à lui, et le faisceau de sa torche était trop faible pour le repérer alors qu'il était accroupi à côté de sa victime, à l'écoute.

Le chien l'avait vu cependant, il en était sûr.

La femme était trop occupée à essayer de trouver un moyen de briser le grillage, mais le chien l'avait entendu alors qu'il commençait à s'éloigner furtivement de sa position et à se fondre dans l'ombre, et il s'était remis à aboyer.

Il n'avait fait que quelques pas.

C'était différent cette fois-ci.

Les autres n'étaient pas conscients quand ils étaient morts. D'une certaine manière, sur le moment, il avait pensé que ce serait plus facile à gérer, mais il manquait quelque chose – il n'avait rien ressenti après coup.

Aucun sentiment d'accomplissement.

Aucune sensation d'avoir contribué à remettre les choses sur leur axe approprié.

Quand celui-ci s'était réveillé de son sommeil pour découvrir ses mains et ses pieds attachés aux rails, sa terreur était palpable.

D'abord groggy, il s'était tortillé et cabré lorsqu'un train express était passé en trombe sur la voie opposée.

Et c'était à ce moment-là qu'il avait décidé de rester.

Il voulait voir, voulait entendre la terreur de l'homme alors que le train fonçait sur lui.

Ça avait marché.

Au moment où le train s'était arrêté en grinçant à une courte distance de l'endroit où il se tenait, il avait expiré et la tension qu'il retenait entre son cou et ses épaules s'était un peu dissipée.

Les maux de tête étaient revenus quelques heures

plus tard, comme toujours, mais le sentiment d'équilibre était resté.

Ses yeux tombèrent sur le carnet.

Il devait se concentrer.

Il y avait encore beaucoup de travail à faire et maintenant que la police était impliquée, son emploi du temps avait changé.

Accéléré.

Mais c'était ça les projets, n'est-ce pas ? Une fois le travail terminé, on faisait le point, on effectuait une évaluation, et on s'assurait que tous ces risques qui avaient failli mettre un terme à vos plans soigneusement élaborés étaient pris en compte la fois suivante.

Atténués, pour que la prochaine tentative soit parfaite.

Ses yeux parcoururent les calculs qu'il avait notés dans son carnet, puis il sourit, se pencha en avant et reprit le crayon, la pointe planant au-dessus de la carte étalée devant lui.

Il avait un autre projet à livrer dans les délais.

CHAPITRE 14

Le cœur de Kay se serra un peu lorsqu'elle tourna dans sa rue et remarqua les deux voitures supplémentaires garées au bord du trottoir.

Elle savait qu'elle devait s'attendre à une visite de sa famille bientôt, et elle soupçonnait que le fait que sa mère ait suggéré qu'ils passent sur le chemin du retour de leurs vacances en France avec sa sœur et sa jeune famille signifiait qu'elle ne le faisait que par un sens du devoir mal placé.

Elles n'avaient jamais été proches, et alors que Kay continuait à gravir les échelons dans la police, elles s'étaient encore plus éloignées l'une de l'autre.

Mis à part l'appel téléphonique occasionnel de l'une ou l'autre, elle préférait garder ses distances ; sa mère était trop envahissante, et sa sœur la rendait folle.

Les voir débarquer à l'improviste la mettait sur les nerfs – avant même d'avoir coupé le contact.

Elle baissa les yeux lorsque son téléphone

commença à vibrer et reconnut le numéro de portable d'Adam.

— Allô ?

— Tu ne peux pas rester assise dehors éternellement, tu sais.

Son ton taquin atténua un peu sa nervosité.

— Je pourrais repartir et te laisser tout seul avec eux.

— Oh, vilaine.

Il rit.

— Ce n'est pas si terrible. Ton père est là aussi.

— Ne t'inquiète pas, j'arrive.

Kay mit fin à l'appel et glissa son téléphone dans son sac avant de sortir de la voiture et de la verrouiller, puis elle prit une profonde inspiration et se dirigea d'un pas traînant vers la maison.

Elle n'avait jamais parlé à ses parents ou à sa sœur de la fausse couche qu'elle avait subie l'année précédente.

Elle ne voulait pas de leur sympathie, et cela aurait fourni à sa mère une autre excuse pour la réprimander d'avoir fait passer sa carrière en premier, au lieu d'épouser Adam et de fonder une famille.

Sa mère manquait de tact et ne tenait aucun compte de ce que sa fille aînée pouvait vouloir de sa vie, sans parler de ce que pensait Adam. Au lieu de cela, elle passait chaque moment de leurs conversations téléphoniques irrégulières à dire à Kay ce qu'elle devrait faire de sa vie.

Rien n'avait changé depuis que Kay était adolescente, et dès qu'elle avait pu quitter la maison pour aller à l'université, elle avait continué à mettre autant de distance que possible entre elle et sa famille.

Elle prit une profonde inspiration, inséra sa clé dans la serrure de la porte d'entrée et essaya de l'ouvrir aussi silencieusement que possible.

Au moment où elle franchit le seuil, le ton agaçant de la voix de sa sœur lui parvint, et elle expira.

Elle regarda sa montre et fit un rapide calcul. D'après les arômes, Adam avait déjà préparé le dîner, donc avec un peu de chance, ils seraient partis dans quelques heures car son père n'aimait pas conduire tard le soir, et ils avaient encore un long voyage pour rentrer chez eux.

Les voix portaient depuis le salon, celle de sa mère compensant le manque d'interaction des autres, réprimandant déjà l'aîné des enfants pour ne pas avoir correctement terminé un livre de coloriage.

Kay leva les yeux au ciel et monta rapidement à l'étage, se débarrassant de ses vêtements de travail et enfilant un jean et une chemise propre avant de vérifier son maquillage dans le miroir et de se passer un coup de brosse dans les cheveux.

Il était inutile de donner une cible facile à sa mère.

Elle soupira et descendit les escaliers, poussa la porte du salon et interrompit le ton sévère de sa mère au milieu d'une phrase.

— La voilà.

Ces mots frappèrent Kay au plexus solaire, tous ses souvenirs d'enfance refaisant surface. Elle serra les poings, ses ongles s'enfonçant dans ses paumes, et força un sourire.

— Salut tout le monde.

— Bonjour, ma chérie, dit son père en se levant du fauteuil préféré d'Adam et en la serrant dans ses bras.

Elle lui rendit son étreinte et remarqua que malgré son âge avancé, il avait toujours une tête pleine d'épais cheveux argentés et l'enthousiasme d'un adolescent.

— Comment était la France ?

— Charmante, merci. Tu as l'air en forme.

— Elle a l'air maigre, lança sa mère.

Elle se leva majestueusement du canapé et tendit le bébé à la sœur de Kay d'un geste fluide, puis traversa la pièce à grands pas et lui présenta sa joue.

Contrairement à son mari, son visage semblait pincé, son maquillage trop lourd et la couleur de ses cheveux trois teintes trop foncée pour son teint.

Kay lui fit un rapide baiser et résista à l'envie de s'essuyer la bouche après.

Elle se retourna en entendant un mouvement derrière elle alors qu'Adam apparaissait, un sourire penaud sur le visage.

— Bonjour.

— Salut. Le dîner est presque prêt, si vous voulez tous venir ?

Après avoir rapidement salué sa sœur et tiré de manière enjouée sur la queue de cheval de sa première nièce, Kay suivit sa famille dans la cuisine et attendit pendant que sa mère s'affairait à installer tout le monde autour du plan de travail central.

— Je ne comprends pas pourquoi vous ne pouvez pas acheter une table à manger comme tout le monde, dit-elle en faisant un bruit de désapprobation suffisamment fort pour faire lever la tête de Holly de son lit. C'est impossible de s'asseoir confortablement sur ces espèces de tabourets de bar.

Kay retint la réplique qui lui venait aux lèvres et s'occupa plutôt de sortir les assiettes des placards, de distribuer les couverts et de remplir les verres de vin de sa mère et de sa sœur.

Son père la rejoignit, se servant une boisson non alcoolisée dans le réfrigérateur, et lui fit un clin d'œil.

— Silas ne vous a pas rejoints en France ? demanda-t-elle à sa sœur.

— Trop occupé.

Abby haussa les épaules.

— Il y a une grosse fusion en cours au travail en ce moment. Il espérait venir nous rejoindre en avion, mais ils voulaient qu'il aille à Aberdeen à la dernière minute.

— C'est dommage.

Sa sœur força un sourire.

— Ce n'est pas grave. Nous passerons de vraies vacances en famille cet été.

Elle se pencha et prit la petite fille des bras de sa mère pour la mettre sur ses genoux et la nourrir.

— Au moins, ça a permis à Maman et Papa de passer du temps avec ces deux-là.

— Elles grandissent si vite.

— C'est parce que tu ne les vois jamais, dit sa mère. Regarde à quelle heure tu es rentrée ce soir.

— Nous sommes au milieu d'une enquête pour meurtre—

— Pas devant les enfants, siffla sa sœur en lui lançant un regard noir.

— Pourquoi ne trouves-tu pas quelque chose d'agréable à faire ? poursuivit sa mère. Tu as un bon diplôme. Tu pourrais avoir le choix parmi tous les emplois qui existent. Un qui te permettrait d'avoir une vie en dehors du travail, aussi.

Kay posa sa fourchette et but une grande gorgée de vin, comptant jusqu'à dix en le faisant.

Une heure et demie plus tard, son supplice touchait presque à sa fin. Sa sœur était assise dans le salon, les deux enfants commençant à s'endormir, et sa mère les informa qu'ils partiraient bientôt pour entamer la dernière étape de leur voyage de retour.

Kay réussit à s'empêcher de soupirer de soulagement à haute voix, puis faillit s'étouffer avec sa dernière gorgée de vin quand Adam leva le poing en signe de victoire derrière le dos de sa mère.

Son père avait les mains dans l'évier de la cuisine, occupé à faire la vaisselle, et Kay saisit un torchon et commença à essuyer les casseroles et les poêles pendant qu'Adam emportait un plateau chargé de tasses de café pour les autres.

— Qu'est-ce qui ne va pas, ma chérie ? dit son père.

— Que veux-tu dire ?

Il la regarda de côté.

— Tu as toujours été nulle pour garder des secrets.

Elle soupira.

— Ce n'est rien, Papa, vraiment.

— Je sais que ta mère n'arrête pas de te reprocher d'avoir une carrière au lieu d'avoir des enfants, dit-il, mais c'est ta vie. Toi et Adam, faites ce qui est le mieux pour vous. Ne fais pas attention à elle.

Il s'arrêta, se pencha et prit l'autre torchon pour s'essuyer les mains, ses yeux ne quittant jamais les siens.

— Je sais que quelque chose te tracasse, et je ne parle pas de ta mère qui te harcèle tout le temps. Si tu as besoin de parler un jour, tu m'appelles, d'accord ?

Un petit sourire se dessina sur ses lèvres.

— Mais fais-le plutôt un mardi. C'est le jour où ta mère va au loto.

Kay retint ses larmes et combla la distance entre eux.

— Merci, Papa.

CHAPITRE 15

Peter Bailey remonta le col de sa veste et enfonça ses mains dans ses poches.

Son service s'était terminé vingt minutes plus tôt, et il lui fallait normalement cinquante minutes de marche entre le supermarché et l'appartement qu'il louait. L'air frais du soir mordait sa peau, et il accéléra le pas pour essayer de se réchauffer.

Les choses s'amélioraient au travail. Il n'était là que depuis six semaines, mais le directeur du magasin l'avait pris à part plus tôt dans la journée et lui avait demandé s'il serait intéressé par quelques heures supplémentaires chaque jour.

Il avait accepté sans hésiter. L'argent supplémentaire signifierait qu'il pourrait commencer à économiser et, d'ici la fin de l'année, il aurait peut-être même assez pour s'offrir des vacances bon marché.

Cette pensée mit du ressort dans sa démarche.

Sur ordre de son médecin, il avait commencé à

réduire la dose de ses médicaments sur ordonnance. Le médecin s'était montré méfiant au début et l'avait mis en garde contre les effets secondaires.

Il secoua légèrement la tête. Ils avaient eu une conversation similaire lorsqu'on lui avait prescrit des antidépresseurs pour la première fois. Sauf que maintenant, avec un peu de chance, il pourrait commencer à perdre du poids. Il avait toujours pris soin de sa santé auparavant, mais après l'accident, une chose en entraînant une autre, il était devenu plus facile de compter sur les plats à emporter et les sodas. Il ne pouvait s'en prendre qu'à lui-même, et il réalisait qu'à l'époque, il avait cherché du réconfort dans la nourriture. Avec l'argent supplémentaire qu'il gagnerait la semaine suivante, il pourrait s'inscrire à la salle de sport locale.

Il sortit sa main droite de sa poche et appuya sur le bouton du passage piéton. Tandis qu'il regardait les voitures et les bus passer à toute vitesse, son esprit vagabonda et il se surprit à planifier comment sa routine quotidienne changerait une fois que ses nouveaux horaires commenceraient la semaine suivante.

Un camion freina devant lui et le conducteur klaxonna.

Il cligna des yeux et réalisa que le petit bonhomme vert brillait de l'autre côté de la route. Il leva la main vers le chauffeur du camion et se dépêcha de traverser les bandes noires et blanches du passage piéton, atteignant l'autre côté alors que les feux commençaient à clignoter.

Une brise fraîche fouetta ses cheveux pendant qu'il

traversait le pont au-dessus de la rivière. Cela faisait une éternité qu'il n'était pas sorti le soir, et quelques demis rapides dans un pub qui était autrefois un de ses repaires favoris avaient apporté un changement rafraîchissant sur le chemin du retour du travail. Il avait certainement eu soif d'une bière depuis qu'il prenait des antidépresseurs, et dès que son médecin avait prudemment accepté qu'il puisse boire occasionnellement, il avait prévu de remédier à cette soif dès que possible.

Il ne se passait pas grand-chose au pub quand il y était arrivé, ce dont il était reconnaissant. Il avait encore du mal à interagir socialement, quelque chose que son conseiller avait dit être parfaitement normal et qu'il ne devait pas se précipiter dans des situations sociales mais plutôt y aller doucement. Au lieu de cela, il avait siroté sa bière, gardé un œil sur le score du match de football sur la télévision dans le coin au fond, et laissé les voix autour de lui passer au-dessus de son corps fatigué.

Il regarda par-dessus le bord du parapet les eaux sombres de la rivière Medway en contrebas, ses yeux suivant la silhouette des péniches et autres navires amarrés sur le côté. Il enviait la liberté qu'il imaginait que leurs propriétaires avaient ; pouvoir détacher une corde et dériver au gré des courants de l'eau jusqu'à ce qu'un autre endroit leur plaise. Il renifla l'air humide avant d'accélérer le pas et de suivre la direction de Tonbridge Road.

Il regarda par-dessus son épaule. La route derrière lui était vide, et personne d'autre n'était en vue. Au bout de la rue, la circulation du centre-ville défilait rapidement devant le carrefour, mais aucun véhicule ne ralentissait pour entrer dans le quartier.

En tournant à droite dans la rue qui mènerait finalement à son domicile, les poils sur sa nuque se dressèrent et il s'arrêta.

Le bruit sourd et le cliquetis d'un train qui passait atteignirent ses oreilles, et sa peau se hérissa de chair de poule. Il se força à siffler, pour se changer les idées. Son sifflement était sans mélodie, mais son rythme cardiaque commença à diminuer à mesure que le bruit du train s'estompait.

Il tourna à gauche avant la gare de Barracks et accéléra le pas.

Il fronça les sourcils. Il avait réduit la dose de ses comprimés une semaine auparavant, et à part un léger vertige s'il se levait trop rapidement, il n'avait pas remarqué les effets secondaires dont le médecin l'avait averti. Il se demanda si la paranoïa était l'un de ceux que le médecin avait négligés.

Il pivota sur ses talons et, en passant sous le prochain réverbère, il repoussa la manche de sa veste et regarda sa montre. Il était neuf heures et quart, et la plupart des maisons qu'il dépassait étaient plongées dans l'obscurité, les habitants cachés derrière des stores et des rideaux fermés.

La rue était déserte.

Ou l'était-elle ?

Il jeta encore un coup d'œil par-dessus son épaule, puis trébucha. Décidant de regarder où il mettait les pieds, il atteignit un carrefour en T et traversa la route en courant.

La sensation d'être observé ne le quittait pas, cependant. Il serra les poings le long de son corps, tous ses sens en alerte. Il ne pouvait pas entendre de pas au-dessus du bruit de la circulation lointaine ; pourtant, il ne pouvait se débarrasser de la sensation d'être sous surveillance. Au lieu de cela, il accéléra le pas et courut les derniers mètres jusqu'aux portes principales du bloc d'appartements.

Le trottoir large et fissuré laissait place à un talus herbeux étroit et abrupt qui descendait vers le rez-de-chaussée des appartements. Un pont en béton avec des rambardes de chaque côté enjambait la distance entre le trottoir et le bâtiment, et se terminait par une large porte d'entrée utilisée par tous les résidents.

On accédait aux appartements du rez-de-chaussée par un escalier qui descendait depuis le hall d'entrée. Peter l'ignora et monta en courant l'escalier jusqu'à son appartement au troisième étage.

Il monta les marches deux par deux et, sans se soucier de ce que penseraient les voisins s'ils venaient à ouvrir leur porte d'entrée, il courut le long du couloir jusqu'à sa porte d'entrée.

Lorsqu'il l'atteignit, la sueur ruisselait sur son visage. Il essuya son front avec sa manche et sortit ses clés de la poche de son jean. Sa main tremblait pendant qu'il insérait la clé et il jura à voix basse en essayant de la tourner. Finalement, la porte s'ouvrit et il se glissa à l'intérieur, la claquant derrière lui et s'assurant que le mécanisme de verrouillage se remettait en place.

Il s'appuya contre la porte, haletant, puis fit volte-face et enclencha la chaîne de sécurité pour faire bonne mesure.

Après quelques instants, il se débarrassa de sa veste et l'accrocha au crochet à côté de la porte, puis il s'avança doucement dans le couloir jusqu'à l'espace de vie. Il ignora les interrupteurs. Assez de lumière ambiante passait par le panneau vitré au-dessus de sa porte d'entrée pour éclairer le salon et lui permettre de naviguer entre les meubles sans trébucher ni se cogner un orteil. Il se mit à quatre pattes et rampa vers la fenêtre de devant, puis se releva jusqu'à ce qu'il puisse jeter un coup d'œil par-dessus le rebord. La rue à l'extérieur était déserte, à l'exception d'un chat solitaire qui filait entre deux voitures garées.

Il resta assis un moment avant de se remettre debout et de tirer les rideaux. Il tendit le bras et alluma la petite lampe sur la table à côté de lui, puis il se dirigea vers la cuisine.

Allumant la bouilloire, il attrapa le flacon en plastique à côté des couteaux de cuisine, l'ouvrit et versa sa dose quotidienne.

Ses yeux se posèrent sur la collection de pilules dans sa paume.

Les pensées de Peter revinrent à la paranoïa qui s'était emparée de lui sur le chemin du retour de la ville, et il remit deux des comprimés dans le flacon.

— Plus vite j'arrêterai ces trucs, mieux ce sera.

CHAPITRE 16

Il marchait d'un pas décidé le long de la route d'accès usée, la surface labourée par le nombre de véhicules de chantier qui l'avaient empruntée ces deux dernières semaines.

Il s'était garé à quatre cents mètres de là. Il aurait pu se rapprocher en voiture s'il l'avait voulu, mais c'était plus simple ainsi. Il ne voulait pas que son véhicule soit vu si près des voies ferrées.

L'air était vif, une fraîcheur à quelques degrés seulement d'une gelée matinale. Il inspira l'odeur terreuse de la piste boueuse à côté de lui, prenant soin de rester sur l'accotement herbeux pour ne pas laisser de traces de pas.

Sa progression était camouflée par une haute haie de ronces qui séparait la piste d'un champ en jachère traversé par un sentier public. Le week-end, l'itinéraire serait fréquenté par divers groupes de randonneurs se dirigeant tous vers le pub du village voisin.

Il observait l'équipe de travail depuis une semaine. Il savait qu'ils arrivaient avant huit heures, pour être à l'heure pour le briefing de sécurité quotidien. Il savait qu'ils étaient six, un mélange d'âges, tous des hommes.

Il avait même pris le train de Maidstone à Kemsing pour pouvoir parcourir la section de voie où les travaux d'entretien étaient effectués.

Il avait alors vu comment il pourrait atteindre l'endroit qu'il avait choisi.

C'était parfait.

Il atteignit bientôt les portails et clôtures temporaires qui avaient été placés en travers de la route d'accès. Il s'approcha et tendit la main pour toucher l'épaisse chaîne enroulée autour des portails pour les maintenir fermés, un gros cadenas les retenant ensemble.

Un léger sourire se dessina sur ses lèvres.

Il sortit une clé d'apparence étrange de sa poche et l'inséra dans le cadenas.

Elle tourna sans effort.

Le site était désert – il avait encore au moins une heure avant que quelqu'un d'autre n'arrive. Le vent ébouriffa ses cheveux tandis qu'il parcourait du regard les trois bureaux en préfabriqué qui avaient été installés pour l'usage de l'équipe. Vers l'arrière du petit site, deux toilettes temporaires avaient été mises en place, les structures bleu vif rappelant des cabines téléphoniques et paraissant un peu déplacées dans le paysage autrement terne.

Des engins de chantier abandonnés avaient été garés d'un côté, un peu à l'intérieur de la clôture –

suffisamment loin pour que les enfants ne soient pas tentés d'entrer dans l'enceinte pour les atteindre. Une énorme pyramide de ballast gris avait été déversée sur sa droite, et des rails d'acier étaient empilés à côté.

Une petite montée vers l'arrière du site menait à la voie ferrée.

Il se tint en retrait, ses oreilles détectant le son révélateur d'un train qui approchait.

Il se déplaça pour se cacher derrière l'un des préfabriqués, quelques instants avant que le train ne passe en trombe, son klaxon retentissant dans son sillage.

Il attendit quelques instants, pour s'assurer qu'aucun autre train n'était sur le point de passer.

Bien qu'il connaisse les horaires des trains par cœur, il y avait toujours le risque qu'une locomotive soit en manœuvre entre les gares parmi les trains de voyageurs.

Satisfait de ne pas être observé jusqu'au prochain train prévu dans vingt minutes, il se dirigea vers la clôture qui séparait le chantier et la voie. Elle avait été coupée et déplacée sur le côté par les ouvriers d'entretien. La clôture temporaire qu'il avait déverrouillée était conçue pour empêcher le public d'accéder à la voie ferrée.

Il traversa les rails jusqu'à un accotement herbeux accidenté qui longeait le bord de la voie et menait à un bosquet d'arbres qui cachait le site à la vue.

Il grogna, et ses épaules se détendirent un peu. C'était mieux qu'il ne l'avait espéré.

Au-delà du champ, les maisons les plus proches

étaient à environ huit cents mètres. Il le savait parce qu'il avait roulé sur la route en observant les jardins parfaits et le paysage vallonné qui les entourait.

Il savait également, grâce à ses observations, que les occupants des trois maisons les plus proches du champ surplombant la voie ferrée seraient au travail quand il reviendrait.

Il n'y avait qu'un seul problème à avoir une maison dans un endroit aussi idyllique. La taille d'un prêt hypothécaire typique impliquait un trajet matinal vers un emploi en ville, et un retour tardif à la maison le soir.

Il n'y aurait personne pour l'observer.

Il se détourna des maisons et retraversa les voies. Il s'arrêta entre les deux rails, ses bottes à embout d'acier s'enfonçant légèrement dans la surface inégale.

Il leva la tête et regarda vers l'horizon, les rails disparaissaient sous une passerelle à bien huit cents mètres de là. La passerelle était déserte, le chant d'un merle étant le seul son qui brisait le silence. Un frisson lui parcourut l'échine.

Ce serait si facile d'attendre le prochain train. Il ne restait que quelques minutes avant son arrivée, et il ne ralentirait pas. Il pourrait simplement marcher devant au dernier moment, et le conducteur ne pourrait rien y faire.

Ou, s'il se déplaçait un peu vers la droite, sa botte toucherait le rail sous tension et il serait électrocuté instantanément.

Il cligna des yeux et chassa la tentation de son esprit.

Il n'en finirait pas, pas avant que le projet ne soit terminé.

Il avait un objectif, et il avait l'intention de l'atteindre.

CHAPITRE 17

Le téléphone sur le bureau, à côté du coude de Kay, sonna. Elle tendit la main pour répondre tout en poussant une pile de paperasse sur le côté.

— Allô ?

— Les résultats des empreintes de pneus sont arrivés, dit Harriet. Tu ne vas pas aimer ça.

— Vas-y, envoie.

— C'est une marque bon marché, la même que celle utilisée par une franchise de réparation et de remplacement de pneus dans tout le pays. Généralement montés sur l'un des modèles de voiture plus petits. Pas de marques distinctives, usure normale.

— Merde.

— Je te comprends.

— Désolée, Harriet, je sais que tu fais de ton mieux avec ce que tu as.

— Pas de problème. Je déteste aussi les mystères. Mais j'ai quand même quelque chose d'intéressant pour toi. Quand nous avons analysé ce qui restait de la corde autour de la cheville de la victime, nous avons trouvé un ongle incrusté dans les fibres. Au début, nous pensions qu'il appartenait à notre victime, mais son ADN ne correspond pas. Donc—

— Il appartient à son meurtrier.

— Exactement. Je t'enverrai mon rapport complet par e-mail dans les vingt prochaines minutes, mais je pensais que tu voudrais le savoir maintenant pour prendre de l'avance.

— Merci, j'apprécie.

Kay mit fin à l'appel et se précipita dans le bureau de Sharp.

— Évidemment, nous allons passer en revue les dossiers pour voir s'il y a quelqu'un dont l'ADN correspond, dit-elle après l'avoir mis au courant de sa conversation avec la chef de la Crim'.

— Bien, dit Sharp. Tenez-moi au courant si nous avons une correspondance—

Il s'interrompit lorsque Debbie West frappa à la porte et entra sans attendre de réponse.

— Vous devez voir ça, chef.

Elle lui tendit un exemplaire du journal local ouvert à la troisième page et pointa du doigt l'article.

Sharp jura.

— Qu'est-ce que c'est ? demanda Kay.

Sharp tourna le journal dans ses mains pour que Kay puisse voir le titre.

— Denise Abbott a parlé.

Kay se leva de sa chaise et lui prit le journal, parcourant le texte des yeux. Elle gémit.

La veuve de Cameron Abbott avait mis toute l'enquête en péril à elle seule. En parlant à un journaliste et en lui disant que la police l'avait contactée pour discuter d'une affaire en cours, elle avait alerté le tueur de leurs progrès.

— À quel point pensez-vous qu'elle ait causé des dégâts ? demanda Debbie.

— Une grande partie de ceci n'est que conjecture, dit Kay. À aucun moment nous n'avons mentionné que nous enquêtions sur un meurtre, seulement qu'il y avait eu un autre décès sur le même tronçon de voie ferrée que son mari.

— Aviez-vous soupçonné qu'elle pourrait aller voir les journaux ? demanda Sharp.

— Pas du tout. Elle semblait avoir tourné la page très rapidement après la mort de son mari. Elle voit quelqu'un d'autre, qui était à la maison quand nous y étions. Il ne s'est pas présenté et est resté à l'étage.

— Pensez-vous que c'est lui qui a contacté le journal ?

— Peut-être. Écoutez, je vais demander à Barnes et Carys d'aller les voir tous les deux et de leur rappeler qu'ils ne doivent plus parler à la presse de cette enquête.

— Faites ça. Je vais demander à notre attaché de presse d'appeler le rédacteur en chef du journal pour lui parler. Avec un peu de chance, on pourra sauver la situation.

Sharp jeta un coup d'œil par-dessus son épaule, et Kay suivit son regard.

Son cœur se serra.

Le commandant divisionnaire Larch traversait la salle des opérations d'un pas décidé, le visage rouge comme une betterave.

— Debbie, retournez à votre bureau. On n'a pas besoin de vous ici, dit Sharp.

Debbie s'éclipsa du bureau, le soulagement visible sur son visage.

Larch claqua la porte et Kay se prépara à l'assaut.

— Qu'est-ce que vous avez foutu, Hunter ?

Il pointa son doigt vers elle, de la salive aux lèvres. Il lui arracha le journal des mains et le tint devant son visage, les mains tremblantes.

— C'était votre idée ? Nous avons des politiques médiatiques pour une raison, inspectrice.

— Chef, Kay n'y est pour rien, dit Sharp d'une voix calme.

Il tendit la main et baissa le journal, ignorant le regard furieux du commandant divisionnaire.

— Denise Abbott a choisi d'aller à la presse de son propre gré. Nous ne pouvons que supposer qu'elle voulait attirer l'attention, mais nous avons chargé Barnes et Miles d'aller immédiatement chez elle pour lui expliquer la nature de notre enquête et lui demander de s'abstenir de parler à qui que ce soit d'autre dans les médias.

— Ce n'est pas suffisant, Sharp. Partout où Hunter va, il y a des problèmes. Réglez ça, bon sang.

Il pivota sur ses talons, ouvrit la porte en grand et sortit à grands pas de la salle des opérations.

Kay expira bruyamment.

— Merci, chef.

— Pas de problème. Écoutez, je sais qu'il vous en veut, mais ne le laissez pas vous déstabiliser. Nous sommes sous pression pour résoudre cette affaire rapidement. Larch doit faire face à des coupes budgétaires et des objectifs de performance, et il ne cache pas que nous sommes sous surveillance. Continuons avant que quelque chose d'autre ne vienne le contrarier.

Kay ne put s'en empêcher.

— Sinon des têtes vont tomber ?

Les yeux de Sharp se plissèrent et il essaya de réprimer un sourire narquois.

— Vous avez encore traîné avec Barnes, n'est-ce pas ? Je devrais—

Il s'interrompit au milieu de sa phrase lorsque Carys se précipita dans la pièce.

— Chef ? J'ai reçu un appel de Lucas, il a dit que vous devez vérifier vos e-mails. Il a réussi à obtenir une correspondance pour les dossiers dentaires de notre victime.

— Rassemblez l'équipe, Carys. Je vous rejoins dans une seconde.

Il se précipita vers son ordinateur, et Kay courut à son bureau pour prendre son carnet.

Un murmure excité remplit la pièce tandis que l'équipe quittait ses bureaux et se dirigeait vers l'endroit où Sharp se tenait dos au tableau blanc. Il n'attendit pas qu'ils s'installent.

— Nous avons une identification positive pour notre victime.

La salle devint silencieuse.

— Lawrence Whiting. Quarante-quatre ans. Actuellement sans emploi, il louait un appartement à Larkfield depuis un an.

Il passa le rapport complet à Kay.

— Vous savez tous ce qu'il faut faire. Retrouvez et prévenez les proches. Les coordonnées de son médecin traitant sont dans le rapport, alors commencez par là. Interrogez sa famille et ses amis, organisez l'accès à l'appartement. Quelqu'un pourrait avoir un double des clés, sinon faites venir le serrurier le plus vite possible.

CHAPITRE 18

Kay fronça les sourcils lorsque Barnes se déplaça sur la voie intérieure de la rocade et s'engagea sur l'autoroute.

— Je croyais que tu avais dit que la mère de Lawrence vivait à Allington ?

— C'était le cas avant. Quand j'ai parlé à la réceptionniste du cabinet de son médecin, il s'est avéré que sa mère avait été diagnostiquée avec les premiers symptômes de démence. La réceptionniste m'a donné le numéro de téléphone de sa sœur. Elle et Lawrence ont organisé le déménagement de leur mère dans une maison de retraite de l'autre côté d'Aylesford. La sœur, Grace, nous y retrouvera. J'ai aussi demandé à Hazel de nous y rejoindre.

Hazel Aldridge était l'une des agentes de liaison familiale de l'équipe, dont le rôle consistait à apporter un soutien aux familles endeuillées pendant le déroulement d'une enquête. Membre inestimable de l'équipe, Hazel possédait des compétences qui faisaient d'elle la mieux placée pour fournir à la famille des mises à jour régulières sur l'enquête et répondre à toutes les questions qu'ils pourraient avoir sur le processus.

Kay admirait beaucoup tous ceux qui assumaient ce rôle, car il pouvait souvent être très conflictuel de devoir gérer la frustration et le chagrin des autres.

Ils atteignirent l'établissement de soins pour personnes âgées en vingt minutes, le volume de circulation étant stable entre la sortie quotidienne des écoles et l'heure de pointe des travailleurs. Barnes gara la voiture à côté de celle de Hazel et les conduisit vers l'accueil.

Kay fut frappée par l'ambiance de fausse gaieté créée par les plantes colorées dans des pots de chaque côté de la porte d'entrée et les couleurs vives appliquées aux murs de l'espace d'entrée. L'épaisse moquette étouffait leurs pas tandis qu'une légère odeur de désinfectant flottait dans l'air.

Hazel se leva d'un des fauteuils confortables de la salle de réception à leur entrée et leur serra la main à tous les deux.

— Je me suis inscrite, et ils ont accepté de nous laisser utiliser la salle commune pendant que les autres résidents prennent leur thé de l'après-midi à la cantine.

Les épaules de Kay se détendirent un peu. C'était typique de Hazel de prendre les choses en main, ce dont elle lui était reconnaissante. Elle signa le registre après Barnes, et la réceptionniste leur indiqua le chemin vers la salle commune.

— Mme Whiting et sa fille sont déjà là, dit-elle. La salle est à vous pour les quarante prochaines minutes.

Kay suivit Barnes et Hazel le long d'un couloir tapissé qui semblait utiliser une quantité démesurée de beige par rapport à la réception joyeuse. Bien qu'il fût bien éclairé, une morosité s'accrochait aux murs et une sensation de ralentissement du temps l'enveloppait.

Le couloir se terminait par une double porte, dont les deux battants étaient maintenus ouverts et menaient à la salle commune. Une sélection de fauteuils avait été dispersée en petits groupes dans l'espace, et Kay fut surprise de constater que la décoration était moderne et inspirante comparée au couloir. Elle se demanda si le budget de décoration intérieure ne s'étendait que jusqu'à un certain point, et aux endroits les plus susceptibles d'être utilisés par les familles en visite, puis elle se réprimanda pour son cynisme.

De grandes baies vitrées donnaient sur une terrasse pavée qui menait à des jardins bien entretenus bordés de sapins. Une télévision avait été fixée sur le mur de gauche de la pièce, tandis que diverses images colorées ornaient le plâtre autour.

Une femme se leva d'un canapé deux places contre le mur de droite et se dirigea vers eux. Ses cheveux bruns courts avaient été coupés en un carré sévère, dont elle glissa les côtés derrière ses oreilles, révélant deux boucles d'oreilles dans un lobe. Une femme d'apparence ordinaire, elle semblait avoir vieilli prématurément comme si la santé de sa mère et de son frère avait eu un effet néfaste sur la sienne.

— Grace Whiting ?

La femme hocha la tête.

— Je suis l'inspectrice Kay Hunter. Je suis désolée pour votre perte.

La femme lui serra la main et retint ses larmes avant de tamponner ses joues avec un mouchoir en papier froissé qu'elle tenait dans son autre main.

— Merci, inspectrice. J'ai informé notre mère, mais comme vous pouvez le voir, je ne suis pas sûre qu'elle ait compris.

Elle fit un geste vers la femme assise dans le fauteuil à côté du canapé, une couverture remontée sur ses genoux. La femme sourit et fit un petit signe de la main avant qu'une expression de confusion ne traverse ses traits et qu'elle ne laisse retomber sa main sur ses genoux.

Kay présenta Barnes et Hazel.

— Hazel sera votre agente de liaison familiale pendant que nous poursuivons nos investigations. Elle pourra répondre à toutes les questions que vous pourriez avoir sur nos progrès et le processus. Cela vous dérangerait-il si nous vous posions quelques questions sur votre frère ?

— Pas du tout. Pouvons-nous nous asseoir ici, que je puisse tenir compagnie à ma mère en même temps ?

Elle se retourna et s'installa dans un deuxième fauteuil, lissant sa jupe grise en laine mi-mollet sous elle avant de resserrer son gilet jaune pâle autour de ses épaules. Elle posa ses mains sur ses genoux et commença à jouer avec son alliance.

Barnes sortit son carnet, et Kay le remercia d'un signe de tête. Avec l'un d'eux prenant des notes, elle pouvait se concentrer sur l'écoute de Grace.

— Nous n'étions pas très proches, commença-t-elle. Il avait ses propres problèmes de santé à gérer, et quand notre mère a été diagnostiquée avec une démence il y a six mois, c'est à moi qu'est revenue la charge de m'occuper d'elle.

Kay nota le ton amer dans la voix de la femme.

— Est-ce qu'il rendait visite à votre mère ici ?

— Pas à ma connaissance. Je pense qu'il était gêné. Il luttait pour faire face à sa dépression, et avait réussi à commencer à redresser sa vie. Je ne pense pas qu'il voulait cette responsabilité en plus de tout le reste.

— Quand avez-vous vu votre frère pour la dernière fois ?

— Il y a environ quatre semaines. Nous devons mettre la maison de Maman sur le marché pour payer son hébergement ici, alors je commençais à trier ses affaires. J'ai trouvé quelques-unes de ses affaires parmi celles de Maman dans le grenier, et je lui ai suggéré d'y jeter un coup d'œil pour voir s'il voulait garder quelque chose. Il est passé, mais il n'est pas resté longtemps. Il est probablement resté une heure tout au plus.

— Pouvez-vous penser à quelqu'un qui aurait voulu faire du mal à votre frère ?

— Non. Quand la dépression de Lawrence est devenue trop lourde, il a perdu contact avec beaucoup de ses vieux amis. C'est toujours la même histoire avec la maladie mentale, n'est-ce pas ? Les gens ne savent pas comment réagir ou aider, alors ils s'éloignent. Le problème, c'est que quand Lawrence se sentait mal, il ne pouvait pas contrôler son comportement. Les gens le prenaient pour de la grossièreté, mais c'était simplement qu'il ne supportait pas d'être entouré – cela le rendait trop anxieux. Donc, pour répondre à votre question, je ne peux penser à personne qui aurait voulu lui faire du mal, parce qu'il ne fréquentait plus personne.

— Comment semblait-il la dernière fois que vous l'avez vu ?

Un triste sourire traversa le visage de la femme.

— Il avait l'air en meilleure santé, comme s'il mangeait correctement et faisait un peu d'exercice pour changer. Pendant qu'il était sans emploi, il avait beaucoup grossi et les antidépresseurs n'avaient probablement pas aidé dans ce domaine. Mais quand je l'ai vu ce jour-là, il semblait plus optimiste. Il parlait même de postuler pour un emploi qu'il avait vu dans le journal cette semaine-là. C'était un tel changement de comportement pour lui, parce que quand il était malade, il semblait avoir perdu le goût de vivre.

CHAPITRE 19

Kay suivit Gavin de l'autre côté de la rue en direction de l'immeuble de trois étages.

Après avoir retrouvé et parlé à la sœur de Whiting, Kay et Barnes avaient passé du temps avec elle à lui donner leurs numéros de téléphone et à écouter Hazel expliquer son rôle et sa disponibilité, avant de partir avec un double des clés de l'appartement de son frère qu'elle détenait.

Elle n'avait pas voulu les accompagner.

— Vous pouvez prendre ce dont vous avez besoin, avait-elle dit. Je ne pense pas pouvoir supporter d'y aller pour le moment.

Kay avait déposé Barnes au poste de police pour qu'il puisse mettre à jour la base de données de l'enquête avec ses notes, et elle était partie pour Larkfield avec Gavin à sa suite, au grand dam de Carys.

— Je peux t'aider à fouiller l'appartement, avait-elle

dit, après avoir pris Kay à part pendant que son collègue attrapait sa veste.

— Je le sais bien, avait répondu Kay, mais j'emmène Gavin. Tu as déjà beaucoup d'expérience dans ce domaine.

Abattue, Carys s'était détournée et s'était occupée en faisant la conversation à Barnes sur les événements de la matinée.

À présent, Kay insérait la première des trois clés dans une porte verrouillée qui menait à un large couloir bordé par le premier des quatre appartements du rez-de-chaussée.

Gavin s'assura que les portes étaient fermées derrière eux et que le mécanisme de sécurité s'était enclenché avant de prendre la tête dans les deux volées d'escaliers et le long du palier. Il s'arrêta à la deuxième porte sur la droite et jeta un coup d'œil aux numéros en aluminium vissés sur sa surface.

— C'est celui-là.

Ils s'arrêtèrent pour enfiler des gants de protection avant d'entrer dans l'appartement.

Mis à part une légère odeur de renfermé, l'appartement semblait propre et bien rangé. Un étroit couloir menait à une chambre sur la droite avec une salle de bains juste à côté. La cuisine et le salon avaient été récemment rénovés et formaient un grand espace de vie.

Une lumière tamisée filtrait à travers une fenêtre de façade dont les stores vénitiens étaient baissés pour plus d'intimité. Une télévision était posée sur un meuble bas sous la fenêtre, la télécommande sur le côté. Çà et là sur les murs, une sélection de reproductions photographiques bon marché avait été accrochée. Kay les reconnut d'une boutique devant laquelle elle passait souvent dans le centre commercial Fremlin Walk.

Elle franchit le seuil et entra dans la cuisine, ses yeux parcourant les plans de travail bien rangés – une bouteille d'huile d'olive se tenait à côté de la plaque de cuisson, et une sélection de condiments était alignée soigneusement contre les carreaux qui recouvraient le mur. Elle se retourna et ouvrit la porte du réfrigérateur, et elle fut surprise de voir une sélection de fruits et légumes frais parmi les pots de sauce pour pâtes à moitié utilisés, les moutardes et les boîtes en plastique.

— Il prenait vraiment soin de lui, dit Gavin.

— Sa sœur nous a dit qu'il s'était récemment intéressé à une alimentation plus saine. Elle a dit qu'il avait beaucoup grossi à cause de la dépression et des médicaments qu'il prenait.

Gavin pointa du doigt un ensemble d'haltères dans le coin.

— De toutes les victimes sur lesquelles nous enquêtons, il semble être le seul qui commençait à changer sa vie avec un certain succès.

Kay claqua la porte du réfrigérateur.

— Raison de plus pour découvrir qui l'a assassiné. Bon, tu t'occupes de la chambre pendant que je continue ici. Voyons s'il y a quelque chose qui pourrait nous aider.

Alors que Gavin passait, elle commença à ouvrir les

tiroirs sous le plan de travail. Le tiroir du haut était occupé par une sélection de couverts, tandis que les trois suivants contenaient un mélange de paquets de piles à moitié utilisés, un jeu de tournevis, un jeu de cartes, et diverses boîtes en plastique qui, après inspection, contenaient un petit kit de couture et des articles pour cirer les chaussures.

Elle porta son attention sur les placards au-dessus de la plaque de cuisson, et repoussa la collection d'assiettes, de tasses à café et de verres.

Ne trouvant rien, elle se retourna et s'accroupit pour ouvrir le placard sous l'évier, et ferma l'arrivée d'eau.

Après avoir fouillé les grands placards à nourriture, elle se déplaça vers le salon.

Elle claqua la langue d'agacement devant l'état des étagères et de la collection de DVD. Les boîtiers en plastique étaient empilés les uns sur les autres de manière désordonnée, et un paquet de cigarettes froissé gisait à côté d'une pile de livres.

Elle commença dans le coin supérieur gauche des étagères et se mit à feuilleter les pages des romans un par un, dans l'espoir de découvrir un reçu ou une note.

Il n'y avait rien.

Elle déambula jusqu'à la chambre où Gavin était accroupi à quatre pattes, la tête dans la penderie.

— Tu as trouvé quelque chose ?

Il s'extirpa et secoua la tête.

— Il y a des boîtes et des trucs au fond ici, mais rien d'intéressant. Juste de vieux albums photos et des magazines. Quelques vieux vêtements ; on dirait qu'ils ont été utilisés pour jardiner ou quelque chose comme ça.

Il se redressa et fit un geste circulaire dans la pièce.

— Le lit était fait. Rien en dessous. Je vais vérifier la table de chevet dans un instant.

— D'accord, je vais voir ce qu'il y a dans la salle de bains.

Après avoir ouvert le réservoir des toilettes pour s'assurer que rien de suspect n'y avait été caché, Kay se dirigea vers la salle de bains séparée.

Un pommeau de douche surplombait la baignoire, les commandes d'une pompe électrique fixées au mur en dessous, tandis qu'un meuble blanc simple avec un large lavabo sur le dessus avait remplacé le meuble-vasque d'origine lors des rénovations du propriétaire.

Kay ouvrit chaque tiroir du meuble-vasque, fouillant parmi divers paquets de comprimés contre les maux de tête et des accessoires de rasoir, puis elle claqua le dernier avec frustration.

Malgré le fait qu'ils connaissaient l'identité de leur victime, ils n'étaient toujours pas plus près de découvrir pourquoi il était mort, ou qui l'avait tué.

— Chef ?

Gavin apparut à la porte, un agenda à la main.

— J'ai trouvé quelque chose. L'après-midi où Whiting a été tué, il avait un rendez-vous avec quelqu'un nommé Simon Ancaster dans l'après-midi. Il y a aussi un numéro de téléphone.

— Bien, dit Kay. Voyons ce que M. Ancaster a à nous dire, d'accord ?

CHAPITRE 20

Une énergie renouvelée emplissait la salle des opérations lorsque Kay et Gavin revinrent, l'équipe étant galvanisée maintenant qu'ils avaient un nom pour leur victime et pouvaient commencer à reconstituer son passé.

L'atmosphère étouffante était imprégnée de l'arôme du toner d'imprimante et du café brûlé tandis que l'équipe d'enquête épluchait les rapports et autres documents, essayant de reconstituer l'affaire.

Kay retira sa veste de ses épaules. Le seul problème avec le système de chauffage central était qu'il était capricieux. Certains jours, il pouvait faire un froid glacial à l'étage et d'autres, comme aujourd'hui, lorsque la salle était bondée avec une équipe d'enquête au complet, l'air était statique.

Barnes se plaignait souvent de la froideur des salles d'interrogatoire en comparaison, et Kay lui avait dit que l'air chaud montait. Sa réponse avait été de faire une remarque sur tous les managers et les chefs au dernier étage. Souriant à ce souvenir, Kay posa sa veste sur le dossier de sa chaise, sachant que dans l'heure qui suivrait, le thermostat pourrait se régler sur un souffle arctique et qu'ils seraient tous blottis dans leurs vestes en essayant de se tenir chaud.

Carys avait surmonté sa déception d'avoir été exclue de la perquisition après avoir découvert que rien n'avait été trouvé pour faire avancer l'enquête, et elle semblait contente de rire et de plaisanter avec Gavin pendant qu'ils préparaient une tournée de thé en prévision du briefing de l'après-midi.

Kay sourit alors qu'elle tapait ses notes dans la base de données de l'affaire et répondait à quelques emails urgents tout en écoutant leurs taquineries bon enfant.

Diriger une enquête pour meurtre était déjà assez stressant, sans que les membres de l'équipe ne deviennent grincheux les uns avec les autres.

Elle regarda sa montre. Dans une heure, la salle des opérations se viderait pour l'après-midi.

Une idée lui était venue plus tôt dans la journée, et elle avait du mal à se concentrer sur l'enquête. Sa conversation avec Adam plus tôt dans la semaine ne cessait de tourner dans sa tête. Il avait raison, ce serait risqué d'utiliser l'un des ordinateurs de la salle des opérations pour mener ses propres recherches, mais elle ne voyait pas d'autre moyen.

Elle se pencha en arrière dans sa chaise et jeta un coup d'œil sur ses collègues autour de la pièce. Même si elle aimait travailler avec eux, cela l'effrayait que l'un d'entre eux puisse être responsable de l'avoir accusée pour les preuves manquantes qui avaient conduit à l'enquête des normes professionnelles. Elle avait fait attention à ne rien laisser de personnel dans son tiroir au travail. Il n'y avait rien non plus dans son casier. Elle détestait ne pas pouvoir faire confiance à qui que ce soit, mais avant tout, elle devait s'assurer de découvrir la vérité, et que rien ne puisse être utilisé pour compromettre à nouveau sa carrière.

Au moins, le commandant divisionnaire Larch s'était tenu à l'écart pour le reste de la journée. Moins elle avait d'interactions à gérer, moins elle avait l'impression d'être constamment jugée. Chaque fois qu'il était dans les parages, c'était comme s'il attendait qu'elle fasse une erreur pour pouvoir bondir.

Maintenant qu'elle avait pris sa décision cependant, l'impatience menaçait le bon sens. C'était si tentant d'utiliser la base de données maintenant pour rechercher l'ancienne affaire, mais il y avait trop de monde autour. Elle n'était pas sûre de pouvoir s'expliquer si l'un d'entre eux voyait ce qu'elle faisait. Oui, elle avait dit à Adam qu'il était naturel pour elle de vouloir savoir pourquoi on l'avait piégée, et ce qui était arrivé aux preuves manquantes, mais elle ne voulait toujours pas avoir à s'expliquer auprès de ses collègues.

— Un penny pour tes pensées ?

Elle sursauta au son de la voix de Barnes par-dessus son épaule.

— Désolée, je ne t'ai pas entendu.

— Ouais, tu avais l'air perdue dans tes pensées. Qu'est-ce qui ne va pas ?

— Ce n'est rien. J'essaie juste de rassembler mes idées pour taper mon rapport d'aujourd'hui.

— Tu as découvert beaucoup de choses dans l'appartement de Whiting ?

— Rien du tout vraiment. J'ai eu l'impression que sa sœur avait raison, et qu'il essayait de reprendre sa vie en main. Le frigo était rempli de nourriture saine, et il avait un ensemble d'haltères dans le salon. Nous n'avons rien trouvé qui suggère qu'il connaissait son tueur, ou pourquoi il a été tué cependant. Il n'y avait pas de drogue dans l'appartement. Juste des cachets pour les maux de tête, donc ça ne ressemble pas à une transaction de drogue qui aurait mal tourné ou quelque chose comme ça.

— Et il n'était pas dans le programme de réhabilitation.

Barnes s'assit dans sa chaise avec un soupir tandis que Carys et Gavin approchaient.

— Donc, il ne semble pas que les deux personnes que nous avons interrogées à propos du programme soient impliqués.

— C'est lié aux antidépresseurs cependant, dit Kay. Ça semble juste, d'une certaine manière.

— Mais à part le stage de conduite après alcoolémie, nous n'avons rien trouvé pour relier Lawrence aux deux autres, dit Carys.

— Et nous n'avons pas trouvé d'antidépresseurs dans l'appartement de Whiting, ajouta Gavin. Il a peut-être été sous traitement à un moment donné, mais pas récemment.

— J'y ai réfléchi, et ça n'a pas de sens. Lucas a réussi à prendre des échantillons de sang et son rapport indique qu'il y a des traces d'antidépresseurs dans le système de Whiting, alors où est son stock ?

— Tu penses que son tueur les a retirés de l'appartement ? dit Carys.

— Peut-être. J'attends de parler avec le médecin traitant de Lawrence, dit Kay. Voir si on peut découvrir pourquoi il a été mis sous antidépresseurs en premier lieu, et quand était sa prescription la plus récente. Il doit y avoir un lien quelque part.

— Quand vas-tu le voir ?

— Sa secrétaire a dit qu'il ne travaille que trois jours par semaine. Nous l'avons raté cet après-midi, donc je m'attends à ce qu'il me rappelle après-demain.

— Et l'historique professionnel de Whiting, ou quelque chose de similaire ?

— Il est au chômage depuis quelques mois. Il a eu un emploi de manutentionnaire dans un magasin de matériaux de construction pendant environ six mois avant ça, mais selon sa sœur, quand la dépression et l'anxiété de Lawrence sont devenues trop importantes, il n'a pas pu faire face. Il semble que ses employeurs aient essayé de faire ce qu'ils pouvaient, mais à la fin ils ont dû le laisser partir. Peut-être que cela lui a donné l'envie d'essayer de travailler avec sa maladie pour améliorer sa vie ? Ce sera intéressant de voir ce que son médecin traitant a à dire, c'est certain.

Barnes pointa son stylo vers Carys et Gavin.

— Ce serait une bonne idée si vous deux alliez parler à son responsable au magasin de matériaux de construction demain. Découvrez quel genre de problèmes sa dépression a causés, et si quelque chose s'est passé là-bas qui a conduit à son meurtre.

— On s'en occupe, dit Carys. Y a-t-il des amis à lui à qui nous pouvons parler aussi ?

Kay secoua la tête.

— D'après sa sœur, beaucoup de ses amis se sont éloignés à mesure que sa dépression s'aggravait. Elle n'a pas pu nous fournir une liste de personnes à qui nous pourrions parler, mais Gavin essaie de contacter un certain Simon Ancaster, dont nous avons trouvé les coordonnées dans l'agenda de Whiting. En attendant, si l'employeur de Lawrence a d'autres contacts avec qui nous pourrions discuter, note-les pendant que vous y serez. Nous avons besoin de toute l'aide possible en ce moment pour obtenir une percée.

Elle jeta un coup d'œil par-dessus son épaule alors que Sharp sortait de son bureau.

— Bon, mettons le chef au courant pendant ce briefing, et avec un peu de chance, demain nous aurons plus de succès.

CHAPITRE 21

Il enfonça ses mains dans les poches de son anorak léger et ralentit son allure pour adopter ce qu'il espérait être une démarche nonchalante.

L'homme se trouvait à plusieurs mètres devant lui, totalement inconscient d'être observé et que chacun de ses mouvements avait été soigneusement surveillé et enregistré au cours du mois précédent.

Maintenant, il était temps de mettre à l'épreuve toute sa planification minutieuse.

Il était resté éveillé tard la veille, vérifiant et revérifiant ses calculs. Une fois le soleil couché derrière les arbres au fond du jardin, il avait tiré les rideaux pour que le voisin ne puisse pas voir à travers la fenêtre et se demander pourquoi il travaillait si tard dans le garage.

Un calme s'empara de lui tandis qu'il marchait, la silhouette de sa cible se faufilant entre les autres piétons.

Il avait passé l'appel téléphonique plus tôt dans la

matinée. Il avait attendu que la rue à l'extérieur se soit calmée, ses voisins partis au travail ou faire leurs courses habituelles. Il savait que l'homme ne quittait pas beaucoup son appartement et que sa vie quotidienne tournait probablement autour de l'observation du monde depuis sa fenêtre. Un appel téléphonique en milieu de matinée serait inattendu.

Ses suppositions s'étaient avérées correctes. L'homme avait répondu au téléphone, la voix prudente.

Il lui avait expliqué qu'il aimerait le rencontrer, que cela faisait trop longtemps qu'il n'avait pas pris contact.

L'homme avait semblé méfiant au début, mais avait finalement accepté qu'ils se rencontrent plus tard dans la journée après qu'il lui avait expliqué pourquoi ils devraient parler.

Maintenant, il accéléra le pas pour garder l'homme dans son champ de vision.

Son épaule heurta une femme chargée de sacs de courses, et il s'excusa d'une voix basse.

Elle grommela dans sa barbe, mais se dépêcha de passer devant lui après avoir établi un contact visuel, et il se demanda ce qu'elle y avait vu.

Avait-il l'air d'un tueur ?

Il soupçonnait que non. C'était ce qui jouait en sa faveur.

Il avait été choqué par son apparence dans le reflet de la vitrine du supermarché qu'il avait dépassé plus tôt. Il reconnaissait que son projet était devenu une obsession, mais il n'avait pas pris en compte l'effet que cela aurait sur son corps.

Il essaya de se rappeler quand il avait mangé correctement pour la dernière fois. Ces jours-ci, il semblait se sustenter d'un régime de café et de repas occasionnels au drive. Il avait perdu du poids, il en était sûr. Il ne possédait pas de balance de salle de bain, mais il avait dû serrer sa ceinture d'un cran supplémentaire au cours des deux derniers mois, et ses chemises semblaient plus amples.

Les calculs et les plans sur lesquels il avait travaillé pendant des semaines tourbillonnaient dans ses pensées. Quand il avait commencé, il avait emporté ses notes avec lui. Il avait tellement peur de s'être trompé dans ses calculs. Il n'aurait pas dû s'inquiéter. Son esprit était toujours vif, et tout s'était déroulé comme prévu.

Sa confiance avait grandi avec chaque projet achevé.

Jusqu'à la dernière fois.

L'ancienne paranoïa était revenue. Il se réprimanda en pensant que ses plans avaient été compromis. Il avait voulu rester en contrôle tout le temps ; cependant, la police était désormais impliquée et cela changeait la donne.

L'homme devant lui atteignit le passage piéton, et il se retint, ne voulant pas être vu. Pas encore. Il ne pouvait pas se révéler avant le bon moment. Il se tourna, comme pour lire une publicité affichée sur l'abribus voisin, et il attendit jusqu'à ce qu'il entende le familier *bip* des feux de signalisation.

Il laissa l'homme traverser devant lui, puis le suivit le long de la rue animée. Alors qu'ils passaient devant la poste, l'homme tourna son attention vers la foule grouillante de Wheeler Street, puis décida de continuer tout droit.

Il sourit. L'homme était prévisible.

Avant l'appel téléphonique de ce matin, il avait suivi l'homme au cours des dernières semaines. Il n'avait jamais été vu ; il avait été trop prudent. Il ne pouvait pas se permettre que l'homme le remarque, pas encore, sinon tout le plan pourrait s'effondrer.

Il ne lui avait pas menti quand il lui avait parlé ce matin. Cela faisait longtemps qu'il n'avait pas parlé à aucun d'entre eux. Après tout ce qui s'était passé, ils s'étaient tous éloignés. Ses poings se serrèrent dans ses poches.

Après quelques pas, sa proie tourna à droite et continua le long d'une étroite ruelle piétonne qui les recracha à côté du petit théâtre. L'homme vérifia la route à gauche et à droite, puis traversa en courant et passa les portes d'un pub.

Satisfait que sa cible soit au lieu de rendez-vous désigné, il attendit un moment et s'appuya contre le mur du théâtre. Il leva les yeux vers le ciel. Le froid mordant de l'hiver n'avait pas encore quitté la petite ville, et de lourds nuages brassaient le ciel gris. Il était temps d'entrer, avant qu'il ne commence à pleuvoir.

Il poussa les étroites doubles portes du pub et se dirigea vers le bar. Il savait où l'homme était assis, mais il détourna le regard. Il voulait contrôler la situation et faire venir l'homme à lui.

C'était important.

— Qu'est-ce que je vous sers ?

— Un demi de bière ambrée.

Il plongea la main dans sa poche pour chercher de la monnaie, puis entendit une chaise racler le sol en parquet.

Il sourit.

Ça allait être encore plus facile qu'il ne le pensait.

CHAPITRE 22

Kay jeta un coup d'œil par-dessus son épaule au son des voix, puis elle se détendit en réalisant que les agents de nettoyage faisaient leur travail de pièce en pièce.

Ils ne toucheraient à rien dans la salle des opérations ; chaque personne était responsable de mettre sa corbeille à papier devant la porte pour qu'elle soit vidée, et tout document confidentiel qui n'était pas nécessaire au dossier de l'affaire irait dans une poubelle confidentielle située devant le bureau de Sharp.

Elle tendit la main vers la tasse de café à côté d'elle, puis recula en réalisant que la porcelaine était glacée.

Elle repoussa le café et se connecta à la base de données HOLMES2, avant d'attendre que le serveur rattrape ses frappes rapides. Ses yeux se posèrent sur l'horloge affichée dans le coin inférieur droit de l'écran. Elle ne voulait pas être en retard ; il était rare qu'elle et Adam passent du temps ensemble en semaine, mais cela faisait des semaines qu'elle n'avait pas eu le bureau pour elle toute seule, et elle ne pouvait pas accéder à la base de données chez elle.

Et elle ne pouvait pas prendre le risque pendant la journée, pas avec tant de personnes autour.

Elle se mordit la lèvre. Elle ne doutait pas qu'elle pouvait faire confiance aux autres membres de l'équipe, mais après les retombées de l'enquête des normes professionnelles sur la disparition de preuves qui avait mis fin à sa promotion au poste d'inspectrice principale, et les insinuations tacites selon lesquelles c'était elle qui avait égaré ces preuves intentionnellement, elle n'était pas prête à risquer la carrière de quelqu'un d'autre.

Surtout quand elle n'était pas sûre des personnes auxquelles elle pouvait faire confiance.

Pas encore.

Son innocence avait été prouvée, mais les rumeurs persistaient, et elle était accueillie avec un air de méfiance par beaucoup de ses collègues.

Finalement, l'ordinateur rattrapa ses frappes et ouvrit le dossier de l'affaire dans laquelle elle avait été impliquée.

Jozef « Joe » Demiri était l'un des personnages les plus peu recommandables du comté. La police du Kent surveillait ses activités depuis quelques années, mais jusqu'à présent, n'avait pas réussi à rassembler suffisamment d'informations pour le mettre en examen.

Originaire d'Albanie, il dirigeait un réseau de laquais et d'hommes de main qui exécutaient son travail, s'assurant qu'aucune de leurs activités criminelles ne puisse être utilisée contre lui. Kay et ses collègues, y compris le commandant divisionnaire Larch, étaient convaincus que Demiri était impliqué à la fois dans le trafic de drogue et la traite des êtres humains, mais les gens qu'il employait étaient trop terrifiés pour parler, telle était sa réputation de violence envers ceux qui essayaient de le trahir.

La côte sud du Kent commençait à avoir une mauvaise réputation liée au trafic d'êtres humains en raison du manque de ressources disponibles pour patrouiller les eaux de la Manche. La plaine et les plages autour des anciens Cinq-Ports offraient de nombreuses opportunités aux bateaux d'entrer dans les eaux avec leur précieuse cargaison.

C'était par pur hasard qu'ils avaient obtenu la percée qu'ils cherchaient. Une patrouille en uniforme avait arrêté une camionnette appartenant à l'un des hommes de Demiri et lors d'une fouille du véhicule, un pistolet de neuf millimètres avait été découvert enveloppé dans un vieux sweat-shirt et fourré sous le siège passager.

Le conducteur avait été arrêté, et Kay avait été chargée de diriger l'enquête. C'était censé être celle qui la mènerait à sa promotion au poste d'inspectrice principale.

Le suspect avait refusé de parler, mais trois jeux d'empreintes digitales avaient été prélevés sur l'arme. Un jeu appartenait à leur suspect, tandis que les deux autres restaient inconnus, et Kay était déterminée à lier l'arme à Demiri.

Cela aurait dû être la percée dont ils avaient besoin, mais ils ne pouvaient pas l'atteindre. Au moment où le conducteur avait été arrêté, Demiri était hors du pays. Les demandes à ses bureaux de la société de logiciels qu'il possédait à Ashford avaient abouti à ce que Kay et ses collègues se fassent dire qu'il assistait à des réunions sur le continent et ne reviendrait pas avant une semaine.

Kay s'était préparée à une attente impatiente, déterminée à arrêter Demiri à son retour.

Et puis l'arme avait disparu du casier à preuves et son monde s'était désintégré.

Maintenant, elle parcourait les différents modules de la base de données, ses yeux scrutant les nombreuses notes et divers enregistrements que ses collègues et elle avaient saisis dans le système.

Chaque conversation téléphonique, entretien, relevé de preuves et autres pistes d'enquête étaient consignés par l'équipe travaillant sur l'affaire. Un officier des pièces à conviction avait été chargé d'enregistrer les divers objets qu'ils avaient saisis au cours de l'enquête, y compris les téléphones portables, les clés des propriétés qui avaient été fouillées, et l'arme.

Le doigt de Kay se figea au-dessus de sa souris, puis elle fronça les sourcils et revint deux écrans en arrière pour s'assurer qu'elle ne se trompait pas.

Elle ne se trompait pas.

Elle jura dans sa barbe.

L'enregistrement décrivant l'arme qui avait été déposée comme preuve avait disparu.

Elle fit défiler le curseur de la souris de haut en bas de la page, mais c'était inutile. Quelqu'un avait supprimé l'enregistrement.

La panique menaçait de la submerger, et elle essuya la sueur qui perlait à la racine de ses cheveux.

Il devait y avoir une explication.

Elle se creusa la mémoire. Elle se souvenait qu'il y avait un moyen de consulter l'historique du fichier en ligne ; un moyen de savoir qui avait saisi chaque mise à jour, mais elle n'était pas sûre d'avoir encore les droits d'administration – la connexion secondaire nécessaire pour examiner ces enregistrements –, pas après son retour au service actif.

— Il n'y a qu'une façon de le savoir, murmura-t-elle.

Elle agita la souris alors que l'écran commençait à s'assombrir, et l'affichage s'éclaira immédiatement. Elle passa le curseur sur une option de menu différente, cliqua sur la souris, et croisa mentalement les doigts.

Un message contextuel apparut au milieu de l'écran.

Mot de passe accepté. Veuillez patienter.

Kay expira brusquement.

Elle se pencha en avant, comptant les secondes dans sa tête pendant qu'elle attendait que l'information se télécharge.

Et puis, après quelques secondes, un seul nom apparut sur l'écran.

Kay se rassit dans sa chaise et cligna des yeux.

— Oh non, souffla-t-elle.

CHAPITRE 23

Kay franchit la porte de sa maison et entra dans un couloir empli de l'arôme d'un rôti.

Son estomac gargouilla avant même qu'elle n'ait glissé la chaîne sur la serrure et tourné le verrou.

— Ça sent divinement bon, dit-elle en entrant dans la cuisine, s'efforçant de donner un ton enjoué à sa voix.

Adam sourit, tenant un morceau de bœuf dans un plat à rôtir entre ses mains vêtues de gants de cuisine.

— Tu dis ça de tout ce que tu vas manger.

— J'ai faim.

— Je m'en doutais. Va te changer et enlever tes vêtements de travail. J'ai tout sous contrôle.

Elle fit glisser son sac de son épaule et quitta la pièce tandis qu'il ouvrait la porte du four, laissant échapper le parfum acidulé des pommes de terre rôties.

Elle repoussa la pensée du registre de preuves manquant au fond de son esprit. Elle ne pouvait pas se permettre de s'y attarder ; Adam s'inquiéterait et elle avait encore un meurtre à résoudre.

Son esprit se tourna vers la mort de l'homme sur la voie ferrée, et elle sortit son carnet pour se fixer quelques rappels pour le lendemain. Elle aimait le défi, et plus elle travaillait avec Sharp, plus il semblait faire confiance à son jugement. Elle réalisa que c'était le coup de boost dont elle avait besoin en ce moment, et le sentiment que sa vie retrouvait un certain équilibre la rendait plus déterminée à renouveler son ambition de devenir inspectrice.

Elle se déshabilla rapidement, jeta ses vêtements de travail dans le panier à linge et enfila un sweat-shirt et un jean. Marchant pieds nus le long du palier, elle s'arrêta à la porte du bureau.

Elle se tint dans l'embrasure, envisagea brièvement d'allumer l'ordinateur et de travailler une demi-heure avant qu'Adam ne serve le repas, puis elle rejeta l'idée. Elle avait besoin de temps pour se recentrer, pour organiser ses pensées avant de tenter de poursuivre son enquête. Elle était consciente que, sinon, elle risquait de tourner en rond.

Elle avait besoin d'une percée, et ce n'était pas sur son ordinateur personnel qu'elle allait la trouver.

Au lieu de cela, elle ferma la porte et descendit.

— Je peux faire quelque chose pour aider ? dit-elle en regardant les légumes frais qu'Adam avait disposés sur la planche à découper.

— Tout est sous contrôle. Tu pourrais nourrir Holly, si tu veux.

Au son de son nom, la grande chienne se leva de son panier et se dirigea vers sa gamelle, la langue pendante et le regard souriant. Sa queue frappa le côté du plan de travail pendant qu'elle attendait.

Kay versa deux portions de nourriture dans la gamelle de Holly et la posa par terre près de la porte de derrière.

Le dogue allemand s'approcha tranquillement, renifla une fois la nourriture, puis se mit à manger.

— Miam. Encore de la nourriture pour chien.

— Elle est contente. Ne la taquine pas.

Kay remit la cuillère en plastique dans le sac de nourriture pour chien et le referma, puis se lava les mains et jeta un coup d'œil par-dessus son épaule.

— Qu'as-tu fait aujourd'hui ?

Adam la rejoignit près de l'évier et l'entoura de ses bras, son menton sur son épaule alors qu'il regardait par la fenêtre de la cuisine. La lune s'était levée au-dessus de la ligne d'arbres au-delà de la clôture du jardin, et le ciel commençait à se parsemer des étoiles les plus proches de la soirée.

Il pointa le fond du jardin.

— Tu as un tout nouveau cadenas sur l'abri de jardin, j'ai changé les lames de la tondeuse, et j'ai réorganisé ta collection de CD par couleur de pochette d'album.

Elle se retourna pour lui faire face.

— Tu n'as pas fait ça.

Sa bouche se tordit.

— Je t'ai eue.

— Bâtard.

Il sourit et l'embrassa.

— Oui, mais tu m'aimes.

— Tout autant.

Elle prit le torchon et lui donna une tape avec.

Il rit et traversa la pièce jusqu'au four avant d'en sortir le plat en verre, dont le contenu crépitait. Il se retourna et le posa sur la planche à découper, puis prit le couteau que Kay lui tendait.

La chienne faisait les cent pas impatiemment, et Kay ouvrit la porte de derrière pour la laisser sortir.

Une brise souleva sa frange de son front et elle prit une profonde inspiration, savourant la fraîcheur alors qu'elle se tenait sur le pas de la porte de derrière. Elle croisa les bras sur sa poitrine et essaya de se détendre. Malgré tout, elle avait toujours Adam, un toit au-dessus de sa tête et un travail qu'elle aimait.

Elle s'écarta pour laisser rentrer Holly, et ferma la porte à clé.

— Bon timing, dit Adam. Le dîner est servi.

Une fois les assiettes empilées dans le lave-vaisselle, Kay suivit Adam dans le salon, Holly marchant derrière eux.

La chienne se roula en boule sur le tapis devant la bibliothèque contre le mur du fond, et ils s'effondrèrent sur le canapé.

Kay soupira et tapota son ventre.

— Je suis gavée.

Adam remplit son verre de vin avec la bouteille qu'il avait apportée de la cuisine, et le lui tendit.

— Juste un peu, merci.

— Tu es de garde ce soir ?

— Non, mais Sharp veut qu'on arrive tôt. Je ne veux pas avoir l'esprit embrumé demain matin.

Ils s'installèrent confortablement dans les coussins, et Adam fit défiler les chaînes de télévision jusqu'à ce qu'il trouve un jeu télévisé musical qu'ils aimaient tous les deux.

Bientôt, ils criaient leurs réponses à l'écran et riaient des tentatives de l'un et de l'autre pour se surpasser.

Deux heures plus tard, Kay avait décidé d'aller se coucher.

Sauf qu'elle n'arrivait pas à dormir.

La respiration douce d'Adam lui chatouillait l'oreille ; il s'était endormi avec son bras autour d'elle et elle essayait de ne pas bouger pour ne pas le réveiller, sinon elle serait tentée d'allumer sa lampe de chevet et de lire un moment.

La maison craquait en commençant à se refroidir ; le chauffage central s'était arrêté trois heures auparavant et ne se remettrait pas en marche avant les premières heures du matin.

En bas, sous leur chambre, Holly se retournait sur son lit dans la cuisine ; Kay pouvait l'entendre à travers le babyphone et elle retenait son souffle au cas où elle devrait réveiller Adam parce que les chiots arrivaient. Elle expira lorsque la chienne se tut avant que de doux ronflements n'émanent du moniteur, et elle sourit.

Une voiture passa dehors, ses phares projetant de la lumière au plafond à travers les fentes des rideaux. Elle ralentit en passant devant la maison, et Kay fronça les sourcils, se demandant qui cela pouvait être si tard dans la nuit. Finalement, elle accéléra en négociant le virage à gauche de la maison, le bruit de son moteur s'estompant dans le lointain.

Kay ferma les yeux et essaya de se détendre.

Elle fut brutalement réveillée par la sonnerie de son téléphone portable posé sur la table de chevet à côté d'elle.

Elle jeta un coup d'œil au numéro affiché à travers ses yeux embués et gémit.

Adam retira son bras de son épaule.

— Des ennuis ?

— Sharp.

Elle prit une profonde inspiration avant de répondre :

— Chef ?

Elle écouta la voix de Sharp, son ton sec et tendu, puis murmura qu'elle avait compris et termina l'appel.

Adam fronça les sourcils.

— Qu'est-ce qui ne va pas ? demanda-t-il, tandis qu'elle se glissait hors de la chaleur des couvertures et commençait à s'habiller.

— Je dois y aller. Il y en a eu un autre.

CHAPITRE 24

Kay jeta un coup d'œil au visage blême de Barnes et se réjouit que, lorsqu'elle s'était rendue sur les lieux la veille au soir, Sharp l'ait chargée d'interroger le conducteur du train avec Dave Walker.

— Si j'avais su à quel point ça allait être horrible, dit-il, j'aurais sauté le dîner hier soir.

Kay frotta ses yeux fatigués et essaya de chasser de son esprit le souvenir de la dernière victime, puis elle retourna à l'ordinateur pour lire les notes qui avaient été mises à jour plus tôt ce matin-là.

— Pas de témoins cette fois. Le conducteur du train a déclaré n'avoir rien vu qui indiquait la présence de quelqu'un d'autre dans les environs. La première fois qu'il a vu le corps sur les rails, c'était parce que ses phares l'avaient éclairé. Il n'a pas eu le temps de s'arrêter.

Barnes fixait son café, mais ne dit rien.

— Y a-t-il quelque chose qui indique qu'il s'agit d'un autre meurtre, plutôt que d'un suicide ? demanda Sharp.

— Il ne restait pas grand-chose à examiner, chef, dit Kay. Je pense que notre tueur a appris de la dernière fois. Quoi qu'il ait utilisé pour maintenir sa victime sur ces rails, il ne l'a pas attachée. Il n'y a aucune trace de corde ou d'attaches en plastique.

— Des drogues ?

— S'il a utilisé une drogue du viol, ce sera sacrément difficile pour Lucas de la trouver dans les morceaux de corps qu'il a à examiner.

— Donc, c'est peut-être un suicide.

— Je n'en suis pas convaincue. Pas si tôt après le dernier.

Le téléphone à côté du coude de Carys sonna, et Sharp lui fit signe de répondre.

— Nous devrons mener deux pistes d'enquête, sur l'angle du suicide et celui du meurtre, jusqu'à ce que l'une d'elles soit écartée, dit-il. Et ce ne sera pas facile, étant donné qu'on ne sait pas non plus qui est ce type.

— Et s'il ne s'était pas arrêté ? dit Barnes. Et s'il ne faisait que commencer ?

— Et pourquoi commencer maintenant ? Pourquoi n'a-t-il commencé à tuer que ces sept derniers mois ? Qu'est-ce qui l'a déclenché ? dit Gavin.

Sharp prit un des marqueurs et ajouta leurs questions au tableau blanc.

— Qui que ce soit, il connaît bien le réseau. Il est trop familier avec les itinéraires d'entrée et de sortie des scènes de crime.

— Que dire des ferrovipathes ? dit Gavin.

— C'est à prendre en compte, mais d'habitude ils traînent autour des gares. Ils s'intéressent plus aux locomotives qu'aux itinéraires.

— Oubliez le suicide. C'est un meurtre, dit Carys.

Elle reposa le téléphone et se tourna sur sa chaise pour faire face à l'équipe.

— C'était Harriet au téléphone. Son équipe de la brigade criminelle vient de confirmer que, même si aucune trace de corde ou autre n'a été trouvée sur la victime, une substance trouvée à l'arrière de ses chevilles s'est avérée être un adhésif puissant. Le genre qu'on utilise à la place des clous pour accrocher quelque chose au mur.

— Bon sang, dit Barnes, rompant le silence choqué. C'est un monstre.

Sharp arpenta la moquette devant le tableau blanc.

— Harriet a-t-elle confirmé si d'autres empreintes digitales ont été trouvées sur les vêtements de la victime ?

Carys secoua la tête.

— Il devait porter des gants. Qui qu'il soit, il est bien préparé.

— Non seulement il sait comment accéder à des zones de voie ferrée sans être vu, mais il ne laisse plus aucune preuve derrière lui maintenant, dit Kay. Il apprend de ses erreurs. On a eu de la chance quand Lawrence Whiting a été tué, il a bougé de sorte que le train a sectionné sa jambe au-dessus de la cheville et on avait la corde comme preuve. S'il était resté inconscient et n'avait pas bougé, les roues du train auraient détruit les preuves, comme notre tueur l'avait initialement prévu. Les empreintes de pas que l'équipe d'Harriet a trouvées à côté des voies ferrées, ajouta Kay, en tournant de droite à gauche sur sa chaise tout en fixant le tableau blanc. On a tous supposé qu'elles avaient été laissées par notre suspect lorsqu'il a quitté la scène avant l'arrivée du train. Et s'il n'était pas parti ? S'il était resté ?

— Pour regarder, tu veux dire ?

Barnes plissa le nez.

— C'est malsain.

— C'est vrai. Mais attacher un homme sans défense à une voie ferrée l'est tout autant.

— Ça n'a pas de sens, dit Barnes. Pourquoi attendre si longtemps entre les meurtres si c'est la même personne ? Il a laissé passer environ un mois entre le premier et le deuxième, deux mois entre le deuxième et le troisième, et encore deux mois avant que Whiting ne soit tué.

— Ça pourrait être parce que s'il le faisait trop souvent, ça éveillerait les soupçons.

— Quel est son putain de mobile ? dit Sharp.

— Ce n'est pas frénétique ; ce n'est pas comme s'il avait une soif insatiable de tuer, dit Kay. Tout ce qu'il a fait jusqu'à présent a été méticuleusement planifié ; même les lieux sont des endroits connus pour les suicides, et jusqu'à récemment, personne d'autre n'était là pour vérifier qu'il s'agissait d'un meurtre. Si Elsa Flanagan n'avait pas promené son chien l'autre soir, nous n'en saurions rien.

— Donc, il est moins susceptible de faire une erreur, dit Barnes. Ce qui ne nous aide pas.

Kay pointa du doigt la carte épinglée au mur.

— Et, étant donné la longueur de la voie et les différents itinéraires qui couvrent cette zone, nous n'avons aucune idée de l'endroit où il pourrait aller ensuite. Selon Dave Walker, ils ont des caméras de vidéosurveillance dans toutes les gares et sur certains des ponts qui ont été utilisés comme points de saut ; le reste du réseau n'est pas surveillé.

— Quel genre de personne ferait ça ? dit Carys. C'est horrible.

— Quelqu'un qui veut se venger.

Kay jeta son stylo.

— Mais, de quoi ? Et pourquoi le deuxième si vite ?

— Peut-être parce que le dernier s'est mal passé ; la victime a pu crier à l'aide, dit Carys. Et il a probablement deviné que quelqu'un l'avait entendu, s'il était encore dans les parages, il a peut-être vu arriver les premiers secours.

— Un peu comme un pyromane, tu veux dire ? dit Barnes.

Carys hocha la tête.

— Exactement.

— Ça n'a pas de sens, dit Gavin. S'il sait que nous savons, il attendrait sûrement, il prendrait son temps, pour ainsi dire, et se cacherait.

Kay recula comme si on l'avait giflée.

— Merde, c'est ça, dit-elle, et elle regarda ses collègues.

— Il a une liste. Quel que soit son motif pour les tuer, il sait qu'on est sur sa piste, alors il a changé son mode opératoire. Il veut s'assurer de tous les tuer.

CHAPITRE 25

Il ouvrit ses yeux encroûtés de sommeil et plissa le regard face à la lumière vive qui s'échappait par une fente des stores.

Des particules de poussière dansaient dans l'air tandis qu'il fixait le plafond, essayant de combattre l'épuisement qui menaçait de l'engloutir. Il tourna la tête et jeta un coup d'œil au réveil sur la table de chevet.

Dix heures.

Il se redressa en position assise, tendit la main vers le flacon de pilules à côté de la lampe de chevet, et en avala deux à l'aide du contenu du verre d'eau qu'il avait laissé la veille au soir.

Il entendait sa voisine dehors, en train de siffloter en étendant son linge. La mélodie excessivement joyeuse assombrit davantage son humeur. Il rejeta la couette et se dirigea d'un pas lourd vers la salle de bain.

Alors qu'il se tenait sous les jets d'eau chaude de la douche, son esprit se tourna vers le calendrier du projet.

La nuit dernière s'était bien passée. Cette fois, il avait effectué une véritable évaluation des risques. Il n'y avait eu aucune chance qu'il soit découvert, ni sa victime, avant que le train n'ait eu l'occasion de lui ôter la vie.

Ça avait été parfait. L'homme n'avait commencé à reprendre ses esprits que quelques instants avant l'approche du train.

Il tendit la main vers le savon et se savonna le corps, se remémorant la confusion dans les yeux de l'homme lorsqu'il avait essayé de lever la tête pour découvrir qu'il ne le pouvait pas. Il avait peut-être été dans les vapes, mais suffisamment conscient pour hurler lorsque le train avait fondu sur lui.

Il se sécha, s'habilla et descendit au rez-de-chaussée jusqu'au salon. Il jeta un coup d'œil à travers les rideaux en voilage, mais la rue était silencieuse. Tout le monde était parti travailler ou, comme sa voisine, s'affairait aux tâches ménagères.

C'était différent pour lui. Il était un homme de loisirs, sans besoin de travailler.

Ces jours-là étaient révolus.

Il traversa le couloir à pas feutrés et sortit par la porte de derrière, glissa une clé hors de sa poche et contourna la maison jusqu'au garage allongé sur le côté.

Il avait agrandi la structure pour se créer un atelier il y a plusieurs années. Quand il travaillait, il s'était mis au tournage sur bois et avait passé des heures à sculpter des morceaux d'arbres âgés pour en faire des cadeaux pour ses amis et collègues de travail.

Tout cela avait changé.

Il jeta un coup d'œil par-dessus son épaule vers le jardin, puis plissa les yeux vers le ciel azur, avant de se faire la réflexion mentale de tondre la pelouse avant de retourner à la maison.

Il ne fallait pas laisser l'endroit tomber en ruine, même si son esprit lui donnait l'impression de se désagréger.

De plus, cela le tiendrait hors de la maison un peu plus longtemps.

Il se retourna et inséra la clé dans la serrure, la tournant, la porte s'ouvrant facilement sur des gonds bien huilés.

Il ferma la porte et la verrouilla derrière lui, sa main trouvant automatiquement le cordon pour allumer les lumières à sa droite.

Quatre tubes fluorescents clignotèrent à la vie parmi les avant-toits du garage, illuminant les toiles d'araignée entre les fermes du toit. Il avait insisté pour installer un toit en pente après avoir vu les dégâts qu'une tempête hivernale avait causés au garage à toit plat de son voisin lorsque la pluie s'était accumulée en si peu de temps que toute la structure s'était effondrée sur le contenu du bâtiment.

Il passa sa main le long du bord de la plateforme en contreplaqué qui occupait toute la moitié arrière de son garage.

Il ne pouvait pas se permettre qu'une telle destruction se produise.

Pas encore.

Quand tout cela serait terminé, alors ce serait démantelé.

Par d'autres, peut-être. Pas lui.

Il s'abaissa sur le sol en béton et rampa vers le centre du cercle en contreplaqué, se redressant lorsqu'il atteignit le grand espace au milieu, et il laissa son regard parcourir le paysage devant lui.

Malgré les problèmes causés par le témoin du meurtre de Whiting, il n'avait pas pu s'en empêcher. Hier, il avait conduit jusqu'au magasin spécialisé de Canterbury et avait acheté une nouvelle locomotive. Le modèle réduit était parfait à tous égards. Il l'avait vue dans un magazine deux mois plus tôt et n'avait pas pu justifier la dépense jusqu'à présent. La livrée correspondait exactement à celle du matériel roulant de la compagnie ferroviaire et lorsqu'il l'avait soigneusement déballée en rentrant chez lui, il avait salivé en jetant l'emballage pour révéler sa nouvelle acquisition.

Il avait retesté ses calculs en utilisant la nouvelle locomotive, non pas parce qu'il doutait de ses capacités, mais parce qu'il semblait juste d'utiliser le bon train cette fois-ci. Peut-être que cela lui apporterait un peu de chance supplémentaire, pour compenser l'autre soir.

Ce n'était pas entièrement parfait – il avait dû se contenter des matériaux qu'il pouvait acheter dans le magasin spécialisé de Canterbury, et fabriquer le reste lui-même.

Cela ne le dérangeait pas ; il trouvait que le processus créatif était un moyen de se détendre – une façon d'apaiser son esprit agité, et il trouvait souvent ses meilleures solutions lorsqu'il se concentrait sur la fabrication des accessoires qui aidaient à donner vie à chaque projet.

Son regard tomba sur les papiers éparpillés à une extrémité de l'ovale intérieur. Il tendit la main et rassembla ses notes, les pliant soigneusement avant de les placer sur l'établi à côté de lui. Il les brûlerait dans le brasero dehors plus tard, après avoir entendu sa voisine partir pour le supermarché. Il ne pouvait pas se permettre qu'elle remarque la fumée, sinon elle l'utiliserait comme excuse pour venir le réprimander d'avoir fait puer son linge.

Il tourna son attention vers l'ensemble d'équipements devant lui. Un panneau surélevé contenait une série d'interrupteurs et de cadrans.

Ses doigts trouvèrent automatiquement le bouton d'alimentation, qu'il enfonça d'une légère pression. Un bourdonnement commença derrière l'endroit où il se tenait, et un frisson d'excitation parcourut son échine.

La bouche sèche, il entendit le son se rapprocher tandis que ses yeux observaient les champs miniatures, le bétail et les minuscules maisons.

Quelques secondes plus tard, le train miniature apparut dans le coin de sa vision. En prenant le virage, sa vitesse augmenta et il commença à foncer sur la voie en direction de la minuscule figurine allongée en travers des rails d'acier.

Il retint son souffle et se pencha plus près, ses hanches effleurant le plan de travail en contreplaqué. Le train passa devant lui, et dans son esprit, il imagina les actions frénétiques du conducteur alors qu'il actionnait son klaxon à la vue de l'homme allongé en travers des rails. Au moment précis, son pouce ajusta légèrement la puissance pour que le train commence à perdre de la vitesse.

C'était trop tard.

Le train miniature percuta la minuscule figurine et l'envoya voler à travers l'herbe en plastique artificielle à côté de la voie.

Il expira lorsque le train disparut au tournant suivant et tendit une main tremblante vers la figurine.

Il la souleva, examinant attentivement les endroits où les roues du train avaient éraflé et arraché la surface autrefois lisse du moulage.

Il la laissa tomber sur le plan de travail, saisit un exemplaire usé des horaires de train de Londres à Maidstone ainsi que son carnet, et se mit à effectuer les calculs pour son prochain projet.

CHAPITRE 26

— Nous devons nous concentrer sur l'emplacement, déclara Sharp en se dirigeant vers la carte de la région épinglée au mur.

Il pointa du doigt la ligne de chemin de fer qui partait de Maidstone East et s'étendait à travers le comté et au-delà jusqu'à Londres Victoria.

— Lawrence Whiting et Nathan Cox ont tous deux été tués sur cette ligne ici. Ce n'était pas le cas de Stephen Taylor ; son corps a été retrouvé sur la ligne de Strood. Cameron Abbott a également été tué sur la ligne Maidstone East-Londres. Nous devons changer les paramètres de notre recherche. Ce n'est pas parce que Stephen Taylor et Cameron Abbott ont suivi le même programme de réhabilitation que leurs morts sont forcément liées.

— Vous voulez dire que Stephen Taylor n'a pas été assassiné ?

— C'est possible. Jusqu'à présent, nous avons

supposé que lui et Cameron avaient été assassinés parce qu'ils apparaissent tous les deux sur la liste des participants à ce programme. Mais le lieu de sa mort ne correspond pas du tout aux autres. Nous devons envisager qu'il existe un autre lien. Un lien qui exclut Stephen Taylor mais relie Nathan Cox, Cameron Abbott et Lawrence Whiting.

— Et notre dernière victime. Qui qu'il soit.

— Rien pour l'identifier ?

Barnes secoua la tête.

— Comme pour le dernier. Pas de portefeuille, pas d'alliance, rien. Qui que soit notre tueur, il est malin.

— Lucas a une idée de quand il fera l'autopsie ?

— Dans quelques jours. Il y a un peu de retard. Mais il nous a envoyé des photos par e-mail. Je vais demander à l'un des administrateurs de retoucher une photo pour qu'on puisse l'utiliser à des fins d'identification quand on interrogera les gens.

— Bonne idée, dit Sharp. Apportez-en une copie aux deux gars qui gèrent ce programme de réhabilitation et voyez s'il est l'un des leurs, comme ça on pourra écarter cette piste.

— Je m'en occupe.

— Chef, si notre tueur connaît si bien le sentier et les passages à niveau sur cette portion de voie ferrée, peut-être devrions-nous examiner s'il a travaillé dans les chemins de fer à un moment donné, ou s'il a un autre lien avec eux ? suggéra Carys.

— Vous avez raison. Le problème, c'est que nous allons aussi devoir élargir l'enquête pour inclure les associations de randonneurs, les résidents dont les maisons sont proches de la voie ferrée. J'aimerais que nous soyons en mesure de réduire cette recherche avant de le faire. Nous n'avons tout simplement pas les effectifs.

Sharp passa une main sur ses cheveux coupés court et arpenta la moquette devant eux.

— Pourquoi tue-t-il maintenant ? Je pense que vous avez raison, Hunter, il a une liste, mais qu'est-ce qui a déclenché les meurtres ? Même si nous pensons désormais que la mort de Stephen Taylor était un suicide, nous avons toujours quatre morts étroitement liées dans un laps de temps de quatre mois. Qu'attendait-il ? Ou que s'est-il passé pour qu'il commence à tuer ?

— Êtes-vous sûr que notre tueur est un homme ? demanda Gavin.

— C'est une bonne question, dit Sharp. Cependant, il faut prendre en compte le fait que, qui que soit le tueur, il ou elle a dû déplacer un corps d'une voiture à une voie ferrée. Cela implique un terrain escarpé, et étant donné que nous supposons qu'il drogue d'abord ses victimes, ces corps vont être lourds. Dans ces circonstances, je ne pense pas que nous recherchions une femme.

— C'est aussi une façon particulièrement sauvage de tuer quelqu'un, ajouta Carys. Pour moi, c'est le genre de chose qu'un homme ferait, pas une femme.

— Je suis enclin à être d'accord. Notre tueur fait particulièrement attention à ce que ses victimes soient tuées par un train qui leur passe dessus, et non par le courant électrique qui circule dans le troisième rail. Les corps de Lawrence Whiting et de notre dernière victime ont été positionnés contre le rail intérieur. Qui que soit notre tueur, il fait passer un message. Il ne donne pas à ses victimes l'occasion de se suicider ; il garde le contrôle du début à la fin. Qui qu'il soit, il fait preuve de beaucoup d'autodiscipline.

— Avons-nous eu des nouvelles de Simon Ancaster ?

— J'ai reçu un appel de lui plus tôt, chef, dit Barnes. Il était au travail ce matin, mais j'ai pris des dispositions pour que nous lui parlions après cette réunion. J'ai eu l'impression qu'il était sincèrement choqué par la mort de Whiting, donc il n'est peut-être pas notre tueur.

— Il y a autre chose, dit Kay. Tous les autres décès ont eu lieu pendant les heures de pointe de fin d'après-midi et de début de soirée. La mort d'hier soir a été causée par un train vide retournant au dépôt. Il ne transportait pas de passagers. Aucune des autres morts n'est arrivée aussi tard auparavant.

— Pourquoi pensez-vous que le schéma a changé ?

— D'abord, moins de chances d'être vu, évidemment. Ensuite, ce train vide aurait voyagé à une vitesse considérable. D'accord, le conducteur ne dépassait pas les limites de vitesse, mais il n'avait pas non plus à se soucier de ralentir pour s'arrêter aux gares.

— Donc il n'aurait pas pu s'arrêter même s'il le voulait.

Les lèvres de Sharp se pincèrent.

— Il apprend de ses erreurs. Qui qu'il soit, et malgré

ce que nous pensons de l'augmentation de sa fréquence, il a dû planifier cela pendant des mois. Il connaît les lignes de train sur le bout des doigts, il connaît les horaires, et il sait exactement quand les derniers trains retournent au dépôt.

— Peut-être est-il temps de demander à Dave Walker et à son équipe de commencer à interroger les employés de la compagnie ferroviaire. Demander une liste de tous ceux qui ont perdu leur emploi avant ce premier meurtre présumé il y a sept mois, dit Kay.

Elle leva la main pour l'empêcher de l'interrompre.

— Je sais, ça prendra du temps. Mais nous ne pouvons pas l'exclure.

— Mais quel est le mobile ?

— Peut-être que quelqu'un a été licencié et leur en veut. Peut-être que notre tueur blâme la compagnie ferroviaire pour quelque chose.

— Peut-être que notre tueur est un passager qui en a eu marre du nombre de grèves sur cette ligne, grommela Barnes.

CHAPITRE 27

Kay fit un pas de côté et laissa Barnes ouvrir la voie à travers la brèche dans le mur délabré du jardin.

À sa gauche, une poubelle débordante menaçait de basculer, l'odeur caractéristique des boîtes à pizza jetées s'échappant de son contenu. Elle contourna une pile de vieux journaux qui avaient été attachés ensemble et jetés sur le chemin près de la poubelle, et plissa le nez devant le jardin envahi par les mauvaises herbes.

Elle porta son attention sur la maison. Elle avait subi les outrages des locataires au fil des ans ; la peinture s'écaillait sur la porte d'entrée ordinaire, et tout le bâtiment dégageait un air de négligence.

Barnes sonna à la porte et se tourna vers elle.

— Comme c'est charmant.

Kay leva les yeux au ciel avant que la porte ne s'ouvre.

— Simon Ancaster ?

— Oui ?

Kay brandit sa carte de police et se présenta ainsi que Barnes.

— Nous nous demandions si nous pourrions vous parler de Lawrence Whiting.

— Bien sûr. Je suis désolé, je n'ai toujours pas vraiment réalisé qu'il n'est plus là.

Il les conduisit dans un salon encombré et commença à rassembler des magazines, des boîtes de plats à emporter et un cendrier. Il eut la décence d'avoir l'air gêné.

— Je ne reçois pas souvent de visiteurs.

Il semblait ne pas savoir quoi faire des objets qu'il avait maintenant dans les mains. Finalement, il se dirigea vers une table basse et y déposa le tout. Il se retourna vers eux.

— Je vous en prie, asseyez-vous.

Kay jeta un coup d'œil au canapé taché, leva un sourcil vers Barnes, et se résigna à faire une lessive supplémentaire ce soir-là. Elle s'assit sur les coussins et attendit pendant qu'Ancaster s'installait dans un fauteuil à côté de la télévision.

— Simon, je crois comprendre que vous connaissiez Lawrence Whiting ?

— C'est exact.

— Étiez-vous proches ?

— On s'entendait comme larrons en foire. On s'est rencontrés au lycée et on traînait ensemble quand on a eu nos motos. Rien que des petites cylindrées, hein, mais ça impressionnait les filles.

Sa bouche se tordit au souvenir.

— C'était vraiment un type marrant. Je ne le voyais pas si souvent, surtout quand il a commencé à souffrir de dépression, mais j'essayais de lui laisser un message sur son téléphone une fois par mois, vous savez, pour lui faire savoir que je m'inquiétais pour lui. Il est enfin passé l'autre semaine, et j'ai été surpris de le voir si bien après tout ce qu'il a traversé.

Kay hocha la tête en constatant que le récit d'Ancaster correspondait à l'entrée dans le journal de Whiting.

— Dans quel état d'esprit était-il quand vous l'avez vu ?

— Il semblait bien aller. Rien n'indiquait qu'il envisageait le suicide. Je n'arrive toujours pas à y croire.

— Pouvez-vous décrire vos déplacements le jour où Lawrence est mort ?

Ses sourcils se haussèrent.

— Pourquoi voulez-vous savoir ça ?

— Veuillez répondre à la question, s'il vous plaît.

— Je suis allé travailler comme d'habitude. Lawrence a frappé à la porte environ une heure après mon retour ; on a discuté autour d'un café et j'allais suggérer qu'on aille boire un verre au pub quand son téléphone a sonné. Je me suis éclipsé, c'était assez évident que c'était un appel privé, mais quand je suis revenu dans la cuisine, il avait son manteau et disait qu'il devait partir. J'ai été surpris, parce que je pensais qu'il avait encore du mal avec le côté social des choses. J'étais content de voir qu'il faisait des progrès, mais un peu énervé qu'il parte si vite après être arrivé, surtout qu'on ne s'était pas vus depuis des semaines, alors je lui ai demandé qui il allait rencontrer. Il n'a pas voulu le dire, seulement que c'était quelqu'un qu'il connaissait avant. Il était vraiment évasif quand je l'ai questionné. Il m'a dit de laisser tomber, et que la personne avait demandé à le rencontrer en toute confidentialité.

— Était-il habituellement aussi secret sur les personnes qu'il rencontrait ? Vous avez dit plus tôt que vous vous entendiez comme larrons en foire.

— J'ai trouvé ça un peu bizarre, mais écoutez, ce n'était pas mes affaires, alors je n'ai pas insisté. J'ai pensé que c'était peut-être lié à son traitement ou quelque chose comme ça.

— Que faites-vous dans la vie ?

— J'enseigne à l'école primaire du coin.

— À quelle heure êtes-vous rentré du travail ?

— Vers quinze heures quinze. Il y a eu une canalisation qui a éclaté dans les toilettes des garçons, alors le directeur a décidé de fermer l'école pour la journée.

Il sourit.

— Je me souviens avoir pensé à ce moment-là que ça me donnerait au moins une chance de rentrer et de me changer avant que Lawrence n'arrive.

— Et à quelle heure Lawrence est-il parti ?

— Il était parti avant dix-sept heures. Je m'en souviens parce que j'ai regardé l'horloge sur le four. C'était un peu étrange, à vrai dire.

— Dans quel sens ?

— Eh bien, il n'a jamais été du genre à faire des efforts pour socialiser, et s'il allait au pub, c'était généralement parce que je l'y traînais, et ce serait plus tard dans la journée.

— Et vous n'avez eu aucun contact avec lui après qu'il a quitté la maison ?

Il secoua la tête.

— Très bien, dit Kay. Merci pour votre temps.

Elle lui tendit une de ses cartes de visite.

— S'il vous plaît, si vous pensez à autre chose, appelez-moi.

Alors qu'ils retournaient à la voiture, son esprit rejouait la conversation. Barnes marchait à côté d'elle en silence, sachant qu'il valait mieux ne pas interrompre ses réflexions. Finalement, elle s'arrêta et posa une main sur son bras.

— Si Lawrence a quitté la maison à dix-sept heures, et qu'Elsa Flanagan ne l'a pas vu sur les voies avant dix-huit heures quarante-cinq, où est-il allé ?

— Et où est son téléphone portable ?

— Harriet et son équipe n'ont rien trouvé sur les lieux ; c'est pour ça qu'il a fallu si longtemps pour l'identifier.

— Donc, le tueur l'a attiré hors de la maison et ils ont convenu de se rencontrer quelque part. Où que ce soit, le tueur de Whiting l'a maîtrisé et l'a attaché aux rails du chemin de fer, puis a pris toutes ses affaires ?

— Ou bien, a-t-il rencontré quelqu'un d'autre, et ensuite le tueur l'a suivi à partir de là ?

Kay secoua la tête et recommença à marcher.

— Trop de questions, Ian. On a encore beaucoup de chemin à faire avec cette affaire.

CHAPITRE 28

Kay ressentait toujours une conscience accrue lorsqu'elle parlait aux parents d'une victime de meurtre.

Bien que leur fils soit mort quatre mois plus tôt et que quelqu'un d'autre leur ait annoncé la nouvelle, à l'époque, les parents de Nathan Cox pensaient qu'il s'était suicidé. Elle n'osait imaginer ce que cela devait être pour eux de découvrir que, selon toute vraisemblance, il avait été assassiné.

— Quel est le contexte concernant les parents ?

Carys jeta un coup d'œil au document imprimé qu'elle tenait à la main, extrait de la base de données HOLMES2.

— Derek Cox est un chauffeur routier longue distance à la retraite. Sa femme, Rose, travaillait comme gestionnaire de sinistres pour l'une des compagnies d'assurance de la ville ; elle n'a pas repris le travail depuis la mort de son fils. Selon le rapport d'enquête du médecin légiste sur la mort de Nathan, il vivait avec eux depuis trois mois avant son décès.

— Quel âge avait-il quand il est mort ?

— Vingt-huit ans.

— Marié, ou une petite amie ?

— Rien n'est mentionné ici. Personne ne s'est manifesté non plus quand son décès a été annoncé dans le journal.

— Et des frères et sœurs ?

— Non, il était fils unique.

— Bon sang.

Kay soupira.

— Bon, allons-y.

Le père de Nathan ouvrit la porte, leur serra la main à toutes les deux et les conduisit à la cuisine.

C'était un grand espace, dont les murs avaient été peints d'un jaune vif joyeux tandis que les plans de travail brillaient d'un éclat intense. Kay remarqua l'odeur citronnée d'un produit ménager populaire et réalisa que le couple avait fait un effort spécialement pour elle et Carys. Son cœur se serra pour eux, et elle espéra qu'ils avaient un solide réseau d'amis pour les soutenir dans leur deuil.

Derek et sa femme s'affairèrent autour d'elles pendant un moment, si bien que plusieurs minutes s'écoulèrent avant que les commandes de thé ne soient prises, que la bouilloire ne soit mise en route et que les quatre ne s'installent autour d'une table ronde en pin.

— Merci de prendre le temps de nous recevoir, dit Kay. Je comprends que cela doit être difficile pour vous et je sais que ma collègue vous a déjà appelés pour vous tenir au courant de notre enquête et de la façon dont elle pourrait affecter l'enquête initiale du médecin légiste sur la mort de Nathan.

Derek tendit la main vers celle de sa femme et enroula ses doigts autour des siens.

— Pour être honnête, nous avons été soulagés. Depuis quatre mois, j'essayais de comprendre pourquoi notre fils aurait mis fin à ses jours. Évidemment, nous sommes bouleversés qu'un autre homme ait perdu la vie, mais si cela signifie que la police enquête à nouveau sur la mort de Nathan, au moins nous pourrions obtenir des réponses.

— Comment était votre relation avec Nathan ?

— Oh, nous avons eu nos hauts et nos bas, comme toutes les familles, je suppose. Tout le monde s'attend à ce que nous disions que parce qu'il était dépressif, il était difficile à vivre. C'était tout le contraire. On lui avait prescrit un nouveau médicament environ six semaines avant qu'il ne soit tué par ce train. Bien sûr, il a fallu environ quatre semaines avant que le médicament ne commence à agir, mais il avait franchi un cap et nous avions vraiment remarqué une différence dans son comportement. Il commençait à parler de retrouver du travail, peut-être comme chauffeur de bus car ils recrutaient du personnel temporaire à l'époque.

— Je sais que c'est probablement douloureux d'y revenir, mais pouvez-vous me raconter les événements de ce jour-là ?

Rose se pencha en avant et enroula ses doigts autour

de sa tasse de thé, même si la surface chaude devait lui brûler la peau.

— Derek était en voyage de nuit en Pologne et ne devait rentrer que le soir. J'étais partie travailler comme d'habitude. Dieu merci, nous nous étions dit au revoir correctement, dit-elle, en essuyant ses yeux avec la paume de sa main. Au moment où je partais, Nathan m'a dit qu'il avait l'intention d'aller à pied jusqu'au marchand de journaux pour acheter un exemplaire du journal de la semaine ; ils ont toujours les offres d'emploi le vendredi, et il voulait voir s'il y en avait des différentes de celles qu'il avait trouvées en cherchant en ligne. Parfois, je dois travailler tard, surtout si nous avons un procès qui approche. Il y a toujours tellement à faire, organiser tous les papiers et s'assurer que les experts ont tout ce dont ils ont besoin avant la date.

Kay attendit patiemment, laissant la femme raconter son histoire à son propre rythme.

— Je suppose qu'il était environ dix-sept heures quarante-cinq. J'avais appris par notre réceptionniste que les trains avaient du retard. Son fiancé travaille en ville et l'avait appelée pour lui dire qu'il rentrerait tard. Je n'y ai pas prêté attention. Nous étions quatre à travailler au bureau à ce moment-là, et je me souviens que j'étais debout près du photocopieur quand l'une d'entre elles est venue me voir et m'a dit que la police était à l'accueil et voulait me voir. Ils m'ont emmenée dans la petite salle de réunion dans un coin du bureau, et m'ont dit que Nathan s'était allongé en travers des voies. Le conducteur du train ne l'a pas vu à temps—

Elle s'interrompit alors que des larmes coulaient sur ses joues.

Kay fouilla dans son sac pour en sortir un paquet de mouchoirs en papier, et le passa de l'autre côté de la table de la cuisine.

— Je suis désolée, Mme Cox. Je dois poser ces questions.

— Je sais.

Rose renifla, s'essuya les yeux, puis serra le mouchoir froissé dans son poing.

— Je n'ai cessé de me demander si j'avais manqué quelque chose. Comme je l'ai dit, nous n'avions aucune idée qu'il avait encore du mal à faire face.

Derek posa sa main sur le bras de sa femme avant de se tourner vers Kay.

— Je me suis demandé à l'époque s'il avait arrêté de prendre les antidépresseurs pour une raison quelconque. Je sais que ça n'a pas de sens, mais je pensais qu'il estimait pouvoir s'en sortir sans eux.

— Savez-vous s'il avait *effectivement* arrêté de les prendre ?

— Je ne suis pas sûr, dit Derek. Il les prenait habituellement au petit-déjeuner le matin et souvent nous étions déjà sortis de la maison à ce moment-là. Ils étaient vraiment forts. Il n'avait à les prendre qu'une fois par jour.

— C'est ça le problème, dit Rose. Nathan ne nous a jamais donné aucune indication que sa dépression était si grave qu'il aurait envisagé le suicide. Son traitement fonctionnait, et il commençait à sortir et à socialiser à nouveau avec certains de ses vieux amis.

— Avez-vous une liste de ces amis ? dit Kay. Nous aimerions leur parler également, pour voir s'ils peuvent peut-être nous aider dans notre enquête.

— Bien sûr. Attendez.

Kay attendit pendant que Rose se levait et se dirigeait vers un ensemble de tiroirs sous le micro-ondes. Elle les ouvrit un à un et fouilla dans leur contenu, jusqu'à ce qu'elle trouve ce qu'elle cherchait.

— Voilà. C'était le téléphone portable de Nathan. Je ne pouvais pas me résoudre à le jeter pour une raison quelconque. Vous aurez besoin de ce chargeur. Je pense que tous ses contacts sont encore enregistrés dedans.

Kay prit le chargeur portable et le téléphone de ses mains.

— C'est parfait, merci beaucoup. Je m'assurerai de vous les rendre dès que possible.

Rose hocha la tête et se rassit avant d'essuyer une nouvelle fois ses yeux.

— Le plus triste, c'est que certains jours je suis tellement en colère qu'il nous ait quittés comme ça, et d'autres jours je n'arrive même plus à me souvenir à quoi ressemblait son visage.

CHAPITRE 29

Kay s'était rendu compte qu'elle ne pouvait chanter en chœur avec la radio dans la voiture que lorsqu'elle était seule, raison pour laquelle elle hurlait le refrain d'un vieux tube des années quatre-vingt de The Cult quand elle tourna dans sa rue.

Les paroles s'éteignirent lorsqu'elle arriva à hauteur de sa maison, son vieux voisin la fusillant du regard dans le faisceau des phares. Elle baissa le volume et fit un signe de tête à l'homme avant de faire entrer la voiture entre les piliers du portail et de s'engager dans l'allée. En coupant le contact, elle fronça les sourcils.

Holly aboyait depuis l'intérieur de la maison, et la voiture d'Adam n'était nulle part en vue.

Elle descendit de derrière le volant alors que le voisin s'approchait d'elle.

— Bonjour, Kevin.

— Ce foutu chien n'a pas arrêté d'aboyer depuis quinze minutes, lança-t-il. Je n'entends plus ma télé !

Kay se retourna vers la maison. Les lumières brillaient aux fenêtres du rez-de-chaussée, mais les rideaux avaient été tirés.

D'après la direction et le timbre des aboiements, Holly avait été enfermée dans la cuisine.

Puis elle remarqua un rai de lumière autour de la porte d'entrée. Elle avait été laissée ouverte, le loquet pendant dans un angle inhabituel.

Elle se pencha dans la voiture et en sortit la matraque télescopique qu'elle gardait sous le siège du conducteur.

— Retournez chez vous, Kevin. Et appelez le 112.

— Quoi ?

— Faites-le. Maintenant.

Elle ferma la portière de la voiture et traversa l'allée à grands pas en direction de la porte d'entrée, déployant la matraque et la levant à hauteur d'épaule.

Elle s'arrêta sur le seuil, essayant de calmer sa respiration, puis évalua à nouveau la situation.

La voiture d'Adam n'était pas là ; il avait probablement enfermé Holly dans la cuisine avant de sortir, comme ils l'avaient fait les trois nuits précédentes avant d'aller se coucher. À ces occasions, Holly n'avait jamais aboyé – Adam s'était assuré qu'elle s'était installée sur son lit, lui avait donné une caresse sur son énorme tête et avait fermé la porte derrière lui, sachant pertinemment que le babyphone qu'il avait installé à côté d'elle l'alerterait si les chiots étaient sur le point d'arriver.

La chienne n'avait jamais aboyé pendant tout son séjour chez eux.

Et le loquet avait clairement été arraché de la porte d'entrée avec un instrument contondant lourd. Des éclats de bois jonchaient le pas de la porte, et la ferrure en laiton assortie pendait de l'encadrement.

Kay tendit l'oreille pour essayer d'écouter entre les aboiements de Holly, mais elle ne pouvait pas distinguer si l'intrus était encore dans la maison.

Elle longea le couloir jusqu'au salon et jeta un coup d'œil par la porte. La pièce était vide, mais son cœur se serra à la vue de tous leurs livres, CD et films éparpillés sur le tapis. La table basse avait été renversée et gisait sur le côté devant la télévision, qui avait reçu un coup violent au milieu de l'écran. Elle laissa échapper un souffle tremblant puis monta à l'étage.

Bien que le palier fût bien éclairé, toutes les lumières des chambres étaient éteintes. Elle glissa sa main autour du cadre de la porte de la chambre principale jusqu'à ce qu'elle trouve l'interrupteur et retint son souffle, se demandant quels dégâts avaient été causés.

Les armoires avaient été vidées, le sol recouvert de vêtements qui semblaient avoir été piétinés. Sa boîte à bijoux avait été découverte, mais à première vue, elle ne pouvait pas dire si quelque chose de valeur avait été pris. Le contenu avait été jeté à travers la pièce et éparpillé dans toutes les directions.

Elle déglutit à la vue de ses sous-vêtements jetés sur le lit et résolut de les jeter tous dès que possible. La salle de bains attenante était vide, et en parcourant les pièces, il devint évident que celui qui avait fait cela à leur maison n'était plus là.

Au son des sirènes qui approchaient, elle redescendit et rencontra deux agents en uniforme à la porte. Elle reconnut le plus âgé des deux, dont le visage s'illumina de soulagement en la voyant.

— Salut, Norris. Qui que ce soit, on l'a raté.

— Tu aurais dû nous attendre, Kay. Où est Adam ?

— Je ne sais pas. Tu veux jeter un coup d'œil pendant que je m'occupe de la chienne ?

Sans attendre sa réponse, elle se dirigea vers la cuisine, ouvrant la porte tout en appelant Holly.

La grosse chienne se jeta sur Kay et lui couvrit les mains de grosses lèches humides. Kay passa ses mains sur elle, mais ne vit pas de signes de souffrance. Elle laisserait Adam faire un examen approfondi à son retour.

Le bruit d'une autre voiture freinant brusquement dehors attira son attention, et elle persuada Holly de retourner sur son lit.

— Kay ? Tu vas bien ?

Carys apparut à la porte de la cuisine, l'inquiétude gravée sur son visage.

— Je vais bien. Ils étaient partis quand je suis arrivée.

— J'étais en route pour rentrer chez moi quand j'ai entendu l'appel. J'ai reconnu ton adresse.

L'enquêteuse regarda par-dessus son épaule les deux agents qui avaient enfilé des gants de protection et commençaient maintenant à relever les empreintes sur le cadre de la porte fracturée.

— Qu'est-ce qu'ils ont pris ?

— Je n'ai pas encore eu le temps de regarder. J'essayais de faire taire la chienne.

— Le dernier projet d'Adam ?

— Ouais. Les chiots sont attendus d'un jour à l'autre.

Elles se retournèrent toutes les deux lorsque des voix élevées filtrèrent depuis le couloir, et Kay se dirigea vers la porte d'entrée.

Adam se tenait sur le seuil à côté d'un des agents en uniforme, le visage blême.

— Que s'est-il passé ?

— On s'est fait cambrioler.

— Holly ?

— Elle va bien, ils l'ont laissée dans la cuisine. Je lui ai fait plein de câlins, et elle s'est calmée maintenant. Elle aboyait comme une folle quand je suis arrivée.

— Je suis parti il y a à peine une demi-heure, dit-il, le visage bouleversé. On avait besoin de trucs du supermarché. Je pensais avoir bien fermé la porte.

— C'est le cas. Celui qui a fait ça a fracassé la serrure de la porte d'entrée et a forcé le passage.

Une autre voiture s'arrêta au bord du trottoir, le conducteur coupant le moteur avant de se précipiter hors du véhicule.

Sharp protégea ses yeux de l'éclat des phares de la voiture de police et se hâta de franchir la porte.

— Vous allez bien tous les deux ?

— Bonjour, oui. On était tous les deux sortis quand c'est arrivé.

Kay fronça les sourcils.

— Je dois les avoir ratés de quelques minutes, cependant.

Sharp tendit le cou jusqu'à ce qu'il puisse voir par-dessus la tête de Kay et dans la cuisine, comme s'il venait seulement de prendre conscience de la présence de Carys.

— Miles, j'imagine que vous l'avez entendu à la radio aussi ?

— Oui, chef.

— Bon, eh bien si vous restez un moment, je vais y aller. Vous avez besoin de quelque chose tous les deux ?

— Je ne pense pas, dit Kay.

Elle tendit la main pour prendre celle d'Adam. Les couleurs commençaient à revenir sur son visage, et il avait fini d'examiner Holly.

— C'est juste un peu le choc pour être honnête, Devon, dit-il.

— Ça l'est toujours. Bon, je vais laisser cette équipe s'occuper de relever les empreintes. Faites venir un serrurier. Vous pourrez le déclarer à votre assurance je suppose ?

— Je pense que oui.

— Très bien, Carys ici présente pourra vous aider à faire une liste de tout ce qui a été volé.

Il se retourna, avant de s'arrêter et de jeter un coup d'œil par-dessus son épaule à Kay.

— Écoutez, pourquoi ne viendriez-vous pas un peu plus tard demain ? Mettez d'abord de l'ordre ici ?

— Merci, chef. J'apprécie.

Il hocha la tête avant de se précipiter vers sa voiture.

Carys se tourna vers Kay au bruit du moteur qui démarrait.

— Si tu veux, je peux te donner un coup de main à l'étage pendant qu'Adam tient compagnie à Holly et s'occupe du rez-de-chaussée.

— Tu es sûre ? dit Adam.

Il passa une main dans ses cheveux.

— Je veux dire, ce serait super, mais si tu dois être quelque part—

Carys sourit.

— Je n'ai rien de prévu, et on ira plus vite si on se répartit le travail comme ça, non ? Sinon, vous serez encore en train d'essayer de tout ranger aux premières heures du matin. Je n'ai qu'une vieille gerbille décrépite à la maison qui est sur ses dernières pattes et qui sent la pisse, alors ça ne me dérange pas de passer un peu de temps ici à vous aider à remettre de l'ordre.

Adam sourit.

— C'est gentil de ta part. En échange, amène ta petite bête me voir à la fin de la semaine prochaine quand je serai de retour au travail. Je lui ferai un check-up.

— Marché conclu.

CHAPITRE 30

— Bon, voyons ce qu'ils ont pris, dit Kay avant de guider Carys à travers le couloir et à l'étage.

Elles vérifièrent d'abord la chambre principale et la salle de bain. La couette avait été déchirée avec un instrument tranchant – Kay soupçonnait que c'était le même qui avait été utilisé pour forcer la serrure de la porte d'entrée – et des plumes d'oie jonchaient le tapis.

— On dirait qu'ils sont partis en vitesse, remarqua Carys, son regard balayant le désordre.

— J'ai dû les déranger quand je suis entrée dans l'allée.

Kay se dirigea vers l'entrée de la chambre d'amis qu'elle utilisait comme bureau et laissa échapper un hoquet de surprise.

Elle porta une main tremblante à sa bouche.

L'ordinateur avait été réduit en miettes, un trou béant au milieu de l'écran qui avait été brisé par l'impact de quelque chose de lourd. Il ne restait rien du disque dur – celui-ci gisait en petits morceaux, les bords reflétant la lumière des spots encastrés dans le plafond.

Pire encore, les cartons de vêtements de bébé que Kay et Adam avaient si méticuleusement emballés et rangés derrière la porte pour s'en occuper quand ils pourraient affronter la tâche avaient été renversés, les vêtements roses jetés dans les coins de la pièce tandis qu'un lapin en peluche bleu gisait au milieu de la pièce, ses entrailles s'échappant de son ventre, des morceaux de duvet recouvrant le tapis en plastique sous la chaise de bureau.

Un hoquet parvint à ses oreilles, et elle se retourna pour voir Carys appuyée contre le chambranle de la porte, les larmes aux yeux en observant les dégâts.

— Quel genre de personne ferait une chose pareille ?

— Je ne sais pas. Je suppose que ça pourrait arriver à n'importe qui, non ?

Elle se retourna à temps pour voir le regard de la jeune femme se poser sur les jouets et les vêtements de bébé.

— Oh, quand ?

— Jamais, plus maintenant. Écoute, Carys. Personne n'est au courant, d'accord ? Même pas ma propre famille. Adam et moi n'en avons parlé à personne.

Le front de Carys se plissa avant qu'elle ne pose une main sur le bras de Kay.

— Je ne colporte pas les ragots de bureau, dit-elle. Je ne l'ai jamais fait. Je déteste ça, en fait.

— Je sais, désolée. Je ne voulais pas—

— Si, tu le voulais. C'est bon. Si tu as besoin de parler à quelqu'un, dis-le-moi.

— Merci.

— Bien.

Carys fit un tour sur elle-même au milieu de la pièce.

— Par où veux-tu que je commence ?

— Je pense que j'aimerais ranger tout ça. Ça ne te dérange pas de commencer par la chambre d'amis ?

— Je m'en occupe.

Une heure plus tard, Kay avait remis tous les vêtements de bébé dans les cartons et placé le lapin et son rembourrage sur le bureau. Elle n'avait jamais été douée en couture, mais elle se jura de faire un effort supplémentaire pour rendre au jouet sa gloire d'antan.

Elle était passée du bureau inachevé à la chambre principale, et en avait profité pour mettre de côté les vêtements qu'elle aurait dû donner à une association caritative depuis des mois, et trier le reste en piles de linge qu'Adam s'occuperait de laver au cours des prochains jours.

Adam les retrouva en bas des escaliers deux heures plus tard, une bouteille de vin à la main.

— C'est pour toi, dit-il à Carys. Et quand Kay me dira que cette dernière enquête est terminée et que tu auras du temps, viens dîner avec nous.

— Oh, vous n'êtes pas obligés de faire ça.

— On insiste, dit Kay. Et n'oublie pas d'amener la gerbille chez Adam pour son bilan de santé.

Carys sourit.

— Je n'oublierai pas. Même si c'est presque un fossile maintenant, tu sais.

Kay attendit avec Adam à la porte d'entrée pendant que Carys montait dans sa voiture, et ils lui firent signe alors qu'une camionnette arrivait, le logo d'un serrurier peint sur le côté.

— Je te laisse t'occuper de lui. Je vais finir en haut, dit-elle.

Elle se tenait une fois de plus sur le seuil du bureau et serra ses bras autour de son ventre, ses pensées tourbillonnant. Elle entendit un mouvement en haut des escaliers, puis les bras d'Adam s'enroulèrent autour de sa taille et il posa son menton sur son épaule.

— Peut-on en sauver une partie ?

Elle agita la main vers les cartons de vêtements de bébé.

— Je pense que oui. Ils n'ont rien fait à tout ça à part le jeter dans la pièce. Je peux recoudre le lapin.

Elle renifla.

— Il sera peut-être un peu de travers, par contre.

Il enfouit son nez dans ses cheveux.

— Tu fais toujours des blagues sur tout. C'est normal d'être bouleversée.

— Je ne peux pas me le permettre. Si je ne garde pas le contrôle, je vais probablement m'effondrer.

Il l'embrassa.

— Qu'ont-ils pris ?

Elle s'essuya les yeux et plongea la main dans la poche de son pantalon de tailleur, en sortant une clé USB vert vif.

— Rien. Tout est là-dessus.

Elle se retourna dans ses bras.

— Tu t'attendais à ce que quelque chose comme ça arrive, n'est-ce pas ?

— Pas comme ça, non. Mais je—

— Qu'est-ce que tu as fait, bon sang ?

— Je me suis connectée à la base de données hier une fois que tout le monde était parti après le briefing.

Les yeux d'Adam se posèrent sur le bureau saccagé par-dessus sa tête. Il déglutit.

— Qu'as-tu trouvé ?

— Je n'en suis pas encore sûre.

Elle leva la main pour l'empêcher de l'interrompre.

— Juste un nom. Ce n'est peut-être rien.

— Ce n'est peut-être rien ? Tu as vu ce qu'ils ont fait à notre maison ?

Un soupir tremblant passa ses lèvres.

— Viens là, dit-il en l'attirant à lui.

Il lui caressa les cheveux.

— Je suis désolé. Je sais que c'était mon idée. Je ne pensais pas... Je ne savais pas que ce serait comme ça.

— Moi non plus, marmonna-t-elle contre sa poitrine.

— C'était le nom de qui ?

Elle secoua la tête.

— Laisse-moi d'abord vérifier. Je ne veux pas jeter la suspicion sur qui que ce soit avant d'avoir vérifié.

Elle leva la tête et fit glisser ses mains le long de ses bras.

— Comment va Holly ?

— Plus calme. Je suis passé m'excuser auprès de

Kevin. Il va bien, il est un peu contrarié de s'être emporté contre toi, vu les circonstances.

— Je suis juste soulagée qu'il ne soit pas entré dans la maison pendant qu'ils étaient encore là.

La chair de poule apparut sous ses doigts et il frissonna.

— Ils devaient surveiller. Attendre une occasion de s'introduire.

— Ils ont eu de la chance que tu aies mis Holly dans la cuisine.

— Elle en a eu aussi, je pense.

Il lui serra les épaules.

— J'ai presque fini en bas. Ça va ici ?

— Oui. Je commanderai à emporter dans une heure environ.

— Parfait.

Il l'embrassa sur le dessus de la tête, puis se retourna et redescendit. Bientôt, elle put entendre le bourdonnement de l'aspirateur et le martèlement et le perçage du serrurier entrecoupés d'un joyeux sifflement.

Elle soupira, secoua le sac poubelle jusqu'à ce qu'il s'ouvre, et commença à y balayer les morceaux brisés de son ordinateur.

CHAPITRE 31

Kay jeta son sac sous son bureau, vérifia qu'aucun message ne l'attendait, puis se dirigea vers Debbie.

— Tu peux me sortir le téléphone de Nathan Cox des preuves ? Je veux l'apporter à Grey au siège.

— Bien sûr. Tu le lui laisses ?

— Pour un moment.

Elle attendit que Debbie remplisse les papiers avant de s'élancer hors de la pièce.

Vingt minutes plus tard, elle franchit les doubles portes du siège de la police du Kent et monta les marches deux par deux, avant de marteler une porte qui lui barrait le chemin.

Son accréditation de sécurité ne lui permettait pas d'entrer sans accompagnement dans l'antre de l'expert en criminalistique numérique.

Un mouvement de l'autre côté de la porte précéda un visage qui l'observa à travers le panneau vitré, une paire d'yeux verts intenses encadrés par une peau mate.

Elle brandit le sac en plastique et l'agita devant la vitre.

La peau autour des yeux se plissa avant que le visage ne disparaisse et que la porte ne s'ouvre.

— Hunter, qu'est-ce qui t'amène ici ?

— On a une sale affaire, Grey. J'ai entendu dire que tu travaillais ici pour un moment au lieu de ton repaire habituel. J'espère que ça pourrait nous aider.

— Entre et explique-moi.

Il fit un geste vers une paire de fauteuils en similicuir à côté d'une série d'écrans d'ordinateur, qu'il éteignit habilement d'une seule pression sur une touche.

Kay essaya de ne pas laisser paraître sa déception ; elle avait toujours été fascinée par les capacités de Grey et de son équipe, et il était l'un des rares à l'avoir soutenue après l'enquête des normes professionnelles.

— Tu sais que les passe-droits sont mal vus par ici, dit-il en tendant la main.

— Ouais. Je sais.

Elle lui passa le sac en plastique.

— Mais je pense que le numéro de notre tueur est là-dessus.

Il fronça les sourcils, se pencha sur son bureau et ouvrit un tiroir pour en extraire une paire de gants.

— Explique.

— Ce téléphone appartenait à un homme qu'on croyait s'être suicidé, sauf qu'il semble maintenant qu'il ait été assassiné, par quelqu'un qui continue à tuer des hommes du même groupe d'âge. Nos gars peuvent effectuer des recherches sur les appels entrants et sortants du téléphone, mais on ne peut pas tracer ce numéro masqué. Le tueur drogue ses victimes et les attache sur les voies ferrées, Grey, et il s'en est tiré jusqu'à présent.

Il arqua un sourcil.

— Jusqu'à présent ?

— Exact.

Elle lui parla du meurtre de Lawrence Whiting et du témoin.

En réponse, il retira le téléphone du sac plastique et appuya sur le bouton d'alimentation.

— Mort.

— Il était à bout de souffle quand je l'ai allumé tout à l'heure.

Il sortit le chargeur et brancha le téléphone, le calant contre l'un des ordinateurs.

— Ça ne prendra que cinq ou dix minutes, dit-il en s'installant dans l'autre fauteuil pour attendre. D'où le tiens-tu ?

— De la mère d'une de nos victimes : Nathan Cox. Sa mère a dit qu'elle ne supportait pas de jeter ses affaires. À l'origine, quand j'y suis allée avec Carys, je pensais que ce serait utile de le parcourir pour qu'on puisse parler aux gens enregistrés dans sa liste de contacts, mais sur le chemin du retour, j'ai remarqué qu'il y avait un numéro masqué ; quelqu'un l'a appelé quelques heures avant sa mort.

— Et tu penses que c'était ton tueur ?

Elle hocha la tête.

— Quand on a parlé à un ami de Lawrence Whiting,

il a fait une déclaration similaire. Whiting a reçu un appel en fin d'après-midi. Il n'a pas voulu dire à son ami qui c'était, et il est sorti pour rencontrer cette personne presque immédiatement. Quelques heures plus tard, il était mort.

— Tu penses qu'ils connaissaient tous les deux l'identité du tueur ?

— Ou bien le tueur savait quelque chose sur eux et les menaçait avec cette information. Dans les deux cas, c'était suffisant pour les faire aller à lui.

Grey se pencha en avant et appuya sur l'écran du téléphone. Il s'alluma, l'icône de batterie dans le coin supérieur droit toujours rouge.

— Qu'est-il arrivé au téléphone de Whiting ?

— On ne sait pas. Il n'a pas été retrouvé sur la scène de crime, et il n'était pas dans son appartement.

— Tu penses que le tueur l'a pris ?

— Peut-être. Le numéro de Whiting n'apparaît pas dans le registre des appels de ce téléphone de Nathan, donc ils ne se parlaient pas.

— D'accord. Qu'est-ce que tu veux de moi ?

— Tu peux tracer ce numéro masqué ?

— Ouais. Je devrais pouvoir.

Il pointa du doigt les écrans d'ordinateur éteints autour de lui.

— Je vais devoir le caser entre tout ça, cependant.

— C'est quoi ?

Sa bouche tressaillit.

— Allez, Hunter, tu sais que je ne peux pas te le dire.

Elle sourit.

— Ça valait le coup d'essayer. Ok, si tu peux trouver un numéro, puis me dire à qui il appartient et où on pourrait le trouver, ce serait un bon début.

— Pas de problème.

— Et s'il y a d'autres activités dessus, tu peux m'appeler ? Peu importe l'heure.

— Je le ferai.

Il la suivit jusqu'à la porte et la déverrouilla, mais posa ensuite sa main sur la surface en bois et la regarda de haut.

— Il y avait autre chose que tu voulais me demander ?

Ses yeux verts la scrutaient, une légère odeur de café dans son haleine.

Kay se mordit la lèvre, ses pensées revenant à la recherche qu'elle avait effectuée dans la base de données la nuit précédente.

Le savait-il ?

Pouvait-elle faire confiance à Grey ?

Elle força un sourire.

— Non, merci. C'est tout.

Il baissa la main.

— D'accord, tant que tu es sûre ?

— Oui. Merci.

Elle se fraya un chemin dans le couloir et se précipita vers la cage d'escalier, ne s'arrêtant qu'une fois arrivée sur le palier entre les étages.

Quelque chose dans le comportement de Grey avait changé pendant leur conversation.

Elle ne doutait pas qu'il l'aiderait concernant le téléphone de Nathan Cox, mais que voulait-il dire en lui demandant si elle voulait de l'aide pour autre chose ?

Sous-entendait-il qu'il était au courant de son enquête secrète ?

Après tout, il avait travaillé sur suffisamment d'enquêtes en coulisses pour savoir si quelqu'un essayait d'accéder à des informations auxquelles il ne devrait pas avoir accès.

Elle jeta un coup d'œil à sa montre et soupira. Il n'était que vingt heures, et elle était déjà épuisée.

— Pas étonnant que tu commences à devenir paranoïaque, Hunter.

CHAPITRE 32

Sharp s'arrêta de parler quand Kay entra dans la salle des opérations et jeta son sac sous son bureau avant de rejoindre le groupe rassemblé autour du tableau blanc.

— Tout va bien ?

— Oui, merci.

Elle lui fit signe de continuer.

— Bon, comme je le disais, nous avons maintenant moins d'assistance administrative sur cette enquête, à cause d'un braquage à main armée dans un pub sur la route de Sittingbourne hier soir, donc vous serez responsables de votre propre paperasserie la plupart du temps.

Un grognement collectif remplit la pièce. L'aide administrative était un luxe, et elle manquait cruellement quand elle n'était pas disponible.

— Néanmoins, nous maintenons le même niveau d'intégrité qu'au début. La commissaire n'a pas approuvé les heures supplémentaires, mais je sais que vous voulez voir la justice rendue à quiconque a fait ça à nos victimes. Nous continuons quoi qu'il arrive.

Il conclut le briefing et posa le marqueur du tableau blanc sur le bureau à côté de lui avant de prendre une pile de rapports que Debbie West lui tendit et de disparaître dans son bureau.

Kay se frotta l'œil droit et essaya de se concentrer.

Son esprit revenait sans cesse à la découverte que toute mention des preuves manquantes qui avaient failli mettre fin à sa carrière avait été supprimée.

Elle leva la tête et observa ses collègues dans la pièce.

L'un d'entre eux était-il responsable de la falsification du système ?

Et si oui ? Pourquoi ?

L'un d'entre eux était-il d'une manière ou d'une autre impliqué avec le suspect qu'ils avaient essayé d'arrêter ? L'avaient-ils protégé d'une façon ou d'une autre ?

Elle se creusa la cervelle, essayant de se rappeler si l'un d'entre eux avait mentionné quoi que ce soit de suspect pendant cette enquête, mais elle ne s'en souvenait pas.

Elle soupira et baissa de nouveau les yeux sur son travail. Elle détestait l'idée de soupçonner l'un d'entre eux. Elle méprisait le fait que quelqu'un était déterminé à l'empêcher de mener sa propre enquête.

Son poing se serra à l'idée que son travail avait empiété sur sa vie personnelle. Elle avait toujours protégé Adam des aspects les plus désagréables de son métier, et elle sentait un changement dans leur relation depuis l'effraction de la nuit dernière, ce qui l'effrayait. Oui, elle avait été choquée et consternée par ce qui s'était passé, mais elle ne se laisserait pas intimider. Adam, en revanche, menait une vie relativement protégée. Il n'avait pas été exposé à certaines des expériences qu'elle avait vécues, et elle devait le protéger.

Elle s'efforça d'essayer de se détendre ; elle ne pouvait pas se permettre de baisser la garde sur ce coup-là. Peu importe ce qui se passait à la maison, elle était responsable d'aider Sharp à gérer une enquête pour meurtre.

— Merde.

Elle relut le paragraphe de texte devant elle une fois de plus, puis appela Barnes.

— Ian, tu peux regarder ça ?

Il repoussa sa chaise et s'approcha d'où elle était assise.

— Qu'est-ce qui ne va pas ?

— Jette un coup d'œil.

Kay lui tendit la page.

— Je l'ai trouvé parmi les documents que nous avons reçus de la police ferroviaire. Nous ne l'avions pas regardé avant car nous cherchions des suicides. Vérifie les deux noms sur la dernière page du rapport.

Les sourcils de Barnes se levèrent d'un coup.

— Les mêmes que deux des victimes de suicide, dit-il.

— C'est le lien, dit Kay, j'en suis sûre. Pas ce programme de réinsertion.

Sharp apparut à son coude.

— Qu'avez-vous trouvé ?

— Il y a deux ans, à un aiguillage juste à l'extérieur de la gare de Barming, une équipe d'ingénieurs travaillait sur la mise à niveau de la signalisation. Alison Campbell était une ingénieure diplômée ; elle avait vingt-sept ans à l'époque. Au total, il y avait six personnes impliquées dans la mise à niveau de la signalisation qui étaient sur les lieux lorsque l'accident s'est produit. Selon Cameron Abbott, lorsqu'il a été interrogé lors de l'enquête, ils avaient tous suivi une formation rigoureuse à la sécurité et avaient déjà travaillé ensemble sur des chemins de fer. Alison n'était pas aussi expérimentée que le reste de l'équipe, mais tout le monde avait un faible pour elle et veillait sur elle lorsqu'ils marchaient sur une voie active. Cela signifiait que les trains circulaient toujours, mais à une vitesse légèrement réduite. Ils travaillaient depuis huit heures ce matin-là et avaient pris des pauses régulières conformément aux réglementations en matière de santé et de sécurité.

— Qu'est-ce qui a mal tourné ? dit Sharp.

— Deux trains étaient passés au cours de l'heure précédant l'accident, dit Kay. L'équipe avait posté des guetteurs à plusieurs mètres le long de la voie où l'équipe travaillait et le contact radio était maintenu en permanence. Les alertes étaient fournies à l'équipe qu'un train approchait et serait à leur emplacement dans les deux minutes. Lorsque le train est apparu, l'équipe s'est déplacée sur le côté de la voie ferrée, pour attendre que le train passe. Même si la voie sur laquelle ils travaillaient était fermée, celle à côté ne l'était pas, c'était une précaution qu'ils laissent suffisamment d'espace entre eux et la locomotive lors de son passage. Notre victime, Lawrence Whiting, était l'une des personnes chargées d'agir comme guetteur. Son rôle était de communiquer avec le contrôle ferroviaire par radio et d'avertir les autres membres de l'équipe lorsque le train approchait en utilisant un sifflet et sa voix. Lors de l'enquête, on lui a demandé à plusieurs reprises s'il avait transmis chaque instruction de la salle de contrôle. Le médecin légiste a demandé à Whiting s'il était sûr de ne pas avoir manqué un message de dernière minute. Whiting a maintenu qu'il avait transmis toutes les informations à l'équipe telles qu'elles lui étaient relayées. Il était tout à fait catégorique sur le fait qu'il avait suivi toutes les précautions de santé et de sécurité établies par la compagnie ferroviaire, et celles que l'équipe avait instaurées lors de la réunion de préparation ce matin-là. Abbott a déclaré lors de l'enquête qu'il s'était retourné pour s'éloigner des voies, lorsque Lawrence lui a crié et a pointé du doigt par-dessus son épaule. Il ne pouvait pas entendre ce que l'homme disait, parce que le train était si proche, alors il s'est retourné, et a déclaré qu'Alison se tenait toujours sur la voie où ils avaient travaillé. Il lui a crié de s'écarter mais il a dit qu'elle l'avait ignoré. Alors que le train passait devant eux, elle a marché sur sa trajectoire. Selon lui, sans un regard en arrière.

— Et nos deux victimes de suicide et notre victime de meurtre étaient présentes, ajouta Barnes.

— C'est trop de coïncidences pour l'ignorer, dit Sharp.

— Exact. C'est ce que je pense.

— Les autres membres de l'équipe sont-ils listés dans le rapport du médecin légiste ?

— Oui : Peter Bailey et Jason Evans.

— Eh bien, je suppose que nous savons maintenant qui pourrait être notre dernière victime.

— Je vais contacter la compagnie ferroviaire et obtenir les informations qu'ils ont sur eux, dit Kay.

— Faites ça, dit Sharp. Et s'ils vous posent des problèmes, mettez-les en contact avec moi. Si nous avons raison à ce sujet, nous avons un autre homme qui se promène à l'air libre sans savoir qu'il pourrait être la cible prévue d'un tueur en série.

CHAPITRE 33

L'enquête ayant pris un nouveau tournant, Kay avait laissé un message à la compagnie ferroviaire, puis avait pris l'argent que Sharp lui avait tendu et quitté la salle des opérations pour aller chercher du café pour l'équipe d'enquêteurs.

Elle remonta Gabriel's Hill en direction du café que fréquentait l'équipe, savourant un instant sa liberté loin de son bureau. Elle trouvait souvent ses meilleures idées en marchant.

Son téléphone sonna et elle fouilla dans son sac avant de répondre.

— Détective Hunter ? C'est le docteur Williams. Vous avez laissé un message à ma secrétaire l'autre jour.

— En effet. Merci de me rappeler, dit Kay en se plaçant sous le porche d'un magasin désert pour s'éloigner de la rue piétonne animée. Nous voulions vous parler de Lawrence Whiting.

— Bien sûr. Une terrible affaire. J'ai été choqué quand j'ai reçu votre message.

— Pouvez-vous me dire pourquoi des antidépresseurs avaient été prescrits à Lawrence ?

— Il avait du mal à faire face après qu'un de ses collègues a été tué dans un accident de train. Comme la plupart des hommes de son âge, il n'a pas cherché d'aide pendant longtemps après l'incident et a essayé de gérer son anxiété à sa manière. Je pense qu'un de ses amis a fini par lui parler gentiment. Il était dans un état assez pitoyable quand il est venu me voir.

— S'agissait-il de l'accident de train dans lequel Alison Campbell a été tuée ?

— Oui, c'est celui-là. Lawrence a dû témoigner lors de l'enquête du médecin légiste. Je pense que c'est ce qui l'a fait basculer. C'était plus qu'il ne pouvait supporter, de devoir revivre l'expérience devant tous ces gens et ses parents.

— Nous avons effectué une perquisition dans l'appartement de Lawrence, mais nous n'avons trouvé aucune trace d'antidépresseurs prescrits. Avait-il arrêté de les prendre ?

— La dernière fois qu'il est venu me voir, nous avons discuté de la réduction du dosage. C'était il y a environ six semaines. Lawrence estimait qu'il s'en sortait mieux et voulait arrêter de les prendre immédiatement. Je l'ai mis en garde contre cela, car ça peut être un choc pour l'organisme et je m'inquiétais des effets secondaires.

— Mais il l'a quand même fait ?

— Oui, c'est ce qu'il a fait. J'ai eu un rendez-vous de suivi avec lui il y a deux semaines et je dois dire que j'ai été stupéfait par le changement. Il m'a dit qu'il s'était mis au yoga et à la méditation, après avoir vu des vidéos en ligne sur la façon dont cela peut aider contre la dépression. Je ne suis pas sûr de la véracité de ces affirmations, mais cela l'aidait. Il mangeait plus sainement et parlait de s'inscrire dans une salle de sport.

— C'est certainement l'impression que nous avons eue en visitant son appartement et en parlant à sa sœur. Notre enquête a considérablement avancé depuis que j'ai laissé mon message. Nous avons des preuves suggérant que Lawrence a été assassiné. Lors de votre dernière rencontre, avait-il exprimé des inquiétudes ?

— Pas du tout. C'est terrible que quelqu'un qui parvenait si bien à redresser sa vie nous soit enlevé si tôt.

Kay remercia le médecin pour son temps et mit fin à l'appel avant de continuer à remonter la rue vers le café. Pendant qu'elle passait sa commande et attendait que les cafés soient préparés, elle réfléchit aux paroles du médecin.

Elle prit le plateau à emporter du propriétaire du café, le remercia d'un signe de tête et sortit à nouveau son téléphone en poussant la porte.

— Lucas, c'est Hunter. Les traces d'antidépresseurs dans les échantillons de sang de Whiting ? Il n'en avait plus de prescrits depuis six semaines. Je viens de finir de parler avec son médecin. Combien de temps faudrait-il pour que les médicaments quittent son système ?

Elle écouta sa réponse, puis rangea son téléphone et

accéléra le pas en redescendant Gabriel's Hill, toutes les pièces du puzzle s'assemblant dans sa tête.

Elle fit irruption dans la salle des opérations, posa le plateau sur le bureau de Gavin et lui parla brièvement avant de se précipiter dans le bureau de Sharp.

— Le tueur a accès à des antidépresseurs. C'est ce qu'il utilise pour droguer ses victimes.

Sharp se détourna de son ordinateur et lui fit signe de s'asseoir.

— Qu'est-ce qui vous fait dire ça ?

— J'ai parlé au médecin traitant de Whiting il y a un instant. Whiting n'avait pas eu d'ordonnance pour des antidépresseurs depuis six semaines.

— Il aurait pu en obtenir d'un autre médecin.

— Non, nous n'en avons trouvé aucun dans son appartement, vous vous souvenez ?

— Avez-vous parlé à Lucas ?

— Oui, et il confirme les rapports toxicologiques. Tout indique qu'une forte dose d'antidépresseurs était présente dans le corps de Whiting au moment de sa mort, donc notre tueur doit y avoir accès d'une manière ou d'une autre.

— Y a-t-il eu des vols récents dans les pharmacies de la région ?

— Gavin fait une recherche. Je—

Elle se retourna sur sa chaise en entendant frapper à la porte, et Gavin entra dans la pièce.

— Aucun signalement dans le système de vols d'antidépresseurs dans les pharmacies au cours des douze derniers mois, chef. Tu penses que notre tueur a son propre stock de médicaments ?

— Ça doit être le cas.

— Comme une bonne partie du reste de la population souffrant de maladie mentale, dit Sharp en se frottant les yeux. Ça ne devient pas plus facile, cette affaire, n'est-ce pas ?

CHAPITRE 34

Kay mit les mains sur ses hanches, jeta un coup d'œil aux détails qui avaient été ajoutés au tableau blanc ces derniers jours, et soupira.

— À quoi pensez-vous ?

Elle attendit que Sharp la rejoigne.

— Nous avons une femme morte qui s'est jetée devant un train, alors que ses parents et sa meilleure amie affirment qu'elle n'avait aucune raison de le faire. Quelqu'un a tué trois de ses collègues, et nous ne savons pas pourquoi. Selon le voisin du fiancé, ils formaient un couple heureux et s'entendaient bien avec tout le monde.

Elle leva les mains au ciel.

— Qu'est-ce que je rate, bon sang, Devon ?

— Avez-vous réussi à retrouver le fiancé ?

— Pas encore. Il s'est montré un peu insaisissable ; il n'a pas répondu à nos appels.

— Pensez-vous qu'il pourrait avoir quelque chose à cacher ?

Kay se frotta l'œil droit.

— Je dois être fatiguée. Je n'avais même pas pensé qu'il pourrait être un suspect. Bon sang...

— Ne vous flagellez pas pour ça. C'est pour ça qu'on fait ça. On réfléchit ensemble. On en parle encore et encore jusqu'à ce qu'on y arrive. Vous n'allez pas être celle qui aura la révélation à chaque fois.

— Je le sais bien, mais quand même...

Elle pivota sur ses talons et se précipita vers son bureau, poussant des documents de côté jusqu'à ce qu'elle trouve le rapport qu'elle cherchait. Elle revint là où Sharp était resté près du tableau blanc et l'agita devant lui.

— L'enquête du médecin légiste. Quand nous avons appelé le numéro de portable que la compagnie ferroviaire nous a donné, il n'y a eu aucune réponse sur celui de Jason Evans. J'ai fait une demande pour que le numéro soit tracé afin de savoir pourquoi, mais regardez ça. Le cinquième membre de l'équipe de travail, Peter Bailey. Pour une raison quelconque, on ne lui a pas demandé de témoigner à l'audience, alors que ses quatre collègues l'ont fait. Nous avons laissé un message sur son téléphone. Si nous supposons que notre dernière victime est Jason Evans, alors tous les collègues de Bailey qui ont témoigné sont maintenant morts.

Sharp regarda sa montre.

— Très bien, faites venir Bailey. Demandez à Barnes et Gavin d'aller le chercher. Interrogez-le formellement, et voyez ce qu'il a à dire pour sa défense.

———

Lorsque Kay entra dans la salle d'interrogatoire, un homme se leva de l'une des chaises en plastique dur, l'air effrayé. Il portait un jean et une chemise à manches courtes, le bas d'un tatouage dépassant sous l'ourlet de la manche gauche.

— De quoi s'agit-il ?

Kay leva la main.

— S'il vous plaît, asseyez-vous et nous discuterons une fois que nous aurons terminé les formalités.

Il passa une main dans ses cheveux noirs coupés à la mode, puis s'assit. Il se pencha en avant, les coudes sur les genoux, et attendit pendant que Kay et Barnes s'installaient sur les sièges en face.

Barnes appuya sur le bouton « enregistrer » avant d'informer formellement Bailey de son statut de témoin, puis il fit signe à Kay de poursuivre l'entretien.

— Monsieur Bailey, pour commencer, pourriez-vous me dire ce qui s'est passé le jour où Alison Campbell a été tuée ?

— Je le revis chaque nuit, dit-il en s'affalant sur sa chaise. Je me demande sans cesse s'il y a quelque chose que j'aurais pu faire pour l'empêcher, mais j'étais trop loin d'elle quand c'est arrivé. Nous travaillions sur cette portion de voie depuis quelques jours. C'était un projet assez court, seulement trois mois au total pour remplacer certains câblages dans la signalisation. Alison avait rejoint l'entreprise comme ingénieure diplômée six mois plus tôt, et elle s'était très vite intégrée. Tous les gars de l'équipe veillaient sur elle. Nous étions dévastés.

— Je ne connais pas du tout le fonctionnement d'un projet comme celui-là, dit Kay. Pourriez-vous m'expliquer comment votre journée a commencé ?

Il haussa les épaules.

— Nous sommes tous arrivés sur le site avant huit heures du matin. Lawrence était responsable de la sécurité du site et insistait toujours pour que le briefing de sécurité ait lieu à l'heure. On passait en revue les tâches de la journée, on vérifiait que tout le monde connaissait son rôle. S'il y avait une directive formelle du siège, c'est à ce moment-là qu'il nous la communiquait. Il n'y avait rien ce jour-là cependant. Donc, nous étions sur les voies à huit heures trente.

Il fit une pause.

— Tout cela n'est-il pas dans le rapport d'enquête ?

— Si, mais si cela ne vous dérange pas, j'aimerais l'entendre de votre bouche car je ne peux apprendre qu'une partie des choses en lisant un rapport.

— D'accord.

Il prit une profonde inspiration.

— Eh bien, la première partie de la matinée s'est déroulée comme d'habitude. Le contrôle ferroviaire avait fermé la voie montante, c'est le côté des deux voies sur lequel nous travaillions, et faisait circuler les trains sur l'autre côté des voies. Chaque fois qu'un train approchait, le contrôle ferroviaire transmettait un avertissement par radio, qui était ensuite relayé à l'équipe par le guetteur. Cela nous donnait le temps de vérifier qu'aucun outil ou quoi que ce soit n'était tombé accidentellement sur la voie opposée, et de finir ce que nous faisions avant que l'avertissement de deux minutes ne soit donné pour nous écarter. Nous avons eu une pause de vingt minutes à dix heures trente, et sommes retournés dans la salle d'équipe. Tout était normal. Nathan a mis la bouilloire en marche, nous avons pris notre nourriture dans le petit réfrigérateur que nous avions branché là, et nous nous sommes assis pour bavarder.

Il passa sa main sur sa bouche.

— J'essaie sans cesse de me rappeler si Alison agissait différemment ce matin-là. Mais ce n'était pas le cas. Il n'y avait aucune indication que quelque chose n'allait pas. Lawrence a donné le signal, et nous étions de retour sur les rails juste avant onze heures. À un moment entre cinq et le quart, je ne me souviens pas exactement, il faut vérifier le rapport d'enquête, nous avons reçu l'appel du contrôle ferroviaire nous informant que le prochain train approchait. Nous avions les portes de l'unité électrique ouvertes car nous remplacions l'un des circuits imprimés. Alison semblait préoccupée à mettre en place le circuit imprimé. Je lui ai tapé sur l'épaule pour attirer son attention et m'assurer qu'elle avait entendu l'avertissement. Elle a agité sa main par-dessus son épaule et je lui ai dit de terminer ce qu'elle faisait car nous avions toute la journée pour finir le travail. Il n'y avait pas d'urgence. J'ai commencé à vérifier le rail sous tension, et puis Cam a crié l'avertissement de deux minutes. Alison travaillait encore sur l'armoire. Je me suis approché d'elle et j'ai dit : 'Allez, tu pourras finir ça dans une minute, il n'y aura pas d'autre train ici avant la demie'. Elle a laissé tomber ce qu'elle faisait à l'intérieur, s'est levée et, je ne sais pas, c'était juste un regard dans ses yeux, et si j'avais su alors ce que je sais maintenant...

Il s'essuya les yeux.

— Je me suis retourné et j'ai commencé à me déplacer vers la zone de sécurité que nous avions délimitée. Je pensais qu'elle me suivait. Je réfléchissais déjà à la façon dont nous devrions déplacer l'équipement jusqu'à la prochaine boîte de contrôle après ce travail. Vous savez comment c'est quand un train approche, on peut entendre les rails chanter. Eh bien, ça a commencé à se produire et puis j'ai pu sentir l'approche du train à travers le sol. C'était un express alors il ne traînait pas. Les plus petits trains locaux auraient voyagé un peu plus lentement, mais toute l'idée de notre façon de travailler est de s'assurer que les trains soient le moins perturbés possible. Le conducteur du train a klaxonné, ce qui était un peu inhabituel parce qu'on lui aurait dit que nous travaillions là et il aurait su que le contrôle ferroviaire nous avait déjà radiodiffusé de nous écarter. Puis j'ai entendu Lawrence crier et en me retournant, j'ai vu Alison lever le pied au-dessus du rail sous tension. Le conducteur du train ne pouvait rien faire. Elle ne s'est pas arrêtée. Elle n'a pas regardé en arrière. Elle s'est juste retournée et a fait face au train de plein fouet.

Un silence choqué remplit la pièce.

Bailey baissa la tête et commença à sangloter.

Kay se leva et traversa la pièce jusqu'à lui, s'accroupit et posa sa main sur son genou.

— Je suis désolée, Peter. Je sais que c'était difficile pour vous, mais je devais savoir.

Il hocha la tête, renifla, et sortit un mouchoir en coton de la poche de son jean, puis se moucha.

— Je sais.

Kay retourna à sa chaise, et reprit son carnet et son stylo tandis que Barnes poussait une photographie sur la table vers Bailey.

— Peter, c'est une photo de quelqu'un que nous essayons d'identifier. Connaissez-vous cet homme ?

Les yeux de Bailey parcoururent la photographie, et son visage pâlit.

— C'est Jason Evans. Que lui est-il arrivé ?

— Jason a été tué par un train il y a deux nuits, dit Barnes.

— Peter, pouvez-vous nous dire où vous étiez cette nuit-là entre vingt heures et deux heures du matin ?

Il se recula brusquement sur son siège.

— J'étais chez moi. V… vous ne pouvez pas sérieusement croire que je suis responsable de sa mort ?

— Quelqu'un peut-il confirmer vos allées et venues ?

Son front se plissa.

— J'ai commandé une pizza à vingt-trois heures.

— Nous aurons besoin du numéro de téléphone de la pizzeria.

— Et entre vingt-trois heures et deux heures ? dit Barnes.

— J… je dormais. Je veux dire, après avoir mangé ma pizza, je suis resté assis à regarder la télé un peu plus longtemps, puis je me suis effondré. Je devais être au travail à six heures parce que c'est à ce moment-là que les camions de livraison arrivent avec la nourriture fraîche.

— Pour revenir au jour de la mort d'Alison. Vous avez mentionné qu'il n'y avait aucune indication que quelque chose n'allait pas avec Alison ce matin-là. L'enquête du médecin légiste indiquait que l'investigation s'était concentrée sur un accident industriel, mais ça ne semble pas être le cas d'après ce que vous nous avez dit, dit Kay.

Bailey secoua la tête.

— Ils ne m'ont jamais appelé pour témoigner. J'étais un ingénieur junior à l'époque et, je ne sais pas, je suppose qu'avec tous les autres plus seniors que moi qui donnaient leur témoignage, ils ont pensé que je n'étais pas nécessaire. Mais j'ai toujours dit que ce n'était pas un accident. Elle a marché devant ce train par choix.

— Avez-vous une idée de pourquoi ?

— Aucune idée. Ça tourne en boucle dans ma tête depuis. Elle et son fiancé devaient se marier trois mois plus tard. Je me souviens quand la nouvelle s'est répandue au travail ; quelques-unes des filles de l'administration ont organisé un thé du matin pour célébrer. Elle semblait vraiment heureuse. C'est seulement ce matin-là que j'ai senti que quelque chose n'allait pas. Elle semblait préoccupée, ce qui était inhabituel pour elle. Elle était si studieuse. Elle m'avait mentionné seulement la semaine précédente que son manager l'avait mise en avant pour leur système interne de formation accélérée à la gestion. Elle avait tout pour vivre.

CHAPITRE 35

Épuisée, Kay tendit le bras et déplaça sa souris sur le bureau.

L'écran de l'ordinateur s'anima de nouveau, et elle jeta un coup d'œil furtif vers le bureau de Gavin.

Le jeune agent tapotait un stylo contre son bras, la tête baissée tandis qu'il tournait la page du manuel à son coude et griffonnait une autre note sur le bloc à côté de lui.

— Comment se passent les examens ?

Il finit d'écrire, se pencha en arrière et posa le stylo avant de se frotter le visage avec ses mains.

— Je sais que je ne devrais pas me plaindre, dit-il, un léger sourire traversant son visage alors qu'il laissait retomber ses mains sur ses genoux. Après tout, je travaillerai de longues heures comme ça quand je serai détective, mais j'ai la tête qui tourne en ce moment.

— Fais une pause. Nous sommes au milieu d'une

enquête pour meurtre, et tu es déjà assis là depuis une heure et demie.

Elle lui rendit son sourire.

— Tu ne vas rien retenir si tu es fatigué. C'est quand le prochain examen ?

— Dans environ quatre semaines.

— Largement le temps d'apprendre tout ça.

— Ouais, tu as probablement raison.

— Tu vas bouger ?

— Je pense que oui. Je trouve que je peux me concentrer sur ces trucs pendant une heure ou deux, et puis mon esprit commence à vagabonder. Je ne pense pas que je vais accomplir quelque chose en restant plus tard.

Kay reporta son attention sur le site d'information sur son écran et se força à lire un autre article.

Elle devait être patiente. Elle ne pouvait pas risquer que Gavin devienne suspicieux et se demande pourquoi elle était si désireuse de le faire sortir de la salle des opérations.

Elle n'avait pas eu l'occasion d'appeler Adam pour lui dire qu'elle prévoyait de travailler tard, mais elle ne s'attendait pas non plus à ce que Gavin reste pour étudier. Elle leva les yeux en voyant un mouvement de l'autre côté de la pièce.

Il tendait le bras sous son bureau, puis en sortit un sac à dos aux couleurs vives avant d'y fourrer son manuel et ses notes.

— Tu rentres en voiture ?

— Non, je retrouve des amis pour boire un verre,

donc je prendrai probablement le bus ou un taxi après.

Il mit le sac sur son épaule et se dirigea vers son bureau.

— Tu restes ici un moment ?

— Juste un peu. Je ne serai pas loin derrière toi. Allez, vas-y.

— Merci, Kay. À demain.

— À demain.

Elle le regarda traverser la salle des opérations, ses longues jambes franchissant l'espace en quelques enjambées, et attendit qu'il ait fermé la porte derrière lui.

Elle jeta un coup d'œil à sa montre et commença à compter les minutes.

Elle tint deux minutes.

Se lançant hors de sa chaise, elle se précipita vers l'ordinateur de Gavin et expira quand elle vit qu'il ne s'était pas déconnecté, et que l'écran de l'ordinateur affichait toujours les icônes des différents programmes qu'ils utilisaient.

Sharp lui avait déjà parlé de s'assurer que son ordinateur était éteint avant de quitter le bureau. Même si les femmes de ménage éviteraient la pièce, et que Kay fermerait la porte à clé en partant, ils ne pouvaient tout simplement pas se permettre que quelqu'un voie l'avancement de l'enquête ou manipule les notes de l'affaire.

Kay remercia silencieusement l'agent de police pour son oubli en cette occasion, et s'installa dans sa chaise, sa main planant au-dessus de la souris.

Elle regarda par-dessus l'écran vers la porte ouverte. Quelque part dans le bâtiment, elle pouvait entendre un aspirateur, et elle estima qu'elle avait environ quinze minutes avant que quelqu'un n'apparaisse.

La vue de l'écran en train de commencer à s'assombrir la galvanisa. Ses doigts se refermèrent sur la souris et elle déplaça le curseur sur le bureau pour empêcher l'ordinateur de passer en mode veille.

Elle n'avait aucune idée du mot de passe de Gavin, et jusqu'à ce qu'elle le voie bâiller sur ses manuels, elle ne savait même pas ce qu'elle allait faire.

Maintenant, une brève pulsion de culpabilité la traversa.

Elle n'aurait peut-être plus l'occasion de faire cela, pas de la façon dont l'enquête allait entrer dans une nouvelle phase et les détectives devraient assumer un travail supplémentaire. L'équipe serait bientôt divisée, déléguée à d'autres tâches en plus de l'affaire Lawrence Whiting, et elle n'aurait peut-être plus la salle des opérations pour elle toute seule pendant longtemps.

Elle se mordit la lèvre, avant que ses pensées ne reviennent à l'état de la maison après qu'ils avaient été cambriolés, et le fait que quelqu'un essayait de lui faire peur pour qu'elle abandonne.

S'ils craignaient qu'elle ne tombe sur quelque chose, alors elle devait continuer. Cela signifiait qu'il y avait quelque chose qui valait la peine d'être poursuivi.

Mais quoi ?

Le bruit de l'aspirateur se rapprochait.

— C'est maintenant ou jamais, murmura-t-elle.

Elle cliqua sur l'icône à l'écran pour la base de données HOLMES2 et tapa les détails de l'affaire de mémoire. Elle déglutit, puis appuya sur la touche « Entrée » et fit tournoyer son stylo à bille entre ses doigts pendant qu'elle attendait que l'affichage se rafraîchisse.

Elle voulait vérifier à nouveau les enregistrements des preuves, le même enregistrement qu'elle avait vu la nuit dernière. Elle ne pouvait pas aller accuser et blâmer d'autres personnes, pas sans être absolument sûre.

Elle regarda par-dessus son épaule, la paranoïa se manifestant par des frissons sur ses avant-bras.

Le bureau restait vide, et personne ne bougeait dans le couloir au-delà.

Elle déglutit et reporta son attention sur l'écran de l'ordinateur.

L'affichage se rafraîchit, et le stylo tomba de sa main.

— Qu'est-ce que c'est que ce bordel ?

Elle fronça les sourcils et regarda de plus près, faisant défiler la liste des entrées dans un sens, puis dans l'autre.

— C'est impossible.

Elle repoussa la souris et s'adossa à la chaise. Un frisson lui parcourut l'échine, mais elle savait que ce n'était pas à cause de la climatisation enthousiaste.

Quelqu'un avait supprimé tous les enregistrements relatifs à l'arme enregistrée comme preuve, y compris le nom qu'elle avait découvert la veille au soir.

C'était comme si tout cela n'avait jamais existé.

CHAPITRE 36

Kay changea de vitesse, mit son clignotant à droite et s'engagea dans un dédale de lotissements tôt le lendemain matin, essayant de garder une trace des différentes impasses qui disparaissaient à sa gauche et à sa droite.

— C'est la deuxième à droite par ici, dit Barnes en pointant du doigt à travers le pare-brise.

Après avoir conclu leur entretien avec Peter Bailey, Kay avait décidé qu'elle n'était pas prête à attendre que Kevin McIntyre, le fiancé d'Alison, lui retourne ses appels.

Maintenant, elle s'arrêta devant la maison de McIntyre et prit un moment pour observer le jardin soigné et la peinture impeccable. Une haie basse de troènes marquait la limite entre la propriété et le trottoir.

— Quelle est l'histoire de ce type ?

— Trente-deux ans. Actuellement sans emploi, dit Kay. Il n'est pas retourné travailler depuis la mort d'Alison. Bailey a dit qu'il n'en avait pas besoin, ils avaient tous les deux une assurance-vie, donc Kevin a remboursé l'hypothèque.

— Pas mal.

— Sauf pour les circonstances.

Elle détacha sa ceinture de sécurité et retira les clés du contact.

— Bon, allons-y.

Elle jeta un coup d'œil aux maisons d'en face en verrouillant la voiture, mais il ne semblait y avoir personne. Elle regarda sa montre. Il faudrait encore une heure avant que les écoles se vident et que l'impasse ne se transforme en aire de jeux non officielle en quelques instants après le retour des enfants.

Elle suivit Barnes le long de l'allée du jardin et attendit pendant qu'il sonnait à la porte d'entrée.

— Je ne pense pas qu'il soit là.

Elle se retourna brusquement en entendant la voix à sa gauche et vit une femme d'une soixantaine d'années qui l'observait par-dessus la clôture.

— Savez-vous quand il pourrait revenir ?

La femme secoua la tête.

— Désolée, non. Il ne sort pas beaucoup ; je sais seulement qu'il est sorti en ce moment parce que j'ai vu sa voiture partir.

Kay fit signe à Barnes et se dirigea vers la maison de la voisine.

La femme planta une fourche de jardin dans la bordure de fleurs alors qu'ils approchaient.

— Est-ce à propos des morts sur la voie ferrée dont j'ai entendu parler ?

Elle n'attendit pas de réponse.

— Saviez-vous que sa petite amie a été tuée sur le même tronçon de voie il y a quelque temps ?

— Je le savais, dit Kay. C'est de cela que nous voulions lui parler.

— C'était terrible. Ils formaient un si beau couple. Alison me faisait toujours signe en allant au travail, comme si elle n'avait pas un souci au monde. Et ils devaient se marier en septembre. Elle m'avait montré des photos de la robe de mariée qu'elle avait choisie. Ils allaient partir en République dominicaine pour leur lune de miel.

Kay regarda par-dessus la clôture vers le jardin de McIntyre.

— La maison a l'air bien entretenue. Comment gère-t-il la situation ?

La femme haussa les épaules.

— Il reste plus isolé ces derniers temps, dit-elle. On ne le voit pas autant qu'avant. Quand Alison était en vie, on allait peut-être chez eux tous les deux mois pour dîner, ou ils venaient chez nous. On avait un chat, et Kevin le nourrissait quand on partait. Je crois que la dernière fois que j'ai eu une vraie conversation avec lui, c'était il y a environ trois mois, quand il est venu aider mon mari à couper des branches d'un grand arbre qu'on a dans le jardin. C'était terrible. Il s'est complètement effondré après la mort d'Alison. On pouvait l'entendre pleurer la nuit, les murs ici sont assez fins. On ne savait pas quoi faire. On lui a proposé de l'aider dans la maison et le jardin quand on pouvait, pour qu'il ait au moins un peu de contact avec quelqu'un, mais il voulait simplement qu'on le laisse seul pour faire son deuil. Il a vraiment eu du mal après l'accident, et puis il a dû revivre tout ça pour l'enquête. L'enquête a pris une éternité. Ça semblait s'éterniser, alors que tout ce qu'il voulait, c'était des réponses. C'était une période terrible pour lui. On s'est vraiment inquiétés pour lui pendant un moment.

Kay sortit une de ses cartes de visite de son sac et la tendit à la femme.

— Nous ferions mieux d'y aller. Merci pour votre temps. Pourriez-vous transmettre ceci à Kevin pour moi et lui demander de me rappeler ?

— Bien sûr, dit la femme.

— Et maintenant ? dit Barnes alors qu'ils s'éloignaient en voiture.

Kay inclina son poignet et regarda sa montre.

— Il nous reste encore une heure ou deux avant le briefing de cet après-midi. Le tronçon de voie où Lawrence a été tué n'est pas très loin d'ici, je veux aller y jeter un autre coup d'œil.

Il lui fallut vingt minutes pour conduire la voiture autour du centre-ville et vers la banlieue où vivait Elsa Flanagan. Elle passa devant la maison de leur témoin oculaire et freina quand elle vit l'ouverture dans la clôture et le début du sentier qu'Elsa disait avoir emprunté pour atteindre le champ.

— Allez, dit-elle. Allons faire une promenade.

Ils avancèrent le long du sentier, faisant attention où ils mettaient les pieds parmi les sillons boueux dans les hautes herbes. Ils atteignirent le bout du sentier après quelques minutes, et celui-ci s'élargit en haut du champ. La voie ferrée traversait le bout du champ de droite à gauche, et à la droite de Kay, elle pouvait voir le portail en acier dans la haie par lequel elle et Carys étaient passées quelques nuits auparavant.

Le champ semblait paisible désormais, une petite volée d'étourneaux survolant l'extrémité avant de s'envoler au-dessus des rails.

Barnes regarda par-dessus son épaule puis de nouveau vers la voie ferrée alors qu'un train express déchirait la campagne.

— Le tueur de Whiting a dû attendre que l'autre promeneuse de chien ait tourné le dos pour rentrer chez elle. J'ai jeté un coup d'œil à sa déposition, elle n'a vu personne dans les parages à ce moment-là. Elle n'a certainement pas vu Whiting sur les rails.

— Dans ce cas, il a *forcément* drogué Lawrence avec les antidépresseurs. Il n'y a pas d'autre moyen de le faire. Il a dû le mettre dans le coffre de sa voiture ou quelque chose comme ça, parce que Harriet a dit qu'ils avaient définitivement trouvé des traces de traînée dans la boue. Ils n'ont pas trouvé d'empreintes de pas du tueur, donc il a dû couvrir les semelles de ses chaussures.

Barnes regarda le dernier wagon s'éloigner dans la distance.

— Il a eu de la chance, non ? Il n'y a qu'environ vingt minutes entre ces trains.

Kay laissa son regard tomber sur les deux voies qui coupaient le paysage.

— Il n'a pas eu de chance, Ian. Il connaît cet endroit. Il connaît les horaires des trains, y compris tous les changements récents d'horaires pour le printemps. Il est déjà venu ici, même si Elsa Flanagan et l'autre promeneuse de chien ne l'ont jamais vu. Il planifie ça depuis un moment, j'imagine.

Elle désigna du menton l'entrée du champ.

— C'est ce que je n'arrivais pas à comprendre l'autre soir quand nous étions sur la scène. Notre tueur n'utilise pas cette ligne pour se débarrasser des corps.

— Que veux-tu dire ?

Barnes se protégea les yeux en regardant fixement le chemin de fer.

— C'est personnel. Il veut faire passer un message. Je pense que c'est pour ça qu'il a fait en sorte de ne donner à Whiting que suffisamment de drogue pour l'amener jusqu'ici. Il voulait qu'il souffre.

Elle fronça les sourcils.

— La question est : pourquoi ? Pourquoi cette ligne de train en particulier est-elle si importante pour lui ? Et pourquoi tuer Lawrence Whiting de cette façon ?

Un autre coup de klaxon de train retentit en direction de Maidstone, et quelques minutes plus tard, un train plus petit de trois wagons passa à toute vitesse.

Barnes grimaça.

— Dave Walker a dit que les trains ne ralentissaient

que d'environ soixante-cinq kilomètres à l'heure quand il y avait des gens qui travaillaient sur la voie, dit-il. Je n'arrive pas à croire qu'Alison se soit jetée devant l'un d'eux sans hésitation.

— Moi non plus, dit Kay. Ce qui soulève la question : pourquoi l'a-t-elle fait ?

— Elle semblait certainement avoir tout pour être heureuse.

— Exactement. Alors, qu'est-ce qui a changé entre la dernière fois que les voisins l'ont vue et ce matin-là ?

— Tu penses qu'elle et son fiancé se sont disputés ?

— La voisine a dit que les murs dans ces maisons sont fins. J'aurais pensé qu'elle nous aurait dit quelque chose si elle avait entendu une dispute. Mais on demandera à McIntyre quand on lui parlera. Ça semble quand même assez radical, non ?

Barnes donna un coup de pied dans une pierre qui traînait.

— Toutes ces morts—

— Et pas un seul suspect, dit Kay. Je sais. Ça ne me plaît pas non plus, Ian. Mais on continue de creuser.

— Je pense qu'on va avoir besoin d'une plus grosse pelle, marmonna-t-il en se dirigeant vers la voiture.

CHAPITRE 37

Le lendemain matin, après une nuit agitée, Kay claqua la portière de sa voiture et traversa le parking à grands pas en direction de l'entrée sécurisée du commissariat.

Elle était arrivée vingt minutes plus tôt, s'était présentée à la barrière de sécurité comme d'habitude et avait passé sa carte, mais celle-ci avait été rejetée. Le temps qu'elle réussisse à faire venir quelqu'un pour lui ouvrir la grille, elle avait déjà cinq minutes de retard pour le briefing du matin.

L'homme qui lui avait ouvert la barrière avait testé sa carte et la lui avait rendue avec un air contrit.

— Il va falloir que vous en obteniez une nouvelle. La bande magnétique de celle-ci n'est plus reconnue par le système.

Déjà fatiguée et irritable après avoir passé les premières heures de la matinée à se retourner dans son lit en ressassant l'affaire, Kay avait juré entre ses dents avant de le remercier et de franchir les grilles désormais ouvertes.

Elle regarda sa montre. En toutes ses années en tant qu'inspectrice, elle n'avait jamais été en retard à un briefing, sauf lorsqu'elle était dehors pour interroger des témoins ou suivre une autre piste.

Elle appuya sur le bouton de l'interphone, puis poussa la porte lorsque le sergent de l'accueil déverrouilla la serrure. Il tendit la main alors qu'elle s'approchait du bureau.

— J'ai entendu dire que vous avez eu des problèmes avec votre carte. On va vous en faire faire une nouvelle tout de suite.

— Je n'ai pas le temps, Hughes. Je suis déjà en retard pour le briefing du matin.

— Je n'y peux rien, désolé. Vous aurez besoin d'une carte pour accéder aux bureaux de toute façon.

Kay grogna, tendit la carte désormais inutilisable et attendit que Hughes remplisse les documents pour lui en délivrer une nouvelle. Elle griffonna sa signature au bas du formulaire qu'il lui passa, prit la carte et se précipita dans le bâtiment, montant les marches deux par deux jusqu'à la salle des opérations.

Sharp était en plein discours quand elle ouvrit la porte. Il s'interrompit et haussa un sourcil.

Elle leva la main en signe d'excuse, laissa tomber son sac au sol à côté de son bureau et tira une chaise.

— Comme je le disais avant que l'inspectrice Hunter ne daigne nous honorer de sa présence, si quelqu'un a des nouvelles de Gavin ce matin, qu'il me prévienne immédiatement. Bien, aujourd'hui nous allons nous concentrer sur les informations que nous avons reçues de Peter Bailey concernant la cause du décès d'Alison Campbell. Nous devons également parler à son fiancé dès que possible, alors continuez d'essayer de le joindre. Je veux évaluer sa réaction au résultat de l'enquête du médecin légiste. Carys, travaillez avec Dave Walker et Robert Moss de la police ferroviaire pour obtenir des copies de leurs rapports suite au décès d'Alison. Comparez les déclarations des témoins avec celle de Peter Bailey d'hier. Faites une liste de toutes les autres personnes mentionnées dans ces rapports avec lesquelles nous devrions parler.

— L'enquête a eu lieu il y a six mois, dit Barnes. Alison est morte six mois avant cela. Je me demande pourquoi notre tueur n'a commencé qu'après l'enquête. S'il pensait que les collègues d'Alison auraient dû faire quelque chose pour empêcher sa mort, pourquoi attendre ?

— Peut-être qu'il attendait que justice soit rendue à Alison par le biais de l'enquête, dit Kay. Le résultat a peut-être été un choc pour lui ; après tout, tous les impliqués ont été exonérés. Personne n'a été tenu pour responsable, alors qu'il pense qu'ils auraient dû l'être.

Sharp tapota la photo de Kevin McIntyre qui avait été épinglée au tableau blanc.

— Pour l'instant, jusqu'à ce que nous parlions à Kevin McIntyre et qu'il nous fournisse des réponses, il reste notre principal suspect. En attendant, Kay, vous et Barnes allez parler aux parents. Ce sera intéressant de voir ce qu'ils ont à dire sur McIntyre. On se retrouve à seize heures comme d'habitude.

Le téléphone du bureau de Kay se mit à sonner alors qu'elle ramenait sa chaise à sa place.

— Allô ?

— Kay, c'est Teresa de l'administration. À propos de ta carte d'accès ?

— Salut, merci de m'appeler si vite. Je n'ai pas pu entrer dans le parking ce matin, et Hughes m'a dit quelque chose à propos de la bande magnétique endommagée.

— Oui, je ne sais pas ce qui s'est passé. Nous l'avons vérifiée à nouveau, et elle n'apparaît pas dans le système. C'est comme si tu n'existais pas.

Kay sentit la chair de poule lui parcourir les bras.

— Ce n'est pas un peu inhabituel ?

— Absolument. Normalement, cela n'arriverait que si nous désactivions manuellement la carte, par exemple si quelqu'un quittait son poste. J'en ai parlé à mon responsable ici, et nous n'avons aucune idée de pourquoi c'est arrivé. Je ne peux que m'excuser pour le désagrément.

La bouche sèche, Kay repensa à la soirée précédente. Avait-elle déclenché une alerte en utilisant l'ordinateur de Gavin ?

Comment expliquer autrement que sa carte de sécurité ne fonctionnait plus ? Quelqu'un essayait-il de lui faire passer un message ?

— Hughes a dit qu'il t'avait donné une carte temporaire, dit Teresa. Je vais t'en faire faire une permanente dans l'heure. Si tu veux passer la chercher et que je ne suis pas là, je la laisserai à quelqu'un pour toi.

— C'est parfait, Teresa. Merci.

Kay mit fin à l'appel et reposa le combiné sur son socle.

— Qu'est-ce qui se passe avec Gavin, Ian ?

— Il ne s'est pas présenté ce matin, dit Barnes, levant les yeux de son ordinateur. Sharp était plutôt en colère, je peux te le dire, surtout quand toi aussi tu n'es pas venue au briefing.

— Quelqu'un a essayé de l'appeler ?

— Oui. Ça bascule directement sur sa messagerie. Je crois que nous lui avons tous laissé un message à un moment ou un autre ce matin. C'est bizarre, j'ai toujours pensé qu'il était plus responsable que ça.

Kay marmonna une réponse et bougea sa souris pour réveiller son ordinateur. Elle entra son mot de passe et essaya de se concentrer sur les e-mails qui s'étaient accumulés.

Elle tenta de se convaincre que Gavin allait bien, qu'il était simplement en train de faire l'idiot et avait fini par passer une nuit blanche avec les amis qu'il avait dit vouloir retrouver après le travail.

Sauf que ce n'était pas du tout son genre.

Un malaise commença à lui nouer l'estomac et toutes sortes de scénarios se mirent à défiler dans son esprit.

Elle essaya de repousser ses pensées au fond de son esprit, mais tandis qu'elle fixait l'écran de l'ordinateur et que les mots commençaient à se brouiller, elle réalisa qu'elle devrait bientôt arrêter de penser à sa propre enquête, sinon elle risquerait de manquer quelque chose. Elle devait prouver à Sharp qu'elle était capable de mener cette investigation. L'incident de sa carte magnétique l'avait ébranlée. Manifestement, quelqu'un essayait de la faire mal paraître. Elle ne pouvait pas laisser cela arriver. Elle leva les yeux, soudain consciente que quelqu'un se tenait au-dessus d'elle.

— Hé, dit Barnes, debout à côté de sa chaise en faisant tinter les clés de voiture dans sa main. J'ai dit, allez, on va parler aux parents d'Alison Campbell.

— D'accord, répondit Kay.

Elle verrouilla l'écran de son ordinateur, prit son sac avant d'attraper sa veste sur le dossier de sa chaise, et commença à suivre Barnes vers la porte.

— Hunter, un mot s'il vous plaît, dit Sharp.

Il fit signe à Barnes de continuer et se tourna vers Kay.

— Chef ?

— Que s'est-il passé ce matin ? D'habitude, vous n'êtes pas la dernière à franchir la porte.

— Désolée. Ma carte magnétique ne fonctionnait pas. Je ne pouvais pas entrer dans le parking ni dans le bâtiment. J'ai dû attendre que quelqu'un puisse me laisser entrer. J'ai demandé à l'administration de vérifier le problème, et ils m'ont donné une carte temporaire.

Elle montra le morceau de plastique blanc.

— Très bien. Allez chez les parents d'Alison Campbell. Je vous verrai au briefing de cet après-midi. Ne soyez pas en retard cette fois.

CHAPITRE 38

Kay prit une profonde inspiration et ferma les yeux un instant, savourant la chaleur du soleil alors qu'elle se tenait sur le pas de la porte.

— Profites-en, dit Barnes. Ils prévoient un épais brouillard pour les prochains jours.

— Ça devrait rendre les choses intéressantes pour nos amis de la circulation.

— C'est parti.

Kay ouvrit les yeux et se retourna lorsque la porte d'entrée s'ouvrit et qu'un homme jeta un coup d'œil, ses sourcils gris et broussailleux se fronçant à la vue des deux étrangers.

— Martin Campbell ?

— Oui ?

— Inspectrice Kay Hunter. Voici mon collègue, l'enquêteur Ian Barnes. Nous nous demandions si nous pourrions vous parler de votre fille, Alison ?

Il fronça les sourcils, puis s'écarta.

— Euh, je suppose que oui. Entrez.

Kay le suivit dans un salon lumineux, la fausse gaieté de l'espace tempérée par les photographies encadrées qui remplissaient toute la longueur d'une cheminée ornée au milieu du mur du fond.

Un feu à gaz se trouvait dans la grille où des bûches auraient autrefois brûlé, mais malgré cela, une petite collection de tisonniers en laiton pendait d'un râtelier à gauche de l'ensemble.

Le regard de Kay parcourut la pièce, et elle faillit sursauter quand elle remarqua une femme assise dans l'un des fauteuils au fond, ses yeux sombres scrutant sous une tignasse de cheveux prématurément grisonnants.

— Je vous en prie, dit Martin Campbell, en désignant les autres fauteuils. Asseyez-vous.

— Merci.

— L'inspectrice Hunter est ici pour nous parler d'Alison, dit-il à la femme, avant de se retourner vers Kay. Voici ma femme, Karen.

— Merci de me recevoir à l'improviste, dit Kay, en sortant son carnet de son sac, consciente des regards intenses du couple fixés sur elle. Je sais que cela va raviver de terribles souvenirs pour vous, et je m'en excuse, mais j'aimerais entendre de votre bouche ce qui s'est passé lorsqu'Alison a été tuée. Où étiez-vous à ce moment-là ?

— J'étais au travail, dit Martin. J'avais un emploi de cariste dans l'un des grands entrepôts de la zone industrielle d'Aylesford.

Il baissa les yeux sur ses mains serrées sur ses genoux.

— Le superviseur de l'entrepôt est sorti de son bureau en agitant les bras pour me faire couper le moteur. Son visage était pâle, je ne l'avais jamais vu comme ça. J'ai cru un instant avoir fait quelque chose de mal avec le chariot élévateur, jusqu'à ce qu'il me dise que la police voulait me parler. Ils m'attendaient dehors avec la voiture, je pouvais sentir tous les regards sur moi alors que je traversais la cour pour m'y rendre.

Il déglutit.

— Madame Campbell ?

— J'étais au travail aussi. J'avais un emploi à l'époque, à la jardinerie près de l'autoroute.

Elle essuya ses larmes.

— Je n'y suis jamais retournée depuis.

— Karen a été particulièrement affectée par la mort d'Alison, dit Martin, en tendant la main pour prendre celle de sa femme. Je ne supportais pas l'idée qu'elle retourne au travail avant d'être prête.

— Comment était Alison ? J'ai cru comprendre qu'elle était une très bonne ingénieure, dit Barnes.

— Et à ce jour, je n'ai aucune idée d'où elle tenait ça, dit Martin, avec une note de fierté dans la voix. Aucun de nous deux n'était doué pour ce genre de choses. Quand nous avons réalisé pendant sa troisième année de collège à quel point elle était douée en maths, nous avons payé pour qu'elle suive des cours supplémentaires deux fois par semaine ; elle adorait ça. Elle absorbait tout.

— Où est-elle allée à l'université ?

— À Plymouth, dit Karen. Je ne voulais pas qu'elle soit si loin de la maison, mais elle se faisait facilement des amis, et nous allions la voir en voiture deux fois par an, pour lui éviter de faire tout le chemin jusqu'ici, et pour passer un peu de vacances ensemble.

— C'est là qu'elle a rencontré Kevin McIntyre ?

— Non, Alison et Kevin se sont rencontrés lors d'une conférence d'ingénierie pour diplômés à Croydon il y a environ deux ans, dit Martin. C'était une sorte de salon des carrières, beaucoup d'entreprises d'ingénierie avaient des stands pour que des gens comme Alison puissent les rencontrer et parler de carrières potentielles. Après cela, Alison s'est vu proposer un emploi par la compagnie d'ingénierie ferroviaire, leur siège social est à Dartford, et Kevin a décroché un emploi dans une entreprise travaillant sur l'installation gazière de l'île de Sheppey. Après la fin de ce contrat, il a fini par travailler dans leurs bureaux principaux à Ashford.

— Depuis combien de temps étaient-ils fiancés ? dit Kay.

Karen sortit un mouchoir en coton de sa manche et se moucha doucement.

— Environ quatre mois, dit-elle.

— Vous a-t-elle donné une quelconque indication qu'elle rencontrait des problèmes à la maison ou au travail ?

Kay surprit le regard échangé entre le couple et retint son souffle.

— Tu devrais lui dire, dit Martin, en tapotant le dos de la main de sa femme.

Karen prit une respiration tremblante avant de parler.

— J'étais pressée de sortir pour aller au travail ce matin-là, dit-elle. Nous avions un vieux chat que nous enfermions dans la cuisine la nuit. Quand nous sommes descendus ce matin-là, il avait fait des saletés, alors le temps que je nettoie tout ça, j'étais déjà en retard. Mon portable a sonné au moment où je fermais la porte d'entrée, l'arrêt de bus est à dix minutes à pied d'ici. J'ai vu que c'était le numéro d'Alison, alors j'ai répondu.

— Elle était essoufflée, excitée. C'était difficile de comprendre ce qu'elle disait avec le bruit de la circulation à côté de moi. Je lui ai dit que je ne pouvais pas parler à ce moment-là, et qu'elle devrait venir directement après le travail, et que nous pourrions avoir une vraie conversation.

Des larmes roulèrent sur ses joues.

— Et puis quelques heures plus tard, elle était morte. Je n'ai jamais eu l'occasion de lui reparler. Je me suis toujours demandé ce qu'elle voulait me dire. J'aurais dû écouter. J'aurais dû...

Kay laissa au couple un moment pour se ressaisir, puis fronça les sourcils.

— Qu'en était-il de sa relation avec Kevin ? Des problèmes ?

— Aucun, dit Martin. Kevin l'adorait.

— Êtes-vous restés en contact avec lui ?

— Nous nous sommes éloignés, dit Karen. C'était

tellement dur pour nous tous, mais devoir ensuite vivre l'enquête sur l'accident ferroviaire ainsi que tout l'intérêt des médias, eh bien, j'ai peur que nous soyons devenus un peu reclus. Peut-être trop.

— C'était déjà assez difficile de gérer notre propre chagrin, dit Martin. Nous n'avions pas la force d'aider Kevin à traverser le sien aussi.

— Quel rapport y a-t-il entre la mort d'Alison et votre enquête, détective ? demanda Karen.

— Pour le moment, je travaille simplement avec mon équipe pour enquêter et en apprendre davantage sur les décès survenus sur ce tronçon de voie, dans l'espoir que cela puisse éclairer nos investigations actuelles.

Kay remit son carnet dans son sac et se leva.

— Je vous remercie tous les deux d'avoir bien voulu me parler aujourd'hui.

Martin se leva péniblement du canapé.

— J'espère que cela vous aidera.

Kay serra la main de Karen, puis suivit Martin jusqu'à la porte d'entrée.

Il l'ouvrit, puis se pencha en avant et baissa la voix tandis que Barnes se dirigeait vers la voiture.

— Je comprends que vous ayez un travail à faire, détective. Mais rien ne nous ramènera notre fille.

Ses lèvres se serrèrent, puis il ferma doucement la porte avant que Kay ne puisse répondre.

Elle soupira, puis retourna lentement vers la voiture, le cœur lourd.

CHAPITRE 39

Kay se glissa par la porte de la salle des opérations et manœuvra pour se placer au fond, Carys la rejoignant.

Alors que le briefing commençait, elle remarqua une atmosphère morose parmi ses collègues et se demanda ce qui s'était passé pendant son absence du bureau. Sharp termina son discours, adressant des mots d'encouragement à l'équipe, avant de clôturer le débriefing de l'après-midi, et tout le monde commença à rassembler ses affaires et à se diriger vers la porte pour la journée.

Elle fronça les sourcils.

Un silence distinct emplissait l'espace. Là où normalement l'équipe d'enquête aurait fait des projets pour boire un verre rapide après le travail, ou se serait interpellée au sujet des tâches assignées pour le lendemain, ils semblaient au contraire inhabituellement silencieux.

Elle attrapa Debbie alors que celle-ci passait devant elle en sortant.

— Qu'est-ce qui ne va pas ?

— Gavin s'est fait tabasser hier soir. Il est à l'hôpital.

— Quoi ?

— Ouais. Apparemment, il a quelques côtes cassées.

— Kay ?

Elle leva les yeux vers le fond de la pièce. Sharp lui fit signe de venir dans son bureau.

— Je te vois demain, dit Debbie. On a beaucoup à faire, pas vrai ?

— Exact. À demain.

Alors qu'elle traversait la pièce en direction du bureau de Sharp, elle entendit Debbie et Carys partir ensemble, leurs voix s'estompant tandis qu'elles s'éloignaient dans le couloir en échangeant des nouvelles, puis elle cessa de les écouter.

— Que s'est-il passé avec Gavin ? demanda-t-elle à Sharp.

— Il a été agressé dans le parking à côté du Palais de l'Évêque tard hier soir. Apparemment, il était sorti boire un verre avec des amis et s'est fait attaquer en retournant à sa voiture.

— Il m'avait dit qu'il allait prendre un taxi.

— Je suppose qu'il a changé d'avis, il était certainement en dessous de la limite d'alcoolémie autorisée, car il n'avait bu que quelques bières légères pendant toute la soirée.

— Des suspects ?

— Pas à ce stade. Les officiers chargés de l'enquête

ont les images de vidéosurveillance, même si Gavin leur a dit que ses agresseurs portaient tous deux des écharpes autour du visage, donc il n'a pas pu fournir de détails.

— Combien étaient-ils ?

— Il dit que deux l'ont attaqué, mais il y en avait un troisième qui faisait le guet et conduisait. Après l'avoir tabassé, une voiture est arrivée et ses deux agresseurs ont sauté dedans avant qu'elle ne s'en aille.

— Dans quel état est-il ?

— Deux côtes cassées, des lacérations au visage. Des contusions. Ils vont le garder quelques jours pour s'assurer qu'il n'y a pas de dommages aux organes internes.

— Le mobile ?

— Aucun que nous puissions déterminer, ils n'ont même pas pris son portefeuille.

Kay déglutit.

— Changeons de sujet, asseyez-vous cinq minutes, dit Sharp. Mettez-moi au courant de ce que vous avez jusqu'à présent. Quelque chose d'intéressant ?

— J'ai parlé aux parents d'Alison Campbell. Kevin McIntyre l'adorait, mais ils ont perdu contact avec lui depuis sa mort.

— Compréhensible, je suppose.

— Oui. Ça a dû être terrible pour eux tous. Karen Campbell a dit que le matin où Alison est morte, elle a reçu un appel d'elle alors qu'elle quittait la maison pour aller travailler. Elle a dit qu'Alison semblait « essoufflée, excitée ».

— Cela pourrait-il être confondu avec autre chose ?

— Je me suis posé la question. Karen a dit qu'il était difficile d'entendre Alison à cause du bruit de la circulation, elle marchait vers l'arrêt de bus à ce moment-là. Elle a dit à Alison de la rappeler après le travail.

— Bon sang, ça doit la hanter.

— Karen n'est pas retournée travailler depuis ce jour-là. Je n'ose imaginer ce qu'elle doit traverser.

Kay jeta son carnet sur le bureau.

— J'ai eu l'impression qu'aucun des deux ne s'en sort très bien.

— Leur avez-vous expliqué la nature de notre enquête ?

— Seulement que nous avions une autre affaire sur laquelle nous enquêtions en ce moment et que nous espérions obtenir des informations sur les relations de travail d'Alison avec ses collègues. Je n'ai pas vu l'intérêt de soulever la question du suicide d'Alison, nous n'avons que la parole de Peter Bailey à ce sujet pour le moment de toute façon.

— C'est juste. Nous devrons les tenir informés si les choses progressent et qu'il s'avère qu'elle l'a fait, cependant.

— Je comprends.

Elle se leva de sa chaise et ramassa son carnet.

— Je vais relancer Kevin McIntyre demain matin. Nous devons vraiment clore cette piste et découvrir ce qu'il sait.

— D'accord.

Sharp éteignit son ordinateur et enfila sa veste.

— Bien sûr, ça n'aide pas qu'on ait un homme en moins maintenant que Gavin est cloué à l'hôpital.

Kay se mordit la langue et le suivit hors de la salle des opérations, puis elle fit un geste vers une porte qu'ils approchaient.

— Je vais faire un saut ici avant de rentrer en voiture.

— Je te verrai demain matin, alors.

— Chef.

Elle poussa la porte des toilettes des dames et posa son sac sur l'étagère au-dessus de la rangée de lavabos.

Elle agrippa le bord d'un des éviers et évita de se regarder dans le miroir. Elle ne voulait pas reconnaître la culpabilité qu'elle savait se refléter dans ses yeux. Au lieu de cela, elle tendit la main et tourna le robinet, envoyant de l'eau froide gicler sur la surface en céramique, et s'aspergea le visage avant de saisir quelques serviettes en papier et de les presser contre sa peau.

Elle les froissa et les jeta dans la poubelle à côté du mur carrelé, et réprima l'envie de crier de frustration.

Quelqu'un avait découvert ses tentatives continues pour découvrir la vérité, et Gavin avait payé le prix de son entêtement et de son refus d'abandonner.

Elle leva les yeux, détacha ses cheveux et y passa ses doigts tandis que son esprit s'emballait. Elle pensait avoir été intelligente, et qu'en couvrant ses traces, elle aurait pu faire la lumière sur ce qui se passait.

Au lieu de cela, l'un de ses collègues était maintenant en convalescence à l'hôpital, et elle ne pouvait plus faire confiance à personne d'autre dans le bâtiment.

Quelqu'un avait découvert qu'elle s'était connectée au système pour tenter de savoir ce qui était arrivé à l'arme, et cette même personne semblait déterminée à lui envoyer un message très clair pour qu'elle arrête — allant même jusqu'à supprimer des preuves cruciales de la base de données et à attaquer quelqu'un qui n'avait rien à voir avec la vendetta contre elle.

Elle recula d'un pas du lavabo et frissonna.

Si elle avait su qu'elle mettait Gavin en danger, elle n'aurait jamais utilisé son ordinateur pour poursuivre son enquête.

Elle ferma les yeux et baissa la tête.

— Oh, Gavin. Qu'est-ce que j'ai fait, bon sang ?

CHAPITRE 40

Kay montra rapidement sa carte d'identité à l'infirmière assise au bureau de la réception en s'approchant, et sourit.

— Je sais que je viens en dehors des heures de visite. Pourrais-je voir Gavin Piper, s'il vous plaît ?

L'infirmière lui lança un regard réprobateur.

— Nous avons des heures de visite pour une raison, vous savez.

— Je suis désolée. Nous avons été occupés et je n'ai pas pu me libérer. Comment va-t-il ?

— Il souffre, j'imagine. Deux côtes cassées, le nez cassé et une légère commotion cérébrale. J'espère que vous attraperez les salauds qui lui ont fait ça. C'est un type adorable.

Elle prit un porte-bloc et le tendit à Kay par-dessus le bureau.

— Signez ici. Vous pouvez passer quinze minutes avec lui, pas plus, et c'est uniquement parce qu'il a une chambre individuelle et que le médecin a déjà terminé sa tournée.

— Merci.

Kay griffonna sa signature sur la page et rendit le stylo.

— Par où dois-je aller ?

Elle suivit les indications données par l'infirmière, puis tourna et s'engagea dans le couloir couleur magnolia en passant devant l'entrée du service principal. Certains lits étaient entourés de rideaux pour l'intimité, tandis que des formes endormies recroquevillées sous des couvertures occupaient les autres lits. Un homme âgé portant des écouteurs l'aperçut et hocha la tête.

Elle fit un petit signe de la main, se demandant s'il avait reçu des visiteurs ce soir-là pour lui souhaiter un bon rétablissement, puis elle continua vers les chambres privées.

Elle vérifia les numéros sur les portes jusqu'à ce qu'elle arrive à celle que l'infirmière lui avait indiquée, et frappa avant d'entrer.

Gavin leva la tête de l'oreiller quand elle entra et ferma la porte derrière elle, et elle s'arrêta net, choquée par son apparence.

Son nez était recouvert d'une large bande de sparadrap, des ecchymoses s'épanouissant de chaque côté et sur ses orbites. Ses cheveux blonds habituellement bien coiffés étaient ébouriffés, et il exsudait l'épuisement. Une vilaine égratignure marquait une de ses joues, et il avait repoussé les draps jusqu'à sa taille, exposant des bandages enroulés autour de son ventre. Lorsque ses yeux revinrent sur son visage, elle cligna des yeux.

Il soutint son regard, puis pointa du doigt le sac dans sa main.

— S'il te plaît, dis-moi que tu n'as pas apporté de raisins.

— Des Hobnobs. Pas les imitations bon marché, en plus.

Elle fouilla dans le sac et agita le paquet en l'air.

— Sympa. Passe-les-moi.

— Tu pourras les manger sans problème ?

— Ouais. Heureusement, ils n'ont cassé que mon nez, pas mes dents.

Elle sourit et vérifia par-dessus son épaule que la porte était bien fermée avant de plonger à nouveau la main dans le sac.

— J'ai aussi apporté ça.

Elle sortit quatre mignonnettes d'alcool.

— Chef, tu es une légende en devenir.

Il essaya de sourire, mais le mouvement lui fit monter les larmes aux yeux et il bougea inconfortablement dans le lit.

Kay détourna le regard, observa la télévision accrochée à un support mural et remarqua qu'un match de football était diffusé. Elle s'approcha, lui tendit trois des quatre petites bouteilles et en garda une de cognac pour elle.

Elle lui passa également le paquet de biscuits, puis inspecta la chambre spartiate avant de se diriger vers la fenêtre et de prendre la chaise qui se trouvait en dessous. Elle la manœuvra jusqu'à ce qu'elle soit à côté du lit et qu'elle puisse voir la télévision.

Gavin lui tendit le paquet de biscuits ouvert, et elle en prit un avant de le pointer vers l'écran.

— Qui joue ?

— Le Real Madrid et Benfica.

— D'où vient Benfica ?

— Du Portugal. Un club basé à Lisbonne. Je ne te prenais pas pour une fan de foot, chef.

Kay haussa les épaules.

— Ça ne me dérange pas de regarder les plus gros matchs. Surtout si je prédis que l'équipe de Barnes va perdre. Encore.

Gavin gloussa, puis gémit et se tint les côtes.

— Désolée, je ne voulais pas te faire rire.

— C'est pas grave. Ça arrive aussi quand j'éternue ou quand je tousse, donc je dois juste faire avec.

— Tu as l'air dans un sale état.

Il allait hausser les épaules, mais changea rapidement d'avis.

— Ce n'est pas la première fois que j'ai des côtes cassées. En snowboard. Je préfère quand même les avoir de cette façon plutôt que comme ça. C'est plus amusant.

Kay se pencha et attrapa la télécommande, baissant le volume du match avant de se retourner vers lui.

— Que s'est-il passé ? Où étais-tu ?

— J'étais avec des potes dans ce nouveau bar de Bank Street, derrière la mairie.

Il rougit.

— Ils ont fait une sorte de fermeture tardive après l'heure normale. Juste quelques habitués et moi, tu vois.

— D'accord.

Kay prit une autre gorgée de sa boisson.

— Continue.

— Mes amis sont partis environ une demi-heure avant moi. Je discutais avec le couple qui tient l'endroit, et je ne suis pas parti avant minuit moins le quart. J'avais laissé mon véhicule dans ce parking derrière l'église et le palais épiscopal ce matin-là, alors j'ai descendu College Road à pied pour aller le chercher. Ces salauds m'ont sauté dessus alors que j'entrais dans le parking.

— Ils t'attendaient ?

Il fit un léger signe de tête.

— Ça ne pouvait être que ça. Personne ne me suivait depuis le club.

— Combien étaient-ils ?

— Deux. J'aurais peut-être pu m'en sortir si j'avais su qu'ils étaient là, mais ils étaient trop rapides, et je ne m'y attendais pas.

— Tu as déposé une plainte et tout ?

— Ouais. Pas que ça serve à grand-chose.

Kay hésita à être d'accord avec lui, mais ce qu'il disait était vrai. Il n'était pas rare que des gens soient attaqués en ville aux premières heures de la nuit, et bien que de nombreux agresseurs soient attrapés grâce aux images de vidéosurveillance, beaucoup s'en tiraient.

— Enfin bon, dit Gavin. Assez parlé de moi. Où en est l'enquête ?

Elle prit une gorgée de cognac avant de répondre.

— Nous avons essayé de parler au fiancé d'Alison Campbell aujourd'hui, mais il n'était pas chez lui. C'est triste ; d'après le voisin, c'était un couple vraiment sympathique. Évidemment, il est dans tous ses états depuis qu'elle est morte, mais la maison a l'air assez bien entretenue. Nous attendons maintenant qu'il nous contacte. J'attendrai jusqu'à demain après-midi, et si je n'ai pas de nouvelles, je repasserai là-bas sur le chemin du retour.

Ils levèrent tous deux les yeux en entendant frapper à la porte.

— Donne-moi ça, dit Gavin, et il lui arracha la bouteille de cognac des mains.

La porte s'ouvrit, et l'infirmière qui était assise à l'accueil passa la tête par l'entrebâillement.

— J'ai dit quinze minutes, dit-elle. Ça fait plus de trente. Je dois vous demander de partir. Il a besoin de repos.

— Merci, dit Kay. Je sors dans deux minutes. Ça vous va ?

L'infirmière acquiesça et se retira.

Kay se retourna juste à temps pour voir Gavin sortir les deux bouteilles d'alcool de sous les draps.

Il sourit.

— Je ne t'aurais jamais crue capable de subterfuge, chef.

Elle lui prit la bouteille des mains et la vida d'un trait avant de la glisser dans son sac.

— Tu n'en sais pas la moitié, Piper. Repose-toi.

CHAPITRE 41

Kay sursauta lorsque son téléphone de bureau sonna et jura entre ses dents quand le gobelet en plastique à côté de son coude se renversa, répandant le fond de son contenu sur une pile de dossiers en carton.

Elle tendit la main vers le téléphone d'une main, saisit une poignée de mouchoirs d'une boîte à côté de son écran d'ordinateur de l'autre, et tamponna les dossiers.

— Kay Hunter.

— Détective, c'est Hughes à l'accueil. J'ai un certain Kevin McIntyre ici qui demande à vous voir.

Kay froissa les mouchoirs maintenant trempés et les jeta dans la corbeille à papier.

— J'arrive tout de suite.

Elle attrapa son carnet et quelques stylos avant de quitter la salle des opérations, de longer le couloir et de descendre les escaliers. Lorsqu'elle arriva dans la zone d'accueil, un homme seul était assis dos au mur sur l'une des chaises en plastique fixées au sol. Hughes, le sergent de service, leva les yeux de son travail et désigna l'homme de son stylo. Kay hocha la tête en signe de remerciement et se dirigea vers les sièges.

— Kevin McIntyre ? Je suis l'inspectrice Kay Hunter.

Il se leva et serra la main qu'elle lui tendait.

Elle fit un pas en arrière, surprise par sa taille, et leva le menton.

— Merci d'être venu. J'aurais pu venir chez vous sans problème.

— J'avais un rendez-vous chez le dentiste en ville. J'ai pensé passer en rentrant, pour vous éviter le déplacement.

— Merci, c'est très attentionné de votre part. Voulez-vous une tasse de thé ou quelque chose ?

— Non, ça va, merci.

— Très bien, si vous voulez bien me suivre, il y a une pièce par ici que nous pouvons utiliser.

Elle le conduisit le long du couloir et ouvrit la porte d'une des salles d'interrogatoire. Elle désigna la table et les quatre chaises.

— Asseyez-vous.

Elle attendit qu'il soit installé avant d'ouvrir son carnet à une nouvelle page et de décapuchonner l'un de ses stylos, puis elle lui expliqua la mise en garde formelle.

McIntyre se pencha en avant sur la table et croisa les mains devant lui.

— Ma voisine m'a dit que vous vouliez me parler de la mort d'Alison.

— C'est exact. Je suis désolée si cela ravive des souvenirs douloureux. Mais j'espère que vous pourrez m'aider à éclaircir une enquête sur laquelle nous travaillons actuellement.

— Je n'arrive toujours pas à croire qu'elle soit partie, dit-il. Ça fait presque un an maintenant, mais je m'attends toujours à ce qu'elle franchisse la porte d'entrée.

— Connaissiez-vous bien ses collègues ?

Il haussa les épaules.

— Je ne connaissais pas tous ceux avec qui elle travaillait. Il y en avait trois ou quatre avec qui elle sortait peut-être une fois par mois environ. Généralement dans un pub qui se trouvait à peu près à mi-chemin de l'endroit où nous vivions tous. On se retrouvait parfois le dimanche après-midi pour boire un verre ou deux, surtout l'été. Alison s'était prise de passion pour un vieux jeu de jardin de pub appelé bat and trap.

— Et comment allez-vous, M. McIntyre ? Vous en sortez-vous ?

Il soupira.

— Ça a été dur. Ces derniers temps, je peux passer quelques jours sans penser à elle. Et puis je m'en souviens, et je me sens coupable de ne pas avoir pensé à elle. Je n'imagine pas ce que ça doit être pour ses collègues qui étaient là quand c'est arrivé.

— Comment était votre relation avec Alison ?

— Je vous demande pardon ?

— Vous entendiez-vous bien tout le temps, ou vous disputiez-vous beaucoup ?

— Nous devions nous marier en septembre de cette année. Est-ce que cela répond à votre question ?

— Toutes les relations traversent des moments difficiles, M. McIntyre. Je souhaite simplement comprendre comment était Alison en tant que personne.

— Nous nous chamaillions de temps en temps, je suppose, comme tout le monde.

— Pouvez-vous me raconter ce qui s'est passé ce jour-là de votre point de vue ?

— J'étais au travail. Il était environ midi. J'étais en réunion commerciale avec mon patron et trois collègues, c'était une conférence téléphonique avec notre bureau commercial de Swindon. La réceptionniste, Annie, a ouvert la porte et je me souviens que son visage était très pâle. Elle avait l'air d'être sur le point d'être malade. Elle m'a demandé de sortir de la pièce, et mon patron l'a engueulée pour nous avoir interrompus au milieu d'une réunion et elle a dit que ça ne pouvait pas attendre. Je me souviens qu'elle n'a jamais cessé de me regarder. Elle a dit à mon patron que c'était à propos d'Alison, et que la police était à l'accueil et voulait me parler. Je n'ai pas attendu sa réponse, j'ai quitté la pièce et j'ai couru à travers le bâtiment jusqu'à la réception. Il y avait deux policiers là-bas, et ils ont dit qu'il y avait eu un accident sur la voie ferrée. J'ai demandé si Alison allait bien, et la policière a regardé son collègue puis moi, et j'ai su. J'ai su qu'elle était morte.

Il s'essuya les yeux, et Kay poussa la boîte de mouchoirs vers lui.

— Je sais que cela doit être douloureux pour vous, et j'en suis désolée, mais j'enquête sur la mort de quatre de ses collègues qui étaient présents lors de l'accident.

McIntyre releva brusquement la tête.

— Que voulez-vous dire ? Nathan et Cameron se sont suicidés. C'est ce que j'avais entendu. Je pensais que c'était parce qu'ils ne pouvaient pas vivre avec le souvenir de ce jour-là. Je pensais que c'était parce que les antidépresseurs qu'ils prenaient ne fonctionnaient pas.

Il cligna des yeux.

— Qui d'autre est mort ?

— Lawrence Whiting et Jason Evans. Nous avons des raisons de croire que leurs décès sont d'une certaine manière liés à votre petite amie.

— Pourquoi ?

— C'est la seule chose qui relie les quatre décès. L'un des décès fait l'objet d'une enquête pour meurtre, et c'est à ce moment-là que nous avons pris conscience du lien avec les trois autres hommes.

— Pourquoi ? Quel genre de monstre ferait ça ? Ces pauvres hommes et leurs familles n'ont-ils pas assez souffert ?

— M. McIntyre, je dois vous demander, par mesure de vigilance, où vous étiez les soirs de leurs décès.

Sa mâchoire se décrocha, puis il se ressaisit.

— Je comprends que vous ne faites que votre travail, détective Hunter, mais je peux vous assurer que j'étais chez moi lors de ces occasions. Depuis la mort d'Alison, je ne sors plus beaucoup ces temps-ci.

— Quelqu'un peut-il confirmer vos allées et venues ?

Il s'adossa à sa chaise.

— En fait, oui.

Il sortit son téléphone portable et le fit glisser sur la table vers Kay.

— Je parle à ma mère tous les soirs depuis que mon père est mort dans un accident de voiture il y a deux ans, et je l'appelle toujours quand le journal de vingt-et-une heures est terminé.

— Vous n'avez pas de téléphone fixe ?

Un léger sourire traversa ses lèvres.

— Qui en a un, de nos jours ?

— Et c'est le seul téléphone portable que vous possédez ?

Il fronça les sourcils.

— Pourquoi en voudrais-je un autre ?

Kay pointa le téléphone du doigt.

— J'aurai besoin du numéro de téléphone de votre mère, s'il vous plaît.

CHAPITRE 42

Kay attendait près du bureau de l'inspecteur Jake O'Reilly pendant qu'il terminait un appel téléphonique, puis elle répondit à son sourire par le sien lorsqu'il rangea son portable.

— Hunter, je pensais que tu étais encore submergée par l'enquête sur Lawrence Whiting ?

— C'est le cas, dit-elle. J'ai entendu dire que tu t'occupais de l'affaire d'agression, Gavin Piper ?

— Je te jure, je ne sais pas ce que ce monde devient si même un flic en civil n'est plus en sécurité.

— Du nouveau ?

— On a des images de vidéosurveillance du parking, mais les caméras sont toutes orientées vers les bâtiments qui l'entourent. On ne voit qu'une petite partie du parking. On dirait que nos estimés conseillers et urbanistes étaient plus inquiets des graffeurs qui pourraient taguer les murs d'un bâtiment médiéval que des gens qui rentrent en sécurité à leur voiture la nuit.

Kay laissa le détective plus âgé continuer. Elle partageait sa frustration, mais elle réalisait que les fonds pour les caméras étaient souvent limités, et si les bâtiments historiques autour de Maidstone étaient endommagés à la place, ils recevraient autant d'appels du public. Cela ne réduirait pas leur charge de travail.

— Tu as pu voir quoi que ce soit ?

Il agita la souris de son bureau de gauche à droite.

— Viens par ici et regarde par toi-même. C'est un des tiens, non ?

— Oui. Il veut devenir enquêteur. Il a la bonne attitude.

— Eh bien, espérons que ça ne le décourage pas.

Kay déglutit, mais ne dit rien. Elle n'avait même pas envisagé cette possibilité en parlant avec Gavin la veille au soir.

O'Reilly se pencha et tira une chaise du bureau derrière lui, invitant Kay à s'asseoir.

— Merci.

— J'ai fait un montage de l'enregistrement, ça évitera d'avoir à faire défiler. Ça commence quand Piper entre dans le parking.

— D'accord.

Il appuya sur le bouton « lecture » à l'écran et l'image en noir et blanc trembla une fois avant que le film ne commence.

Dans le coin supérieur droit, Gavin apparut, les mains enfoncées dans les poches de sa veste et la démarche tranquille.

— Sa voiture est là, dans le coin inférieur gauche. Il

s'est garé sous un lampadaire, mais l'ampoule était grillée.

— Pratique.

— Ouais.

Elle regarda Gavin atteindre le milieu de l'écran, à mi-chemin de sa voiture.

Quelque chose attira son attention, et il jeta un coup d'œil par-dessus son épaule droite avant de s'arrêter.

Soudain, un homme se jeta sur le jeune agent de police, l'attaquant de son angle mort avec une charge d'épaule qui ne lui laissa pas le temps d'esquiver et l'envoya s'étaler sur l'asphalte.

Kay eut un hoquet de surprise et couvrit sa bouche de sa main.

Elle avait déjà vu des bagarres, et en avait même séparé quelques-unes durant son temps en uniforme, mais il y avait quelque chose de profondément déchirant à voir quelqu'un qu'elle considérait comme un proche collègue subir le choc d'une attaque, même si elle savait qu'il était actuellement en sécurité à l'hôpital.

Un deuxième homme apparut derrière Gavin, entrant dans le champ en courant avant de viser un coup de pied dans le dos de sa victime qui fit se crisper les reins de Kay par empathie.

— Bon sang.

Les deux hommes se penchèrent et commencèrent à le frapper à coups de poing, visant son visage et ses côtes.

Gavin se recroquevilla en position fœtale et essaya

de se protéger, mais Kay ne savait que trop bien comment cela s'était terminé pour lui.

Il n'avait eu aucune chance.

Elle fronça les sourcils lorsqu'un véhicule apparut dans le coin inférieur droit à toute vitesse, puis s'arrêta.

Les têtes des deux agresseurs se relevèrent brusquement, comme s'ils avaient été appelés, et ils se redressèrent, l'un d'eux donnant un dernier coup de pied dans les côtes de Gavin en se relevant, puis ils coururent tous les deux vers le véhicule avant qu'il ne file à toute allure.

— C'est tout ce qu'on a.

Elle cligna des yeux.

O'Reilly se pencha et arrêta l'enregistrement, puis se rassit dans son fauteuil et croisa son regard.

— Je n'ai pas pu voir leurs visages.

— On a essayé d'améliorer la qualité, mais ça n'a rien donné.

— Et les autres caméras de vidéosurveillance ? Elles ont eu la plaque d'immatriculation du véhicule ?

— Oui, mais ça n'a servi à rien. Elle était fausse, et le véhicule a été retrouvé brûlé dans une aire de repos derrière Boughton Monchelsea hier matin. Un accélérant a été utilisé, et il n'y a pas d'empreintes.

Kay s'enfonça dans son siège.

— Je suis vraiment désolé, Hunter, mais je ne pense pas qu'on aura beaucoup de chance.

— Je sais. Il n'y a pas grand-chose sur quoi s'appuyer, n'est-ce pas ?

Il secoua la tête.

— D'accord.

Elle soupira et se redressa avant de repousser la chaise sous le bureau derrière lui, puis lui tapota l'épaule.

— Merci d'avoir essayé. Fais-moi savoir si je peux aider pour quoi que ce soit, d'accord ?

— Pas de problème.

Kay poussa la porte pour sortir dans le couloir principal et s'arrêta.

À sa droite, la salle des opérations l'attendait.

Elle vérifia sa montre, puis tourna le dos au brouhaha qui venait de ce bout du couloir et se dirigea vers les escaliers.

Elle leva la main pour saluer les agents de police qui tenaient l'accueil et passa la porte d'entrée, avant d'enfoncer ses mains dans les poches de son manteau fin et de tourner à gauche vers la rivière.

Une brise fraîche ébouriffait ses cheveux et elle leva les yeux vers le ciel gris, se demandant si un temps plus chaud allait faire son apparition avant la fin du mois, ou si elle devrait ressortir sa garde-robe d'hiver à la première occasion.

Elle appuya sur le bouton du passage piéton, ressentit un bref moment de victoire lorsque les feux de circulation passèrent presque immédiatement à l'orange, et traversa la route d'un pas tranquille.

Le trottoir faisait une courbe alors qu'elle passait devant le musée de l'autre côté de la route et marcha jusqu'à l'entrée du parking.

En traversant le parking, elle plissa les yeux en direction de l'endroit où Gavin avait été agressé.

Un grand monospace sept places et une berline moyenne de couleur bordeaux occupaient les places de stationnement où il était tombé, et en levant le menton, elle pouvait distinguer la caméra de vidéosurveillance fixée à côté du réverbère d'où O'Reilly avait obtenu les images vidéo.

Un frisson lui parcourut l'échine et elle s'arrêta, avant de faire un tour complet sur elle-même, le front plissé.

Il y avait plus d'une personne impliquée. Elle avait peut-être un nom en tête, mais il y en avait d'autres, c'était évident.

Était-elle surveillée en ce moment même ? Ceux qui avaient organisé l'agression de Gavin l'espionnaient-ils ?

Elle ne doutait pas que les hommes qui l'avaient tabassé n'étaient pas les marionnettistes qu'elle recherchait.

La personne derrière tout cela, la vendetta contre elle et ses ennuis subséquents, était trop rusée et trop intelligente pour mener elle-même une telle attaque.

Elle secoua la tête pour chasser cette pensée.

Jusqu'à ce qu'elle et l'équipe aient traduit en justice l'assassin de Lawrence Whiting, elle ne pouvait pas se permettre de laisser son attention s'égarer ailleurs. D'une certaine manière, elle savait que le temps jouait en sa faveur. Jusqu'à présent, chaque avertissement avait été réactif – elle avait dû faire quelque chose pour les provoquer.

Peut-être que si elle attendait et prenait son mal en patience pendant quelques jours, ils penseraient que leur stratagème avait fonctionné ?

— Je découvrirai qui t'a fait ça, Gavin, murmura-t-elle. Dès que cette affaire sera terminée, je m'assurerai qu'ils soient mis sous les verrous.

CHAPITRE 43

Kay tourna la page et parcourut les informations envoyées par les employeurs d'Alison.

Au début, ils avaient été réticents à les aider, mais après avoir reçu l'assurance que la police souhaitait uniquement examiner les registres pour les dates d'emploi et les absences du travail, une version épurée de ses dossiers avait été envoyée par e-mail à Debbie West.

— J'ai aussi les dossiers du médecin généraliste ici, chef, dit-elle, quelques instants avant de transférer un e-mail à Kay. J'y ai jeté un coup d'œil rapide, mais je ne vois rien qui puisse indiquer qu'elle aurait pu se suicider.

— Il n'y a aucune trace de problèmes au travail non plus. Elle ne semble pas être le genre de personne à agir impulsivement, ce qui rend encore plus difficile à comprendre le fait qu'elle se soit jetée devant un train.

Debbie tira une chaise libre et s'assit à côté de Kay.

— J'imagine que cela dépendrait du sujet de la dispute qu'elle a eue avec Kevin McIntyre.

— Tu as raison, mais même ainsi—

— Ça semble un peu extrême, non ?

— Ouais, exactement. Et elle ne donne pas l'impression d'être une drama queen.

Kay feuilleta ses notes.

— Où en étaient-ils dans la planification du mariage ? Ah, voilà, ils ont annoncé leurs fiançailles trois mois avant qu'elle ne se suicide. Le mariage devait avoir lieu en septembre de cette année.

Elle ferma son carnet et saisit son téléphone portable sur le bureau, avant de composer le numéro de Martin Campbell.

— Voyons ce que ses demoiselles d'honneur ont à dire à son sujet. Allô ? M. Campbell ? Oui, je me demandais si vous pouviez m'aider.

———

— Alors, comment se fait-il que tu m'emmènes à ça, et pas notre protégée ?

Kay lança les clés de la voiture à Barnes et se glissa sur le siège passager.

— Parce que si j'emmène Carys, je vais devoir écouter à quel point elle gère bien sa charge de travail et comment je donne soi-disant des avantages à Gavin et pas à elle, même s'il est à l'hôpital en ce moment.

Le détective plus âgé sourit en manœuvrant la voiture hors du parking du commissariat.

— On ne peut pas lui reprocher son ambition. Elle est douée.

— Ils le sont tous les deux, et j'ai beaucoup d'estime pour eux, mais parfois même ton humour douteux peut être séduisant.

— Oh, chef, tu me fais rougir.

— N'en fais pas trop.

Ils rirent, et Kay sortit son carnet pour partager ce qu'elle avait appris du père d'Alison sur la femme que sa fille avait choisie pour être sa demoiselle d'honneur.

— Bon, alors Rebecca Ashgrove. Vingt-sept ans, mariée avec un fils d'un an. On a un emploi du temps serré car elle doit partir avant quatorze heures pour aller le récupérer à la garderie. Elle est à Wateringbury.

— D'accord.

Barnes dirigea la voiture vers la Medway et ils accélérèrent une fois sortis des limitations de vitesse de la ville.

— Autre chose ?

— Selon le père d'Alison, elle ne voulait pas d'une ribambelle d'amies qui se bousculeraient pour être demoiselles d'honneur, alors elle n'en a choisi qu'une seule.

— Ça nous facilite la tâche.

Rebecca Ashgrove ouvrit sa porte d'entrée et fit entrer les deux détectives avec l'empressement d'une mère de nouveau-né, et Kay fut immédiatement frappée par l'odeur de couches et de nourriture pour bébé.

Quoi que disent les nouveaux parents, ça s'accrochait à tout, et Kay repoussa le sentiment d'envie qui menaçait de la submerger. Au lieu de cela, elle jeta un coup d'œil autour du salon, remarquant le placement soigneux des objets tranchants ou des ornements délicats, et se retourna pour voir Rebecca lui sourire.

— C'est un tout nouveau monde, genre, comme avoir la reine Elizabeth dans nos vies, dit-elle en déplaçant une petite collection de peluches du canapé pour qu'ils puissent s'asseoir. Donc je ne vais même pas m'excuser pour le désordre.

— Ce n'est pas un problème, dit Kay. Cette pièce dégage une ambiance joyeuse.

Des fossettes apparurent aux coins de la bouche de la femme.

— C'est vrai, hein ?

Son visage devint sérieux.

— Mais vous n'êtes pas ici pour parler bébés, n'est-ce pas ?

— Nous nous demandions si vous pouviez nous aider dans une enquête. Quelques informations de contexte, si vous pouvez, concernant Alison Campbell. Pouvez-vous nous en dire un peu plus sur elle ? Depuis combien de temps la connaissiez-vous ?

Rebecca s'installa dans un fauteuil et replia ses jambes sous elle.

— On se connaissait depuis le collège, presque depuis toujours. Vous savez comment c'est, un tas de gamins de différents villages tous jetés ensemble à douze ans dans une grande école. Je pense qu'on avait toutes les deux les yeux comme des soucoupes le premier jour, genre, on ne savait pas quoi faire, ni où aller. On s'est juste rapprochées l'une de l'autre, vous voyez ? Quand on a quitté l'école, Alison est partie à l'université pour étudier l'ingénierie, et moi j'ai décidé d'étudier la fleuristerie. Au moment où Alison a obtenu son diplôme, j'avais ma propre boutique à Maidstone. Elle venait, vous voyez, et m'aidait pendant ses vacances semestrielles.

— Elle aimait ça ?

— Elle était vraiment marrante, elle rendait même les tâches ennuyeuses amusantes. On prenait souvent plus de temps pour ranger ou faire l'inventaire chaque semaine juste pour bavarder, vous voyez ?

Barnes finit d'écrire.

— Y avait-il une indication qu'elle aurait pu être déprimée ?

— Non, pas du tout. Croyez-moi, je repense sans cesse aux jours avant sa mort, en me demandant si j'aurais dû remarquer quelque chose, mais il n'y a rien.

— Nous avons compris qu'elle et Kevin auraient pu avoir une dispute le matin avant sa mort, dit Kay. Savez-vous quelque chose à ce sujet ?

— C'est la première fois que j'en entends parler. Kevin ne l'a jamais mentionné.

— Restez-vous en contact avec lui ?

Elle secoua la tête, avant de baisser les yeux sur ses genoux et de tourner l'alliance à son doigt.

— Non. Je ne le connaissais qu'à travers Alison, donc pour être honnête, ce n'était pas difficile de s'éloigner après sa mort.

Elle releva la tête et haussa les épaules.

— Alison était ma meilleure amie. Je n'ai même pas pensé à rester en contact avec Kevin après.

De retour dans la voiture et en route vers Maidstone, Kay cogna son poing contre la vitre de la voiture et réfléchit aux commentaires de Rebecca.

Malgré l'affirmation de la femme qu'elle et Alison étaient meilleures amies, il ne semblait pas qu'Alison lui faisait suffisamment confiance pour lui parler de ce qui la troublait au point de penser que sa seule option était de se suicider.

Qu'est-ce qui pouvait bien tracasser la jeune ingénieure diplômée ? Avait-elle commis une erreur au travail ? Qui tenait ses collègues pour responsables de sa mort ?

— Je ferais mieux de rappeler ses employeurs quand nous serons de retour dans la salle des opérations, Ian. Nous n'avons vu que ce qui figure dans son dossier personnel officiel. Il y avait peut-être autre chose qui se passait là-bas.

— J'y pensais aussi. Je vais contacter les employeurs de McIntyre également. Ça pourrait révéler quelque chose d'intéressant, on ne sait jamais.

— Ça ne te dérange pas ? Tu as aussi la déposition de Rebecca à taper.

Barnes secoua la tête.

— Ça ne devrait pas prendre longtemps. Une fois que j'aurai supprimé les « genre » et « vous voyez », cette déposition ne fera plus qu'une demi-page, de toute façon.

CHAPITRE 44

Il mit fin à l'appel et lança son téléphone portable à travers la pièce dans un accès de rage. L'homme avait refusé de le rencontrer, malgré ses tentatives pour l'attirer vers une conversation tranquille, comme il l'avait dit.

Ses mains tremblaient et lorsqu'il se retourna pour prendre le verre d'eau à côté de lui, il sentit l'odeur de son corps et de ses vêtements non lavés. Il avait réussi à garder son sang-froid pour que la police ne soupçonne rien lorsqu'il leur avait parlé. Mais maintenant, alors que la fin approchait et que son programme de livraison de projet touchait à sa conclusion inévitable, son hygiène personnelle s'était dégradée.

Il essaya de reprendre le contrôle, repoussant la colère avec la grande gorgée qu'il prit avant de reposer le verre sur la table.

Il ne pouvait pas se permettre d'attirer l'attention sur lui. Jusqu'à présent, il avait travaillé sans interruption.

Malgré les événements malheureux impliquant la promeneuse de chien, il avait retrouvé confiance en sa capacité à livrer ses projets dans les temps. Il s'était encore enhardi après sa conversation avec la police.

Ils n'avaient aucune idée de qui commettait les meurtres, c'était évident.

Il serra les poings.

Il tendit la main vers son journal intime – celui qu'il remplissait chaque soir d'une écriture soignée au crayon doux et de phrases nettes et précises. Parfois, il lui fallait une heure ou deux pour noter toutes ses pensées et ses plans, mais il n'était pas pressé. Il n'avait nulle part d'autre où être.

Ensuite, il prenait une gomme et effaçait toute trace de ses divagations. Les mots n'étaient pas importants ; ce qui comptait, c'était de les coucher sur le papier et de les sortir de son esprit.

Quand Alison était morte, son médecin lui avait dit que tenir un journal pourrait l'aider à faire face à son chagrin. C'était devenu bien plus que cela. Parfois, il écrivait pendant ce qui semblait être une éternité, puis s'arrêtait et lisait ce qu'il avait écrit. Les mots le surprenaient souvent. Il ne savait pas d'où ils venaient, mais il reconnaissait la frustration et la colère qu'ils contenaient.

Il plaça le crayon entre les pages et ferma le journal. Il n'avait pas encore fini – son esprit faisait encore des cabrioles – mais les mots ne s'étaient pas encore formés. Au cours des derniers mois, il avait appris à prendre son temps. Il passa sa main sur la couverture en cuir gaufré et renifla avant de se frotter les yeux du bout des doigts. Alison lui avait offert ce journal pour son anniversaire l'année précédente. Elle seule comprenait son esprit agité.

Sa poitrine lui faisait mal à cause de la douleur de l'avoir perdue. Sa gorge se serra, et une nouvelle vague de larmes menaça, ses yeux le piquant. Il ne croyait pas que cette douleur le quitterait un jour, malgré les paroles bienveillantes de son médecin qui lui avait tendu une poignée de brochures aux couleurs sombres avec des titres comme « Comprendre le deuil ».

Il comprenait le chagrin, c'était certain.

C'était sauvage, dévorant. Chaque moment éveillé était passé à se demander ce que ce serait maintenant si elle était encore en vie.

Il rouvrit le journal, la page se brouillant alors qu'il continuait à écrire malgré les larmes qui coulaient sur ses joues. Parfois, c'était presque comme s'il parlait directement à Alison, comme si elle pouvait entendre les mots qu'il couchait sur le papier.

Il pouvait l'imaginer, sa tête penchée sur le côté comme elle le faisait toujours quand elle se concentrait sur ce qu'on lui disait. Elle attendait que la personne ait fini de parler, attendait encore quelques secondes, puis ses yeux s'illuminaient et le débat commençait.

Et si ? Pourquoi pas ? Et comment pourraient-ils ?

L'esprit apaisé, il mit de côté le journal une fois de plus.

Ses pensées se tournèrent vers la boîte à outils en métal qu'il gardait sous la table qui soutenait le train miniature. S'accroupissant, il ouvrit le couvercle, retira le plateau intérieur et sortit les flacons de comprimés qu'il avait gardés. Il se redressa et dévissa le bouchon du flacon. Versant le contenu dans la paume de sa main, il compta le nombre de comprimés qui restaient.

Il n'en avait pas beaucoup ; les clés qu'il avait trouvées dans la poche de Lawrence Whiting s'étaient glissées facilement dans la serrure de la porte de l'appartement de l'homme, et une rapide fouille des armoires de la salle de bain avait révélé une ordonnance à moitié utilisée pour les antidépresseurs. Il avait porté des gants, comme il avait vu la police le faire à la télévision, et s'était assuré de ne rien toucher d'autre dans l'appartement avant de se retirer et de fermer doucement la porte derrière lui.

Il prit son carnet et son stylo, où il avait noté son estimation du poids de Peter Bailey après l'avoir suivi jusqu'à chez lui après le travail plus tôt dans la semaine.

Il était resté en retrait dans l'ombre, convaincu que l'homme savait qu'il était suivi. Il vérifia le dosage par rapport au poids de l'homme. Peu importe ce que Bailey disait, il devait le rencontrer.

Il devait trouver un moyen.

Il y avait assez de comprimés pour terminer le projet final, ainsi que suffisamment pour lui. Il remit les pilules dans le flacon, resserra le bouchon et les remit dans la boîte à outils.

Il tourna une page de son carnet. Et ce faisant, ses yeux tombèrent sur la photographie encadrée qu'il avait disposée à côté des commandes du train miniature.

Il avait fait tout cela pour elle. C'était de leur faute si elle lui avait été enlevée si tôt. Ils auraient dû veiller sur elle. Ils lui avaient toujours dit qu'elle était comme une petite sœur pour eux, alors pourquoi ne l'avaient-ils pas protégée et mise à l'abri du danger ?

CHAPITRE 45

Le bruit des doigts de Barnes en train de taper sur son clavier fournissait le parfait bruit de fond pour Kay tandis qu'elle passait au crible les informations qu'ils avaient reçues des employeurs d'Alison et de Kevin.

Elle avait passé une demi-heure à parler avec sa compagnie d'assurance au sujet de l'effraction depuis leur retour dans la salle des opérations.

Au moment où elle avait été mise en attente trois fois et qu'elle avait sauté tous les obstacles pour organiser la visite d'un expert et l'envoi d'une copie du rapport de police afin que sa réclamation soit traitée, la lumière de l'après-midi s'était estompée et elle était soulagée de reprendre son travail.

— Intéressant.

— Qu'as-tu trouvé ?

Barnes tapota son écran.

— Dans le cadre du package d'emploi de Kevin lorsqu'il a commencé à travailler pour l'entreprise d'ingénierie, on lui a fourni un téléphone portable. Il est indiqué ici qu'il n'a jamais été rendu.

— Il n'a jamais mentionné un deuxième téléphone quand je l'ai interrogé.

— Mais pourquoi donc ?

Barnes leva un sourcil.

Kay regarda sa montre. Le briefing de l'après-midi devait commencer dans cinq minutes.

— Il n'y a qu'un seul moyen de le savoir. Je vais l'appeler et lui demander.

Elle tambourina des doigts sur le bureau pendant que le numéro se connectait puis sonnait, avant d'abandonner lorsqu'il bascula sur la messagerie vocale. Elle secoua la tête et raccrocha.

— Pas de réponse. As-tu le numéro du portable professionnel ?

Barnes le lui lut, puis regarda par-dessus sa tête.

— On dirait que Sharp est sur le point de commencer le briefing.

— Une minute.

Kay composa les numéros du second téléphone portable et attendit.

Une fois de plus, l'appel se connecta mais cette fois passa directement sur la messagerie vocale.

— Il ne doit pas être chargé, dit-elle.

— Il faut que tu voies ça, chef.

Kay leva les yeux du téléphone portable en entendant Carys s'approcher.

— Qu'as-tu trouvé ?

— J'ai pensé faire une nouvelle recherche sur Kevin McIntyre pour finaliser sa déclaration. Regarde ça.

Elle lui tendit le document.

— C'est l'enregistrement d'un appel téléphonique que Cameron Abbott a passé à l'officier de service la semaine avant sa mort.

— Pourquoi a-t-il fallu attendre jusqu'à maintenant pour trouver ça ?

— Son nom n'est pas apparu lorsque nous avons effectué les recherches dans la base de données en début de semaine, car il est orthographié différemment dans ce rapport.

— Qu'a signalé Abbott ?

— Cameron a dit que McIntyre le harcelait : appels téléphoniques, filature, menaces. McIntyre avait un numéro de portable différent à l'époque. Il a reçu un avertissement, mais rien d'autre. Cameron est mort trois jours plus tard.

———

Kay s'accrochait à la poignée au-dessus de la portière passager tandis que Barnes faisait déraper la voiture autour d'un mini-rond-point et accélérait à nouveau.

Dans son autre main, elle tenait son téléphone portable, transmettant des instructions à Carys pour organiser la rencontre de la voiture de patrouille la plus proche avec eux à l'adresse de McIntyre avec un mandat de perquisition.

Sa ceinture de sécurité s'enfonça dans sa poitrine

lorsque Barnes freina devant la maison, et elle mit fin à son appel.

— Tu es absolument sûre de ça ?

— Oui. Tout prend son sens. Il blâme toute l'équipe du projet pour la mort d'Alison. Il a refusé d'accepter les conclusions du médecin légiste lors de l'enquête et ne pouvait pas accepter qu'elle se soit suicidée. Il croit toujours qu'ils auraient dû faire quelque chose pour la sauver.

— Tu penses que le résultat de l'enquête l'a fait basculer ?

Kay hocha la tête.

— Oui, je le pense.

Elle s'élança hors de la voiture et se dirigea vers la maison, poussant le portail du jardin.

Quelques secondes plus tard, elle frappa à la porte malgré le fait qu'elle avait déjà sonné trois fois sans obtenir de réponse.

— Où diable est-il ?

— Le salaud, dit Barnes. Il nous a tous bernés depuis le début. Comment avons-nous pu passer à côté ?

Kay l'ignora et sonna à nouveau, gardant son doigt appuyé sur le bouton alors qu'une série de carillons résonnait dans le couloir derrière la porte.

— Tu veux que j'essaie de crocheter la serrure ?

— Non, nous avons besoin du mandat, et ce sera plus rapide de la défoncer de toute façon.

Elle passa devant Barnes et s'approcha de la fenêtre de devant. La lueur orange des lampadaires se reflétait dans la vitre, et elle se pencha en avant, levant la main pour se protéger les yeux, essayant de regarder à l'intérieur de la maison.

Des rideaux en voilage l'empêchaient de voir dans la pièce, et elle jura à voix basse.

Elle se retourna et scruta la rue sombre, se demandant quoi faire ensuite.

Elle était sur le point de demander à Barnes où diable étaient les agents en uniforme pour qu'ils puissent défoncer la porte, quand elle entendit des pas qui s'approchaient. Elle pivota sur ses talons pour voir le voisin d'à côté se précipiter dans l'allée du jardin.

— Je peux vous aider ?

— Savez-vous où est Kevin ?

— Non, je suis désolé, je ne sais pas. Je ne l'ai pas vu depuis quelques jours. Il avait l'air un peu fatigué.

Barnes renifla à cette malheureuse expression, et Kay lui lança un regard noir avant de se retourner vers le voisin.

— Quand l'avez-vous vu pour la dernière fois ?

— Je pense que c'était il y a deux jours. Je suis content que vous soyez là. Je commençais à m'inquiéter pour lui.

Une voiture de police, gyrophares allumés, s'arrêta brusquement au bord du trottoir et deux agents sortirent du véhicule avant de se précipiter vers eux. L'un d'eux portait un bélier ; l'autre lui tendit le mandat.

— Enfin, dit Kay.

Elle vérifia le mandat avant de pointer la porte d'entrée.

— Faites-nous entrer là-dedans.

Les yeux du voisin s'écarquillèrent.

— Attendez, je pense que j'ai une clé de la porte d'entrée quelque part.

— Dépêchez-vous, allez les chercher.

Barnes faisait les cent pas sur l'aire pavée devant la porte d'entrée, et Kay essayait d'ignorer les démangeaisons dans son œil droit pendant qu'ils attendaient. Après quelques minutes, le policier avec le bélier leva un sourcil.

— Je peux ?

Kay soupira et regarda sa montre. Au moment où elle allait donner l'ordre, le voisin apparut à la grille du jardin et se précipita vers elle.

— Je les ai trouvées. Les voici.

Barnes tendit une paire de gants à Kay. Elle les enfila avant de prendre les clés des mains du voisin et d'en insérer une dans la serrure.

La porte s'ouvrit facilement. Elle poussa du pied trois enveloppes sur le paillasson et lança par-dessus son épaule :

— Barnes, tu viens avec moi. Les autres, restez dehors.

CHAPITRE 46

La première chose que Kay remarqua fut l'odeur. C'était comme si son nez et sa gorge étaient agressés. La puanteur de nourriture pourrie, de vêtements sales et de canalisations bouchées envahissait ses sens.

— Pas étonnant qu'il ait voulu venir au commissariat pour nous parler, dit Barnes. Cet endroit est un vrai taudis.

Le voisin haleta depuis sa position sur le pas de la porte.

— Je n'en avais aucune idée. Qu'est-ce qui ne va pas chez lui ? Est-ce qu'il va bien ?

Kay ne répondit pas et poussa plutôt la porte à sa droite. Elle menait à un salon de taille moyenne qui n'avait pas été nettoyé depuis des mois. Faisant attention où elle marchait, elle commença à faire lentement le tour de la pièce, ses yeux parcourant les étagères poussiéreuses, la télévision qui ne semblait pas avoir été allumée depuis des semaines, et les diverses tasses de café qui avaient été laissées à moisir sur différentes surfaces.

Des boîtes de plats à emporter jonchaient le sol, ainsi qu'un assortiment de canettes de sodas écrasées au milieu et jetées sur la moquette tachée.

Elle s'approcha d'un ensemble de photographies encadrées d'argent sur l'une des étagères et examina les images.

Sur l'une d'elles, McIntyre avait les bras autour d'Alison Campbell, tous deux arborant de larges sourires. Le regard de Kay fut attiré par la grosse bague de fiançailles à la main gauche d'Alison, avant de balayer du regard les trois autres photographies.

— Elles ont dû être toutes prises pour marquer leurs fiançailles, dit-elle en pointant chacune d'elles. Un photographe professionnel, j'imagine.

Barnes regarda par-dessus son épaule.

— Il a perdu le contrôle, n'est-ce pas ? Je n'imagine pas que ça ressemblait à ça quand Alison était en vie.

Kay murmura son accord. Elle avait déjà vu cela auparavant – un conjoint ou un partenaire accablé de chagrin qui se repliait sur lui-même avec le temps, se retirant progressivement de la société et ne se souciant plus de manger ou de dormir.

Cependant, elle n'avait jamais vu quelqu'un créer activement deux vies pour lui-même, pas à ce point extrême. Le temps et l'effort que McIntyre avait consacrés à donner l'impression à ses voisins et à la police qu'il fonctionnait normalement avaient fourni un écran de fumée efficace par rapport à la réalité de son existence.

— Kay, il faut que tu voies ça.

Elle se tourna vers l'endroit où Barnes se tenait, les mains dans les poches, à côté de la table basse, la tête baissée.

Kay se pencha et ramassa un dossier couvert de taches de café. Ouvrant le rabat, elle en versa le contenu sur la table basse.

— Des photographies.

Ils s'accroupirent et commencèrent à trier les images.

Des passages à niveau, des quais, des passages piétons, des sentiers longeant des tranchées ferroviaires et des passerelles au-dessus des voies ferrées défilèrent devant les yeux de Kay.

— C'est une obsession, murmura-t-elle.

— Ici. Des horaires. Il a surligné les services express, regarde.

Kay traça du doigt la page.

— Et le dernier service.

— Ça le lie au meurtre de Jason Evans.

Barnes laissa tomber les horaires et pointa du doigt la documentation étalée sur le reste de la table.

— Des cartes, des calculs.

Il se pencha et ramassa un carnet, commença à feuilleter les pages, avant de s'arrêter et de le tenir devant Kay.

— Je crois qu'on a trouvé notre tueur.

— Je pense que tu as raison.

— Il faut le dire à Sharp.

Le cœur de Kay fit un bond, et elle attrapa la manche de la veste de Barnes et commença à le tirer hors de la pièce.

— Qu'est-ce qui ne va pas ? dit-il en trébuchant pour suivre son rythme.

Ils atteignirent la porte d'entrée et Kay fit signe aux deux agents en uniforme qui attendaient sur le pas de la porte.

— Vous deux, restez ici. Personne n'entre jusqu'à ce que l'équipe de la police scientifique arrive.

Elle tira Barnes le long du chemin du jardin vers la voiture.

— Où allons-nous ? dit-il.

Elle s'arrêta et lâcha son bras.

— Nous devons nous assurer que Peter Bailey va bien. Nous devons nous assurer que McIntyre ne l'a pas trouvé.

CHAPITRE 47

Kay frappa une deuxième fois du poing contre la porte d'entrée de l'appartement de Peter Bailey, maudissant entre ses dents.

McIntyre avait réussi à tous les berner, et alors qu'elle montait les escaliers jusqu'au troisième étage, elle s'était demandé ce qu'elle aurait fait différemment si elle en avait eu l'occasion.

Elle frappa à nouveau, puis colla son oreille à la porte.

Silence.

— Écarte-toi. On n'a pas le temps d'attendre qu'une autre patrouille arrive. Je vais utiliser mes crochets, dit Barnes.

— Dépêche-toi, Ian. Je n'aime pas ça.

Il serra les lèvres avant de s'accroupir devant la serrure et de sortir une pochette en cuir de l'intérieur de sa veste. Il en retira deux crochets, les évalua par rapport à la serrure, et se mit au travail.

Kay faisait les cent pas derrière lui, son téléphone portable à l'oreille pendant qu'elle mettait Sharp au courant pour qu'il puisse organiser le reste de l'équipe, et elle essayait d'ignorer le parfum distinct de marijuana qui s'échappait de sous la porte en face de celle sur laquelle Barnes travaillait.

Pour l'instant, sa priorité était de trouver Peter Bailey.

Une porte claqua au bout du couloir et une femme s'avança vers eux, un anorak baissé sur un jean bleu, son visage caché par un foulard et ses yeux méfiants à la vue de deux étrangers en train d'essayer de forcer l'appartement de son voisin.

Kay termina son appel et sortit sa carte de police.

— Avez-vous un double des clés de cet appartement ?

La femme secoua la tête avant de baisser les yeux et de se précipiter.

— Quartier sympathique, marmonna Barnes.

— Ça aurait été trop facile.

— Voilà.

Il se redressa et tourna la poignée.

La porte d'entrée s'ouvrait sur le salon, la lumière du couloir commun se répandant sur une moquette verte élimée.

— Peter ? C'est l'inspectrice Hunter de la police du Kent. Êtes-vous là ?

N'obtenant aucune réponse, elle fit un signe de tête à Barnes et enfila une paire de gants. Dans la douce lumière orangée d'un réverbère à l'extérieur de la fenêtre de devant, sa première pensée fut que la pièce était peu meublée et avait désespérément besoin d'une nouvelle couche de peinture. Sa pensée suivante fut que toute l'atmosphère avait l'air d'une vie en suspens.

Elle renifla, l'odeur d'une activité culinaire récente flottant depuis la direction d'une petite cuisine sur le côté du salon.

— Je m'occupe de la salle de bain et de la chambre.

— D'accord.

Kay attendit que Barnes ait disparu sous une arche basse qui séparait le reste de l'appartement du salon avant de se déplacer au-delà d'une table basse et de jeter un coup d'œil aux papiers étalés sur sa surface. Elle fouilla parmi les magazines de moto et une brochure de vacances d'une des agences de voyage locales, mais ne trouva rien qui indique où Bailey pourrait être.

Ensuite, elle retira les coussins du canapé, grimaçant devant les miettes de pizza séculaires et autres détritus tombés entre les fissures, avant de les jeter sur le côté et de se déplacer vers une petite kitchenette sur le côté du salon.

Un pack de quatre bières se tenait à côté du grille-pain, des miettes éparpillées autour de sa base, tandis que l'emballage extérieur d'un plat préparé pour micro-ondes avait été laissé sur le plan de travail plus près du réfrigérateur.

Kay l'ouvrit, examina le maigre contenu, et le referma d'un coup sec avec un soupir d'exaspération avant d'ouvrir la porte du micro-ondes. Un plat en plastique contenant ce qui semblait être des lasagnes avait été laissé sur le plateau en verre. Elle tendit la main et posa son doigt sur la surface du film plastique.

C'était encore chaud.

Où que soit Bailey, il était parti précipitamment.

— On a dû le rater de quelques minutes, murmura-t-elle.

Elle ferma le micro-ondes et commença à vérifier les placards – les gens cachent des choses dans des endroits étranges, et elle savait qu'il valait mieux ne pas écarter d'idées avant d'avoir effectué une recherche approfondie.

Finalement satisfaite, elle quitta la pièce et vit Barnes traverser le couloir de la salle de bain à la chambre.

— Quelque chose ?

— Pas encore. Et toi ?

— Non.

Elle laissa échapper un soupir exaspéré, puis sortit son téléphone de son sac alors qu'il commençait à sonner.

— Chef ?

— Situation ?

— Nous sommes dans l'appartement. Aucun signe de Bailey. Nous continuons les recherches.

— J'ai organisé la venue d'une voiture de patrouille. Si nécessaire, ils resteront sur place une fois que vous aurez terminé votre fouille.

— Merci.

Kay déglutit. Il semblait qu'elle n'était pas la seule à penser que l'appartement pourrait bien devoir être déclaré scène de crime s'ils ne trouvaient pas l'occupant sain et sauf.

— On a presque terminé ici. Je vous rappellerai dans un moment pour une autre mise à jour.

Le téléphone de Kay vibra, et elle le porta à nouveau à son oreille.

— Grey ? Je suis un peu occupée en ce moment.

— Ton mystérieux numéro de portable s'est activé il y a trente minutes. Il a appelé quelqu'un. Tu reconnais ce numéro ?

Elle se figea en écoutant, les chiffres tournoyant dans sa tête. La séquence lui semblait familière, mais elle n'arrivait pas à la situer. L'angoisse commença à s'insinuer dans ses veines, accélérant son rythme cardiaque alors qu'une idée commençait à se former.

— Appelle Carys. Vois si ça correspond à quelqu'un dans notre base de données.

— Je m'en occupe. Je te rappelle tout de suite.

— Merci, Grey.

— Kay ?

Barnes émergea de la chambre et brandit un téléphone portable.

— Est-il protégé par un mot de passe ?

— Non.

Il fit glisser l'écran et accéda au journal des appels récents avant de le passer à Kay.

— Kevin McIntyre ?

— Depuis son ancien téléphone professionnel. Il y a une demi-heure.

— Bon sang, on arrive trop tard.

CHAPITRE 48

Kay signa le registre de la scène de crime que l'agent en uniforme lui mit sous le nez devant la maison de McIntyre, enfila une combinaison et des surchaussures et entra d'un pas lourd dans le couloir.

— Harriet ? Où es-tu ?

— Dans le salon.

Kay poussa l'un des techniciens de la police scientifique qui sortait de la pièce et essaya de calmer sa voix. Paniquer ne servirait à rien ; elle devait rester concentrée et transmettre l'urgence à Harriet et son équipe sans perturber leur méthode de traitement de la pièce.

— J'ai besoin de voir la carte et les calculs qui étaient sur la table basse, dit-elle. Il a fait une autre victime, et nous devons le trouver maintenant.

Harriet tourna brusquement la tête vers deux techniciens qui étaient blottis dans un coin du salon, enregistrant soigneusement les preuves saisies.

— Vous deux, où sont les documents dont l'inspectrice Hunter a besoin ?

— Ici, dit l'un d'eux.

— Merci, dit Kay.

Elle se retourna en entendant une voix familière dans le couloir.

— Reste là, Dave.

Elle sortit de la maison avec Harriet sur ses talons et la présenta de nouveau au sergent de la police ferroviaire.

— Je sais qu'il y a déjà trop de monde sur cette scène de crime, mais Dave connaît le réseau mieux que nous.

Elle lui tendit les cartes et le carnet, puis se tint à ses côtés pendant qu'il enfilait une paire de gants et feuilletait les pages.

Chaque combinaison de notes comprenait un croquis sur la page de gauche du carnet, avec les dates et heures correspondantes sur la page de droite. Les croquis étaient composés d'une série de lignes droites, de flèches entre des cercles et, de manière glaçante, d'un bonhomme allumette dessiné à côté de l'une des lignes.

— Est-ce un journal des meurtres ?

— Je pense que c'est la façon dont McIntyre calcule les horaires et les vitesses des trains, dit Walker. Ces lignes droites représentent les voies, les cercles sont les gares, et les flèches ont des chiffres à côté, la distance entre les gares.

Il brandit la carte pliée de la région sur laquelle des flèches au crayon étaient griffonnées.

— Ça correspond à ceci.

— Et les croix sont les sites des meurtres ?

— Mais rétrospectifs, regardez.

Il revint au début.

— C'est un dessin approximatif de ce à quoi ressemblait le site de la mort de Cameron Abbott, mais avant cela, vous avez des pages de notes où il recherche le prochain endroit. Horaires des trains, visibilité, facilité d'accès à chaque site. Puis sur cette page, nous avons le site où Nathan Cox a été tué ; quelques pages plus loin, Lawrence Whiting, et puis Jason Evans plus récemment.

— Est-ce que ça nous montre où nous trouverons Peter Bailey ?

Walker fouilla dans les pages jusqu'à ce qu'il trouve l'entrée la plus récente.

— Non, regardez, il est encore en train de déterminer où pourrait être cet endroit.

— Pouvez-vous déduire de ces notes où nous pourrions le trouver ?

— Je vais essayer.

Elle voulait lui dire de se dépêcher, qu'une autre vie était en danger, mais elle savait que ça n'aiderait pas. Au lieu de cela, elle arpenta le jardin de devant, ignorant l'air humide qui tourbillonnait autour d'elle, et résista à la tentation de regarder sa montre.

Tous les meurtres avaient eu lieu pendant l'heure de pointe des travailleurs, dans l'obscurité, et le temps pressait.

— Je l'ai.

Elle se précipita vers l'endroit où se tenait Walker, son doigt posé sur un point de la carte.

— L'express de Victoria ne s'arrête pas à cette gare.

— Pourquoi là ? Pourquoi maintenant ?

— Par une soirée comme celle-ci, si le personnel de la gare n'a pas besoin d'être sur le quai, ils n'y seront pas, il fait trop froid. Les caméras de vidéosurveillance ne sont placées qu'au parking et au guichet, et à l'extrémité de chaque quai.

— Vous en êtes sûr ?

Ses yeux rencontrèrent les siens.

— Vous avez de meilleures idées ?

— On peut envoyer des voitures de patrouille sur d'autres sites, si vous pensez qu'il pourrait être ailleurs.

Il se frotta le menton et désigna deux autres endroits.

— Ici. Il y a des travaux en cours sur chacun de ces sites. Sur la base de la façon dont il a tué Jason Evans, nous allons aussi couvrir ceux-là. Je peux organiser l'une de nos patrouilles pour aller à celui-ci, si vous pouvez gérer une voiture pour aller à cette autre gare, à Harrietsham.

Kay se tourna vers Barnes.

— Signale-le par radio. Nous devons bouger.

———

Kay claqua la portière de la voiture et courut vers l'entrée de la gare, sans attendre de voir si Barnes suivait.

En passant devant le guichet et en débouchant sur le quai, elle s'arrêta net et écouta.

— Quelque chose ? murmura Barnes en la rejoignant.

— Non. On se sépare ?

— Ce sera plus rapide. Je prends l'autre côté.

— Il y a un passage piéton là-bas.

— Tu as ta radio à portée de main ?

— Oui.

— Bien. Je ne fais pas confiance à ce type, Kay. La sécurité d'abord, ok ?

— Ok.

Elle regarda Barnes s'éloigner en courant, sa silhouette avalée par le brouillard qui s'abattait sur le village, puis elle commença à arpenter le quai, balayant du regard les bâtiments faiblement éclairés, et elle sortit son téléphone portable.

— Carys, c'est moi. Contacte la compagnie ferroviaire. Dis-leur qu'ils doivent arrêter tous les trains sur la ligne Londres-Maidstone. Kevin McIntyre a kidnappé Peter Bailey, et nous ne savons pas où il est. Nous essayons de le localiser.

Elle mit fin à l'appel et jeta un coup d'œil à l'affichage numérique au-dessus du quai qui listait les prochaines arrivées. Un train express était prévu pour passer par la gare dans les vingt minutes, à destination d'Ashford.

Elle devait trouver Bailey. Elle ne pouvait pas laisser McIntyre prendre une autre vie.

— Du nouveau ?

Elle sursauta lorsque sa radio grésilla, puis la porta à ses lèvres.

— Rien. Et toi ?

— Non plus.

— Je peux vous aider ?

— Bon sang.

Kay bondit loin de la porte qui s'ouvrit à sa droite et lança un regard noir à l'homme à lunettes qui l'observait.

— Désolé, je ne voulais pas vous faire peur. Je vous ai vus, vous et votre ami, rôder dans les parages. Que voulez-vous ?

Kay brandit sa carte de police et reprit son souffle.

— Nous cherchons quelqu'un. Avez-vous vu quelqu'un agir de façon suspecte par ici depuis la tombée de la nuit ?

— Non, je n'ai vu que les travailleurs habituels qui descendent du train pour rentrer chez eux. Ils ne s'attardent pas. Soit quelqu'un vient les chercher au point de ramassage à l'extérieur, soit ils ont leur propre voiture.

— Un instant.

Kay leva un doigt pour faire taire le chef de gare et répondit à son portable.

— Hunter.

— Chef ? Un agent en civil a repéré la voiture de McIntyre abandonnée sur le parking de la gare de West Malling.

La gorge de Kay se serra.

— Un signe de McIntyre ?

— Non. Vous êtes loin ?

— Cinq à dix minutes. Où est l'agent maintenant ?

— Il vous attend sur le parking. Il est sur sa moto et dit que si McIntyre monte dans sa voiture, il fera de son mieux pour l'empêcher de partir.

— Préviens Dave Walker par radio et fais en sorte qu'une voiture de patrouille arrive là-bas le plus vite possible. On arrive.

Elle mit fin à l'appel, plaça ses doigts entre ses lèvres et émit un sifflement perçant qui atteignit l'autre quai et fit reculer le chef de gare de deux pas.

— Barnes, on s'en va. Maintenant !

CHAPITRE 49

Kay bondit de la voiture avant même que Barnes n'ait fini de freiner, et se mit à courir.

Le brouillard tourbillonnait autour de ses chevilles, l'air lourd et humide réduisant les lumières au-dessus d'elle à de simples points lumineux et étouffant tous les sons.

La voiture de McIntyre avait été garée de façon désordonnée dans l'espace le plus proche de la gare, avec une seule autre voiture à proximité.

L'officier en civil leva la main en signe de salut lorsqu'elle s'approcha.

— Restez avec la voiture. Ne le laissez pas partir, cria-t-elle par-dessus son épaule en passant en trombe, les pas de Barnes résonnant derrière elle.

Arrivée aux bâtiments de la gare, elle s'arrêta net, balayant du regard les quais vides.

Dans la fraîcheur du soir et la faible luminosité, la gare avait un aspect fantomatique, dépourvue des voyageurs réguliers qui commenceraient bientôt à arriver par les services express en provenance de Londres. Un calme lugubre enveloppait les bâtiments déserts tandis qu'ils arpentaient le quai, scrutant les coins sombres et regardant par-dessus leurs épaules.

— Où es-tu, espèce de salaud ?

— Bon sang, je ne vois rien dans ce brouillard, dit Barnes.

Il pivota et fit face à l'autre direction, puis soupira et accéléra le pas pour la rattraper.

— Tu l'aperçois ?

— Non. À quelle distance sont Carys et la voiture de patrouille ?

— À seulement une dizaine de minutes.

— Merde. On va le perdre.

Elle évalua rapidement la disposition de la gare.

— Bon, tu prends ce côté du quai, je prends l'autre. Si on ne le trouve pas ici, on traversera par la passerelle au bout et on vérifiera l'autre côté.

— Compris.

Ils se séparèrent, et Kay scruta les ombres entre les bancs en aluminium boulonnés au quai, vérifiant les poignées de porte et progressant vers l'extrémité.

Son téléphone portable sonna, et elle le fit taire rapidement avant de le porter à son oreille.

— Allô ?

— Un train est attendu dans moins de cinq minutes, dit Walker. Nous sommes en route, mais il ne doit pas s'arrêter, c'est un service express partant de Sevenoaks pour Maidstone. Il n'a aucune chance de le prendre pour s'échapper.

— Merci.

Elle mit fin à l'appel et s'orienta.

La voie à sa gauche s'étirait au loin, et elle jeta un coup d'œil dans la tranchée assombrie. Personne ne bougeait. Elle frissonna alors que l'humidité de la nuit commençait à s'infiltrer dans ses os, la glaçant jusqu'à la moelle.

— Kay ?

— Oui ?

Barnes se déplaçait entre le guichet et le bloc sanitaire, sa silhouette disproportionnée dans la lumière déformée des tubes fluorescents qui éclairaient le quai parmi le brouillard envahissant.

— Du nouveau ?

— Non. Walker dit qu'un train express est attendu d'une minute à l'autre, mais il ne s'arrêtera pas ici. Continue de chercher.

Il hocha la tête et s'éloigna, et Kay reprit ses recherches.

Elle atteignit le bout du bloc sanitaire et le rejoignit à l'extrémité du quai.

— Du succès ?

Il secoua la tête.

— J'entends des sirènes.

— Les renforts. Au moins, on pourra élargir la zone de recherche.

Kay se retourna et plissa les yeux le long du quai, au-delà du guichet et vers l'entrée du parking.

— On ne l'a pas raté, hein ?

— Je ne pense pas. On va essayer l'autre côté.

Kay se retourna brusquement en entendant un cri derrière elle, juste à temps pour voir une silhouette tomber de la balustrade de la passerelle qui enjambait les voies au-dessus d'eux.

Un hurlement perça l'air.

— Là !

Elle s'éloigna de Barnes, le bruit de ses pas qui martelaient la surface en béton créant un écho sourd sur les briques du guichet voisin. En s'approchant de la passerelle, elle put voir un homme suspendu à la rambarde qui longeait le haut de la balustrade, ses jambes en train de se balancer tandis qu'il essayait de trouver un appui pour se hisser.

Au loin, le klaxon familier à deux tons d'un train express perça le brouillard.

Kay agrippa la rambarde pour pivoter au coin alors qu'elle bondissait dans les escaliers, juste à temps pour voir les mains de Kevin McIntyre perdre leur prise, ses cris étouffés par le brouillard tourbillonnant.

— Barnes ! Avec moi !

CHAPITRE 50

Kay se jeta sur la balustrade, se pencha et se retrouva à fixer les yeux de Kevin McIntyre.

— Aidez-moi !

Il avait perdu sa prise sur la rambarde, mais était maintenant suspendu par sa main gauche à un câble qui s'étendait sur toute la longueur de la passerelle. Celui-ci s'affaissait dangereusement, et Kay réalisa que si elle ne le remontait pas d'une manière ou d'une autre, il serait emporté sous le train lorsqu'il passerait en dessous.

Elle tendit les deux mains, enroula ses doigts autour du tissu fin des manches de sa veste, et essaya de le hisser.

Elle n'arrivait pas à le soulever.

Paniquée, elle jeta un coup d'œil par-dessus son épaule.

Barnes avait atteint le haut des marches, la main sur le côté alors qu'il reprenait son souffle avec difficulté.

— Ian, aide-moi !

Il courut jusqu'à l'endroit où elle se tenait, se pencha et saisit le bras droit de McIntyre.

— Donnez-moi votre autre main, cria Kay.

— Je ne peux pas, vous allez me lâcher.

— Non, on ne vous lâchera pas. Vous êtes trop bas, Kevin. On doit vous remonter. Donnez-moi votre main.

Barnes regarda par-dessus son épaule.

— Bon sang, le train est là, Kay !

— Je sais, ne lâche pas.

Le klaxon du train résonna plus proche, derrière eux, et en dessous de leur position, les rails d'acier commencèrent à vibrer et à trembler sous le mouvement du train qui approchait.

Les doigts de McIntyre trouvèrent les siens, puis elle se pencha et saisit son poignet de son autre main. Entre elle et Barnes, ils le tirèrent suffisamment pour que ses jambes ne pendent plus sous le bas de la passerelle.

— Ne le lâche pas, Barnes.

— Ça nous épargnerait de la paperasse.

— Mais ça ne rend pas justice à ses victimes, grogna Kay. Je veux ce salaud vivant.

Elle serra les dents et s'arc-bouta contre le bord de la passerelle piétonne. Ses pieds glissèrent sur les planches mouillées, puis elle sentit le tissu de la veste de McIntyre céder un peu entre ses doigts.

Le conducteur du train fit retentir le klaxon, et par-dessus le bruit, elle entendit McIntyre hurler.

La structure du pont trembla sous le poids du train en train de passer sur les rails juste en dessous, les lumières au-dessus d'elle oscillant avec le mouvement.

Elle entendit Barnes grogner entre ses dents avant qu'il n'agrippe à nouveau les poignets de l'homme pour essayer d'avoir une meilleure prise. Ses propres bras lui donnaient l'impression d'être arrachés de leurs articulations.

Une vague de chaleur les enveloppa lorsque la locomotive passa en dessous, l'air faisant pleurer ses yeux avant que le rugissement du moteur ne s'éloigne.

Un changement de tonalité remplit ses oreilles alors que le premier wagon de passagers filait sous eux.

— Ne me lâchez pas ! S'il vous plaît, ne me lâchez pas !

Kay essaya de faire abstraction des cris de McIntyre et croisa le regard écarquillé de Barnes.

— Il glisse. Je n'arrive pas à le retenir.

— Tiens bon. Encore un peu, tiens bon.

Elle se tordit là où elle se tenait et essaya de regarder par-dessus la balustrade du pont, plissant les yeux au-delà de la portée des projecteurs et dans l'obscurité.

Le train semblait s'étirer à l'infini, les wagons disparaissant dans le noir.

Elle se demanda comment il était possible que chaque fois qu'un train la dépassait sur la voie à côté de l'autoroute, il pouvait filer en un instant, alors que maintenant il semblait prendre une éternité.

Un bruit de déchirure lui fit tourner la tête, juste à temps pour voir le tissu entre ses doigts se déchirer.

— Non !

Elle lutta avec le tissu déchiré jusqu'à ce qu'elle

puisse enrouler ses doigts autour des poignets nus et exposés de McIntyre, et elle s'y accrocha.

Il hurla à nouveau, les yeux emplis de terreur alors qu'il essayait d'écarter ses jambes du toit des wagons qui passaient.

Au-delà de l'endroit où ils se tenaient, Kay prit conscience de cris en provenance des bâtiments de la gare.

Carys se précipitait le long du quai vers eux, suivie de près par Dave Walker et deux autres agents en uniforme.

Barnes suivit son regard.

— Ils ne vont pas nous atteindre à temps.

Kay cria alors que les poignets de McIntyre commençaient à glisser de sa prise, sa sueur rendant sa peau glissante.

Elle pouvait sentir la peur qui émanait de lui, ses yeux écarquillés alors qu'il la fixait, pétrifié.

— Ne me laissez pas tomber.

— Je ne vous lâcherai pas.

Elle détourna le regard et se concentra plutôt sur la mobilisation de toutes les forces qu'elle pouvait rassembler. À côté d'elle, Barnes grogna et déplaça son poids. Elle sentit la tension se relâcher sur ses propres bras, puis le grondement du train passa.

Elle leva la tête pour voir les feux arrière du train disparaître à travers la gare et dans le brouillard.

— Allez, on va vous remonter, dit Barnes.

Il tirait déjà McIntyre vers la rambarde, et Kay

réalisa que sans la force du train passant en dessous, le corps de McIntyre n'était plus entraîné hors de portée.

Elle serra les dents, se pencha et saisit la ceinture de l'homme alors que Barnes le hissait par-dessus le bord.

Il atterrit en tas à leurs pieds, et Kay dut faire un effort pour ne pas s'effondrer à côté de lui.

Au lieu de cela, elle se redressa sur des jambes tremblantes et s'appuya contre le côté de la passerelle pendant que Barnes s'accroupissait et lisait ses droits à McIntyre.

— Kevin McIntyre, vous êtes en état d'arrestation pour les meurtres de Nathan Cox, Cameron Abbott—

— Ce n'était pas moi, vous vous trompez complètement !

— Lawrence Whiting et Jason Evans. Vous n'êtes pas obligé de—

— C'est le père d'Alison, c'est lui qui les a tous tués ! Je vous en prie, écoutez-moi.

Kevin se dégagea de l'emprise de Barnes sur son bras et les foudroya tous deux du regard.

— J'avais convenu de le rencontrer ici. Sa voiture est sur le parking près de la mienne. J'essayais de comprendre qui pouvait tuer tous nos amis, et j'ai fait l'erreur de lui faire confiance. Quand nous sommes arrivés ici, il m'a dit qu'il voulait parler d'Alison. Il a suggéré que nous marchions pendant notre conversation.

Il secoua la tête.

— Je suis un idiot. J'ai commencé à douter de ma théorie, et puis quand nous sommes arrivés ici, il m'a maîtrisé.

— Où est Peter Bailey ?

— Je lui ai payé une chambre dans un motel à Ashford. Il est en sécurité. Je lui ai dit de ne pas bouger, de ne pas répondre au téléphone ni à la porte. Sauf si c'était moi.

Kay plissa les yeux.

— Alors, où est Martin Campbell ?

Kevin pointa du doigt par-dessus son épaule dans l'obscurité.

— Il vous a vus arriver, m'a poussé par-dessus le bord du pont, et puis il s'est enfui. Il est parti dans cette direction, le long des rails.

CHAPITRE 51

— Reste ici avec lui, Ian, dit Kay avant de courir le long de la passerelle.

Elle dévala les marches aussi vite qu'elle le put, manquant de percuter Carys en bas.

— C'est le père d'Alison, Martin Campbell. C'est notre tueur. Viens avec moi. Vous deux, dites à cet agent en civil de rester ici et de s'assurer que Campbell n'essaie pas de s'échapper par les quais ou de retourner à sa voiture. Avez-vous des lampes torches que nous pourrions utiliser ?

— Voilà.

— Merci. Contactez le central par radio et demandez qu'une voiture se rende chez Campbell. Qu'ils obtiennent un mandat de perquisition et sécurisent les lieux. Ils devront aussi interroger sa femme. Allez sur la route principale au cas où il essaierait de grimper le talus depuis la voie ferrée.

— Compris.

Les deux agents leur remirent les lampes torches avant de courir vers leur voiture, le plus âgé des deux portant déjà sa radio à la bouche.

Kay pivota sur ses talons et s'accroupit, descendant sur les rails avant d'aider Carys, puis toutes deux se mirent à courir dans la direction indiquée par McIntyre.

— Et s'il mentait, Kay ?

— On ne peut pas prendre ce risque. J'ai cru voir quelqu'un sur le pont avec McIntyre, mais je n'étais pas sûre à cause du brouillard. Si cette personne est innocente, pourquoi fuir ?

En guise de réponse, Carys jura en trébuchant sur une traverse.

— Attention ! Le troisième rail est électrifié. Ralentis.

Elles continuèrent à balayer de leurs faisceaux les broussailles de chaque côté de la voie, leur respiration étant le seul bruit dans le calme de la nuit.

— J'imagine ce que Larch a dit quand il a appris qu'on voulait arrêter le train.

— Ils ne les ont pas arrêtés.

Kay se retourna brusquement.

— Comment ça, ils n'ont pas arrêté les trains ? Je croyais que c'était le dernier à passer par ici ?

— Je suis désolée, chef. Sharp a fait de son mieux, Dave Walker aussi. Larch a dit que tu n'avais pas un dossier assez solide pour arrêter les trains. Ça coûte trop cher. Si tu te trompes, Larch a dit qu'il pourrait y avoir toutes sortes de retombées politiques. Il dit qu'on n'a aucune preuve que notre suspect est ici, à part une voiture abandonnée.

— Tiens ma lampe.

Kay retourna son téléphone portable dans sa main et appuya sur la touche de numérotation rapide.

Sharp répondit en quelques secondes.

— Où êtes-vous ?

— Martin Campbell est le tueur. Il a jeté McIntyre par-dessus une passerelle. McIntyre est avec Barnes maintenant. Carys et moi essayons de rattraper Martin Campbell. C'est quoi cette histoire de trains qui ne sont pas arrêtés ?

— Larch dit qu'il ne fera arrêter les trains que s'il est convaincu que le tueur est là. Je suis désolé, Kay. Où êtes-vous maintenant ?

— Sur les putains de rails.

— Pourquoi ?

— Parce que Martin Campbell est parti par là il y a quelques minutes. Je suis à sa poursuite avec Carys. Vous devez arrêter les trains.

Il y eut un bruissement au bout de la ligne, et Kay réalisa qu'elle avait été sur haut-parleur tout ce temps. La voix suivante qu'elle entendit fut celle de Larch.

— Vous n'avez aucune preuve que Martin Campbell est votre tueur. Retournez auprès de Barnes et arrêtez McIntyre.

— McIntyre était suspendu à la passerelle quand nous l'avons trouvé. Il a failli mourir, hurla Kay. Quelle preuve de plus vous faut-il, bon sang ?

Elle mit fin à l'appel, furieuse.

— Je ne vois rien dans ce brouillard, marmonna Carys.

— Moi non plus.

Kay jura.

— Si on ne le trouve pas, on devra lancer un avis de recherche pour que tout le monde soit à l'affût dans les ports et les aéroports. À la gare d'Ashford International aussi. Ça ne m'étonnerait pas qu'il essaie de s'enfuir par la Manche.

— Au moins, il ne peut pas aller trop loin trop vite, sa voiture est toujours à la gare.

Le faisceau de la lampe de Kay dansait sur les rails tandis qu'elle balayait son champ de vision, et elle jeta un coup d'œil par-dessus son épaule.

Les lumières tachetées de la gare illuminaient la forme fantomatique de la passerelle au loin, et l'air humide s'accrochait à sa peau et à ses cheveux.

Le doute commença à envahir son esprit.

Avait-elle vraiment vu une deuxième silhouette sur la passerelle, ou le brouillard avait-il tellement obscurci sa vue qu'elle s'était trompée ?

Et si McIntyre mentait ?

Et s'il ne mentait pas ?

Le son reconnaissable d'un klaxon de train perça le brouillard.

— Quitte les rails, Carys.

Elles se déplacèrent sur le bas-côté, le ballast inégal ralentissant leur progression.

Kay ouvrait la marche, gardant sa lampe baissée pour

qu'elles puissent surveiller où elles mettaient les pieds, tandis que Carys balayait la sienne de gauche à droite, éclairant les côtés du talus. Kay leva les yeux et déglutit.

Un pont plus petit surgit de l'obscurité devant elles, la tranchée en dessous étroite et raide.

Elle regarda par-dessus son épaule.

Aucun train n'approchait de la gare derrière elles.

L'heure de la décision.

Si elles entraient dans la tranchée et s'y trouvaient encore quand le train passerait en rugissant, elles n'auraient que l'autre voie pour se déplacer.

Si un autre train arrivait en sens inverse, elles n'auraient nulle part où aller.

Si elles n'entraient pas dans la tranchée, elles ne rattraperaient peut-être jamais Campbell.

Carys la heurta involontairement.

— Kay ?

Elle secoua la tête.

— On va devoir attendre ici que le train passe.

Le ballast commença à trembler et à bouger sous ses pieds, et elle écarta les bras pour garder l'équilibre alors que les rails se mettaient à chanter.

Carys poussa un cri, puis le faisceau de sa lampe tournoya dans l'air avant de s'éteindre.

— Merde, désolée, j'ai perdu ma lampe !

Sa voix était étouffée dans l'air épais, mais Kay pouvait entendre la panique dans sa voix.

— Ce n'est pas grave. On a encore celle-là.

Une branche craqua à quelques mètres devant elles

sur la voie, et Kay dirigea le faisceau de sa lampe dans cette direction.

Une silhouette apparut dans la lumière de la torche, son pied droit en suspens au-dessus du troisième rail.

— Martin, éloignez-vous des rails.

Il poussa un soupir tremblant, les épaules affaissées.

Kay leva une main pour se protéger les yeux des phares du train qui approchait, et commença à marcher vers lui. Elle réalisa que le conducteur ne le verrait qu'au dernier moment ; la visibilité était si mauvaise.

Le train roulerait plus lentement à cause des conditions météorologiques, mais c'était encore trop rapide. La compagnie ferroviaire avait un horaire à respecter si elle voulait ramener ses passagers chez eux à l'heure.

— Martin, écartez-vous, cria-t-elle. Il faut qu'on parle.

— Il n'y a rien à dire.

Kay accéléra le pas, le bruit de ses chaussures et de celles de Carys qui crissaient sur le ballast s'estompant désormais face à l'énorme force qui fonçait sur eux à toute allure.

— Il n'y a rien à dire, hurla-t-il.

Elle s'arrêta à un mètre de lui et regarda à sa droite.

Les phares du train illuminaient maintenant clairement la voie où se tenait Campbell, et le son du klaxon déchira l'air nocturne.

Un grincement de freins parvint à ses oreilles, mais elle savait que ce serait inutile.

Le train ne s'arrêterait pas à temps.

Il ne lui restait que quelques secondes.

Elle tendit la main et cria par-dessus le bruit du train alors que le conducteur actionnait à nouveau le klaxon.

— Martin, je vous en prie !

Le visage impassible, il se retourna pour faire face au train qui arrivait.

Kay jura intérieurement. Si elle essayait de l'attraper et qu'il la maîtrisait, ils seraient tous les deux aspirés sous le train, et elle n'avait aucune envie de mourir aujourd'hui.

Mais elle voulait que justice soit faite.

— Il va s'en tirer !

Carys la dépassa en trombe.

Avant que Kay ne puisse réagir, la jeune détective se jeta sur Martin et le percuta de plein fouet, le renversant au moment où l'avant de la locomotive passait en rugissant, les faisant disparaître de son champ de vision.

Kay hurla.

— Carys, non !

CHAPITRE 52

Kay faisait les cent pas sur le bord de la voie, l'éclat de lumière du premier wagon de passagers créant un effet stroboscopique autour d'elle tandis que les gens à l'intérieur levaient les yeux, perplexes face au freinage soudain du train.

Elle croisa le regard de l'un d'entre eux qui regardait par la fenêtre, sa bouche se déformant en un « o » de stupeur lorsqu'il aperçut le visage pâle qui traversa furtivement son champ de vision.

— Allez, marmonna-t-elle.

Elle ne pouvait pas risquer de s'approcher davantage des rails pour vérifier en dessous – pas qu'elle voulait envisager ce qu'elle pourrait y voir.

Kay repoussa ses cheveux de son visage, le souffle d'air provenant du train tirant sur ses vêtements et emplissant ses narines d'un air chaud qui gardait des relents d'huile et de graisse. Elle déglutit, essayant de contrer la peur et la bile qui menaçaient de monter.

Elle devait garder espoir.

Elle se détourna pour essayer de protéger ses oreilles tandis que le conducteur augmentait la pression sur les freins, le grincement strident lui perçant le crâne alors qu'elle tentait de garder l'équilibre sur le ballast inégal qui se dérobait sous le poids du train. Elle pointa sa torche vers le sol, s'assurant qu'elle n'était pas près du rail électrifié, puis la fit pivoter pour pouvoir compter les wagons qui passaient.

La lumière se réfléchissait sur l'épais brouillard autour d'elle, les flancs décorés des wagons n'étant qu'un flou qui émergeait de la tranchée avant que l'arrière du train ne rugisse en passant, ses feux arrière formant un phare rouge explosif dans le brouillard alors qu'il commençait enfin à ralentir.

L'attention de Kay se reporta brusquement sur les rails nus devant elle.

Il n'y avait aucun signe de Carys, ni de Martin Campbell.

Elle passa une main sur sa bouche, monta sur la voie et vérifia qu'aucun train n'approchait dans la direction opposée, avant de balayer les rails avec sa torche.

Pas de vêtements. Aucun signe de quoi que ce soit. Ou de qui que ce soit.

Elle leva les yeux vers l'arrière du train et retint un gémissement.

Était-il possible que deux personnes aient été emportées par la force du train ? L'horrible pensée que la jeune détective puisse être coincée sous l'un des wagons lui retourna l'estomac.

Comment pourrait-elle affronter les parents de la jeune femme pour leur dire que leur fille avait été si déterminée à faire ses preuves auprès de ses collègues qu'elle avait tout risqué pour traduire un suspect en justice ?

Elle courut le long des traverses vers l'arrière du train, ses pièces mécaniques cliquetant et grinçant tandis qu'il refroidissait après une décélération si rapide.

Un frisson commença à lui parcourir la nuque.

Arrivée à l'arrière du train, elle se retourna et commença à balayer de gauche à droite avec le faisceau de sa torche les voies entre le train et sa position initiale.

Elle repoussa le souvenir des restes de Lawrence Whiting au fond de son esprit et se concentra plutôt sur les détritus de chaque côté de la voie qui avaient été jetés depuis la route au-dessus de la tranchée par les automobilistes de passage et les déchargeurs sauvages. Chaque fois que le faisceau tombait sur un vêtement, elle s'approchait pour vérifier qu'il ne ressemblait pas au tailleur-pantalon que portait Carys, puis continuait.

En approchant du point où elle et l'agente de police se tenaient quand le train était passé, elle s'arrêta.

— Où es-tu, C—

Un gémissement émana des broussailles devant elle, et elle recula de surprise.

Elle dirigea le faisceau de la torche à gauche et à droite, essayant de localiser l'origine du son, mais c'était impossible dans la faible lumière.

Puis, un mouvement, et une jambe vêtue d'un

pantalon se leva dans les airs alors que quelqu'un essayait de se redresser.

Un autre gémissement.

Kay leva la torche plus haut et s'avança, les sourcils froncés.

Était-ce possible… ?

— Dégagez-vous de moi, espèce de garce.

La tête de Carys émergea des broussailles, puis le reste de son corps alors qu'elle roulait pour se mettre en position accroupie.

— Ne bougez pas, M. Campbell. Vous êtes en état d'arrestation.

La mâchoire de Kay tomba alors qu'elle s'approchait.

Carys avait atterri sur Martin Campbell et le maintenait maintenant face contre terre dans les fougères, tandis qu'elle lui lisait ses droits.

Le soulagement envahit son corps, et elle s'accroupit pour aider Carys à se relever, puis Campbell.

Gardant une prise ferme sur le bras de Campbell, elle évalua rapidement les égratignures sur le visage de l'enquêteuse.

— Rien de cassé ?

— Je ne pense pas, dit Carys, la voix haletante.

Elle leva la main pour arranger ses cheveux, et Kay remarqua que les mains de la femme tremblaient.

Elle devait la faire examiner par un médecin dès que possible, pour s'assurer qu'elle n'allait pas entrer en état de choc.

Elle leva les yeux au son des sirènes, et des lumières

bleues clignotantes familières apparurent sur le pont au-dessus d'elles, quelques instants avant que le bruit de pneus qui crissent ne lui parvienne.

— La cavalerie est là, dit-elle, et elle reporta son attention sur Campbell. Allez, venez.

Elle le prit par le bras et le fit traverser les voies, en prenant soin qu'il ne marche pas délibérément sur le troisième rail sous tension, puis elle le poussa vers le talus.

— Grimpez.

Elle grimpa la pente raide à côté de lui et garda une main sur son bras pour le guider alors qu'ils progressaient vers la route au-dessus. À un moment donné, alors qu'elle tendait la main pour le stabiliser, il arracha son bras.

— Ne me touchez pas.

Kay réprima l'envie de le pousser au bas de la tranchée et poussa plutôt un soupir de soulagement lorsqu'ils atteignirent la clôture de barbelés qui séparait le terrain ferroviaire de la voiture de patrouille.

Deux agents en uniforme sortirent du véhicule alors qu'une seconde patrouille s'arrêtait derrière la leur, et ils commencèrent à traverser la route pour rejoindre Kay. L'un d'eux sortit une paire de pinces coupantes et commença à couper la clôture jusqu'à ce qu'ils disposent d'un trou assez grand pour passer.

Kay poussa Campbell vers les deux agents puis se retourna pour aider Carys.

— Mes jambes n'arrêtent pas de trembler, marmonna-t-elle.

Arrivée en haut, Kay attendit que Campbell soit menotté et conduit au premier véhicule, puis elle tendit la main et aida Carys vers le second.

— Carys ?

— Oui, chef ?

— Ne me fais plus jamais peur comme ça.

CHAPITRE 53

Kay saisit une bouteille d'eau et ses notes sur son bureau dans la salle des opérations avant de se précipiter vers les salles d'interrogatoire au rez-de-chaussée.

Alors qu'elle passait sa carte sur le panneau de sécurité, elle entendit quelqu'un terminer un appel téléphonique avant que Larch n'émerge de l'une des salles de réunion, l'air harassé.

Elle vérifia que le couloir était vide derrière elle, puis s'approcha de lui et lui enfonça son doigt dans la poitrine.

— Vous êtes allé trop loin. Monsieur.

Il baissa les yeux sur sa main puis la regarda à nouveau. Il haussa un sourcil.

— Je n'ai aucune idée de ce dont vous parlez, inspectrice Hunter. Êtes-vous en train de me menacer ?

— Vous avez mis nos vies en danger là-bas. Vous n'avez pas arrêté les trains. Nous avons failli perdre un officier aujourd'hui à cause de vos actions. Je me fiche que vous ayez une vendetta personnelle contre moi, monsieur, mais je m'inquiète quand vous mettez en danger l'un de mes officiers, l'une de mes collègues.

Ses yeux se plissèrent.

— C'était votre décision de poursuivre le suspect. Vous étiez l'officier le plus haut gradé sur les lieux. C'était votre responsabilité de vous assurer qu'elle était en sécurité. D'après ce que je comprends, l'enquêteuse Miles a eu beaucoup de chance.

Il écarta sa main d'un geste.

— Faites attention, Hunter. Vous marchez sur des œufs.

Elle passa devant lui en trombe, sachant au fond d'elle-même qu'elle avait commis une erreur en laissant ses émotions prendre le dessus, mais incapable d'excuser le choix de son commandant divisionnaire de jouer avec leurs vies pour prouver quelque chose.

Elle prit un moment pour se ressaisir, ajusta sa veste de tailleur, et leva les yeux lorsque Barnes apparut.

Elle prit une profonde inspiration.

— Allons-y.

Lorsqu'elle entra dans la salle d'interrogatoire, Martin Campbell était absorbé dans une conversation avec son avocat.

Ses propres vêtements avaient été retirés lorsqu'il avait été enregistré par le sergent de garde, et il portait désormais une combinaison standard et des chaussures souples sans lacets. Des coupures et des éraflures couvraient son visage là où il était tombé dans les broussailles avec Carys, et malgré le fait qu'il passait sa main dans ses cheveux toutes les quelques minutes, ils restaient désordonnés.

Les deux hommes se turent lorsque la porte s'ouvrit, et Kay haussa les sourcils. L'avocat lui fit un signe de tête et reporta son attention sur les papiers étalés devant lui. Kay et Barnes s'installèrent dans leurs sièges et elle démarra l'enregistrement. Après avoir demandé à Campbell de confirmer son nom et son adresse, elle commença l'interrogatoire.

— Monsieur Campbell, pouvez-vous nous expliquer pourquoi vous avez choisi de fuir plus tôt ce soir ?

— Je pensais que c'était ce fou de McIntyre qui me poursuivait. Je devais m'échapper.

— Ce serait le même Kevin McIntyre que vous avez poussé d'une passerelle à la gare de West Malling ?

— Il est tombé. Il y a eu une lutte. Il a essayé de me jeter par-dessus le parapet. J'ai réussi à m'échapper, et j'ai couru. C'est un fou. Je pensais qu'il allait me tuer.

Il croisa les mains sur la table devant lui, et Kay pointa du doigt sa main droite.

— Vous semblez vous être arraché l'ongle du majeur.

— Je fais beaucoup de travaux de menuiserie chez moi.

Il haussa les épaules.

— Ça arrive.

Kay se pencha en avant sur son siège.

— Je ne vous crois pas, M. Campbell. Voyez-vous, nos enquêteurs de la brigade criminelle ont trouvé des restes d'un ongle dans les liens qui ont été utilisés pour attacher Lawrence Whiting aux rails du train. Les prélèvements que notre équipe de garde à vue a effectués sur vous à votre arrivée ici hier soir ont été transmis pour analyse comparative. Je suis prête à parier que l'ADN correspondra au vôtre.

La bouche de Campbell s'agita, mais aucun son n'en sortit. Il se reprit rapidement et renifla.

— C'est absurde. Kevin McIntyre est l'homme que vous devriez interroger. Je n'ai rien à voir avec le meurtre de Lawrence Whiting. Je ne connaissais même pas cet homme.

— Mais vous vous êtes assuré de faire sa connaissance, n'est-ce pas ? C'est comme ça que vous avez réussi à l'attirer pour le rencontrer. Comment ça s'est passé ? Vous l'avez appelé pour lui dire que vous vouliez parler d'Alison, pour le bon vieux temps ?

Son assurance vacilla.

— Je ne sais pas de quoi vous parlez.

— Monsieur Campbell, nos officiers sont en train de perquisitionner votre maison en ce moment. Nous avons un mandat pour fouiller les lieux. Y a-t-il quelque chose que vous aimeriez nous dire ?

Ses yeux se plissèrent et il se pencha brusquement en avant sur son siège.

Son avocat posa une main dissuasive sur son bras.

Barnes tourna une page de son carnet.

— Tous les meurtres commis sur cette portion de voie ferrée ont nécessité beaucoup de planification et beaucoup de temps. Ce genre de planification demande du dévouement. Quelqu'un qui tue de cette façon est empli de beaucoup de rage. Étiez-vous en colère qu'Alison soit morte ?

— Bien sûr que j'étais en colère, bon sang.

— Étiez-vous suffisamment en colère pour chercher vengeance ? Les blâmiez-vous tous pour sa mort ?

Campbell ne dit rien et déglutit.

Kay sortit un rapport du dossier sous son coude.

— Ceci est une copie de l'enquête du médecin légiste. Comment vous êtes-vous senti quand le médecin a conclu à une mort accidentelle, et que vous n'aviez personne à blâmer ?

— Le médecin légiste s'est trompé. C'est la faute de la compagnie ferroviaire si elle est morte. Ce sont eux qui s'en sont tirés avec un meurtre.

— Le problème, M. Campbell, c'est que ce n'était pas une mort accidentelle.

— Que voulez-vous dire ?

— Nous avons une déclaration de témoin de Peter Bailey, l'un des collègues d'Alison. Malheureusement, pour des raisons qui nous sont inconnues pour le moment, M. Bailey n'a pas été appelé à témoigner lors de l'enquête. M. Bailey maintient que ce n'était pas un accident qu'Alison soit morte.

— Bien sûr que ce n'en était pas un, dit Campbell.

Il se pencha en arrière sur son siège et leva les mains.

— C'est ce que j'essaie de dire à tout le monde depuis l'enquête. Ce n'était pas un accident, parce que leur négligence a entraîné la mort d'Alison.

Kay secoua la tête.

— Personne n'est à blâmer pour la mort d'Alison. Peter Bailey nous a expliqué qu'Alison a choisi de marcher devant ce train. Elle s'est suicidée.

Un cri étranglé s'échappa des lèvres de Campbell, et son avocat fronça les sourcils.

— J'aimerais dix minutes seul avec mon client.

Kay se pencha en avant et arrêta l'enregistrement de l'entretien.

CHAPITRE 54

Kay entra dans la deuxième salle d'interrogatoire et trouva Carys qui attendait avec Kevin McIntyre et l'avocat qu'il avait désigné.

— Vous avez des explications à fournir, dit-elle en s'asseyant à côté de Carys et en faisant signe à l'enquêteuse de commencer l'enregistrement.

Kay lut à McIntyre la mise en garde légale, puis se lança dans ses questions.

— Mais qu'est-ce qui vous est passé par la tête ?

L'homme s'essuya les yeux.

— Je voulais l'arrêter. Je savais que je n'avais pas assez de preuves pour en parler à la police, surtout après que Cameron m'avait signalé pour harcèlement.

— Que s'est-il passé ? Pourquoi vous avait-il signalé pour harcèlement ?

— J'ai essayé de le prévenir. J'avais l'impression que Martin était impliqué d'une manière ou d'une autre dans la mort de Nate, mais Cameron ne voulait pas me croire. Il disait que j'étais hystérique parce que la compagnie ferroviaire avait été exonérée de toute responsabilité dans la mort d'Alison. J'ai essayé de lui dire que ce n'était pas le problème, mais il ne voulait pas m'écouter. J'ai d'abord essayé de l'appeler, mais il a bloqué mon numéro. Je savais où il habitait, alors j'y suis allé deux ou trois fois, mais il m'a crié dessus, je ne voulais pas faire de scène devant les voisins. J'ai essayé une dernière fois, mais c'est là qu'il m'a signalé à la police. J'allais lui écrire, pour lui dire ce que j'avais découvert, mais c'était trop tard, il a été tué avant que j'en aie l'occasion.

— Qu'est-ce qui vous a fait soupçonner que Martin était impliqué dans les morts de Nathan et Cameron ?

Il s'adossa à sa chaise.

— C'est quelque chose qu'il a dit après l'enquête. Quand nous quittions le bâtiment, il y avait des journalistes dehors, mais il a réussi à faire passer Karen devant eux, et au moment de monter dans la voiture qui les attendait, il s'est tourné vers moi et m'a dit qu'il devrait prendre les choses en main. Au début, je pensais qu'il allait demander une deuxième enquête, mais ça ne s'est jamais produit. Deux mois plus tard, Nathan était mort.

Il baissa les yeux vers ses mains.

— Je sais que tout le monde a dit que c'était un suicide, mais je connaissais Nate, Alison et moi étions en bons termes avec lui, et il ne semblait pas du genre à faire ça. Je l'ai vu pendant l'enquête, et il semblait plutôt maître de lui. Choqué et bouleversé, oui, mais pas suicidaire.

— Pourquoi Alison s'est-elle suicidée, Kevin ? De quoi avez-vous discuté ce matin-là ?

Des larmes coulèrent sur ses joues.

— J'ai été un idiot. Quand j'ai terminé mon dernier contrat d'ingénierie, l'entreprise pour laquelle je travaillais n'avait rien d'autre à me faire faire, alors ils m'ont détaché auprès de l'équipe de développement commercial. Il y a eu un week-end de team building dans le Surrey. J'ai trop bu, et une des représentantes commerciales régionales aussi. Elle était jolie, et j'étais trop bête pour dire non.

Il cligna des yeux, puis utilisa la manche de sa chemise pour s'essuyer les yeux.

— Ça ne s'est produit qu'une fois, mais quand elle a appris que j'allais me marier, elle est devenue méchante et a menacé de le dire à Alison. Je ne pouvais pas laisser Ali l'apprendre d'une parfaite inconnue, alors je lui ai dit.

— Quand ?

— Le matin où elle s'est jetée devant le train. Elle est sortie de la maison comme une furie. J'ai essayé de la faire revenir, de lui dire que ça ne s'était jamais reproduit, que ça n'aurait jamais dû se produire, mais elle ne voulait pas m'écouter...

Kay lui laissa un moment pour se ressaisir avant de poursuivre.

— Kevin, nous avons vu toutes vos notes et vos cartes chez vous. De quoi s'agit-il ?

— J'essayais de l'attraper. C'est de ma faute s'il fait

ça. L'enquête a conclu à une mort accidentelle, donc la compagnie ferroviaire n'est pas à blâmer. Martin a toujours soutenu que les collègues d'Alison auraient dû faire quelque chose pour la sauver, mais comment auraient-ils pu ? Il les a blâmés, il a dit qu'ils auraient dû en faire plus pour l'arrêter.

— Est-ce qu'il était au courant de votre liaison ?

— Non. Pas avant hier soir.

Il se pencha, prit deux mouchoirs dans la boîte sur la table et se moucha.

— Quand je l'ai confronté pour la première fois sur le parking de la gare, il m'a dit qu'il allait se rendre. Il a dit qu'il voulait d'abord expliquer pourquoi il l'avait fait, alors j'ai accepté de marcher avec lui pendant qu'il parlait.

Il froissa les mouchoirs et les serra dans son poing.

— J'ai été stupide. J'aurais dû me rendre compte qu'il avait découvert que j'essayais de prévenir Peter. Il était furieux quand je lui ai dit que je savais ce qu'il faisait, et que j'irais à la police s'il ne le faisait pas. J'avais alors les preuves de Peter que Martin l'avait contacté et voulait le rencontrer seul.

— Que s'est-il passé ?

— Vous avez vu ce qui s'est passé. Il est devenu fou furieux. À ce moment-là, nous étions sur la passerelle ; à l'origine, Martin avait suggéré que nous la traversions parce que nous parlions encore. Nous étions à mi-chemin quand je lui ai parlé de ma liaison. C'est alors qu'il m'a bousculé et que j'ai perdu l'équilibre. Je ne sais pas comment, mais il a réussi à me faire basculer par-dessus le bord, puis il s'est enfui.

Kay se renversa sur sa chaise. Elle l'avait vu maintes et maintes fois en tant qu'agente en uniforme patrouillant dans le centre de Maidstone lorsque les pubs et les clubs se vidaient dans les rues aux premières heures du matin – la personne la plus frêle, alimentée par la colère, ne connaissait souvent pas sa propre force.

McIntyre mit sa tête dans ses mains, un sanglot s'échappant de ses lèvres.

— Tout est de ma faute. Elle a perdu le goût de vivre à cause de moi, et maintenant ils sont tous morts.

Kay se leva de son siège et arrêta l'enregistrement après avoir noté que l'entretien était terminé.

Il était temps d'inculper leur suspect.

CHAPITRE 55

Kay tint la porte ouverte pour Barnes, puis se dirigea vers les sièges en face de Martin Campbell et de son avocat.

Le comportement de Campbell avait changé. Là où il avait été précédemment provocant, avec un air de droiture, il y avait désormais du doute. La sueur brillait sur son front tandis qu'il passait sa main dans ses cheveux à plusieurs reprises, et même son avocat semblait méfiant, incertain quant à l'état d'esprit réel de son client.

Kay se pencha et appuya sur le bouton d'enregistrement, elle jeta un coup d'œil pour s'assurer que la caméra de vidéosurveillance dans la salle d'interrogatoire montrait un voyant rouge sous son objectif, et commença.

Après avoir officiellement mis Campbell en garde une fois de plus, elle se pencha en arrière et observa l'homme en face d'elle.

Depuis qu'elle l'avait rencontré pour la première fois, il s'était visiblement détérioré.

Là où il lui avait semblé d'abord digne dans son chagrin, préoccupé par sa femme et dévasté par la mort de sa fille, elle le voyait maintenant tel qu'il était.

Un meurtrier sournois et malfaisant qui prenait plaisir à regarder ses victimes mourir d'une mort douloureuse et terrifiante.

— Comment avez-vous découvert Peter Bailey ? Son nom n'était pas mentionné dans le rapport du médecin légiste.

— Je ne savais rien de lui jusqu'à ce que Lawrence me dise que je devrais lui parler. Je n'avais aucune idée qu'il était là au moment de la mort d'Alison. Je connaissais tous les autres, bien sûr, grâce à l'enquête.

Ses yeux se baissèrent vers ses mains sur ses genoux.

— Karen et moi sommes allés à l'audience tous les jours. Je les détestais tous. Ils étaient tous assis là, à pleurer pendant que le médecin légiste les interrogeait sur l'accident. Aucun d'entre eux ne m'a dit qu'elle s'était suicidée.

— Je ne pense pas qu'ils voulaient le croire eux-mêmes. Peter Bailey était celui qui se tenait le plus près d'elle quand c'est arrivé.

Campbell leva les yeux et posa ses mains sur la table devant lui, les poings serrés.

— Ils auraient quand même dû faire quelque chose pour l'arrêter.

— Martin, nous avons trouvé le modèle réduit de

chemin de fer. Il y a des carnets avec votre écriture dedans—

Il eut le souffle coupé, son visage devenant blanc.

Kay croisa les mains sur la table.

— Vous avez essayé d'effacer toute trace de vos notes, mais les marques sont toujours visibles. Pourquoi avez-vous fait ça, Martin ?

Il s'essuya les yeux.

— Après l'enquête, Karen et moi nous sommes retirés dans notre petit monde. Vous avez vu comment est Karen, elle ne sait même pas quel jour on est la plupart du temps, tellement elle est bourrée d'antidépresseurs. J'avais peur de la perdre aussi. Vous n'avez aucune idée, vous ne l'avez pas vue quand Alison était encore en vie. Elle était si vibrante, si joyeuse. Je devais faire quelque chose. Je devais leur donner une leçon. Alison était le membre junior de l'équipe, et ils l'avaient laissée mourir. C'était ma petite fille. Ils l'ont fait passer pour maladroite et non professionnelle lors de l'enquête. Ce n'était pas vrai. Ces hommes, ceux qui étaient là ce jour-là, ils auraient dû veiller sur elle.

— Comment avez-vous réussi à les convaincre de vous rencontrer ?

— C'était facile. J'avais toujours le téléphone d'Alison avec tous leurs coordonnées dedans. J'ai utilisé son téléphone pour les appeler, sachant qu'ils décrocheraient pour savoir qui était à l'autre bout du fil. Je leur ai demandé s'ils voulaient se rencontrer pour boire un verre tranquillement quelque part. Quelque part où je n'étais pas connu. Loin des voies ferrées. Je savais que vous, les flics, interrogeriez probablement n'importe qui présent à un cheveu de l'endroit où je les ai tués. Les antidépresseurs de Karen sont forts. Tout ce que j'avais à faire était d'en glisser dans leur verre. J'attendais toujours leur deuxième verre, pour qu'ils soient moins sur leurs gardes. Ils commençaient à se sentir somnolents en quelques instants et je leur suggérais alors de les ramener chez eux. Bien sûr, ils acceptaient.

— Sauf que vous ne les rameniez pas chez eux, n'est-ce pas ? Vous les emmeniez là où vous aviez déjà décidé de les tuer.

— Ils le méritaient.

— Comment avez-vous eu accès au site où vous avez tué Jason Evans ? La zone était clôturée avec des barrières de sécurité.

Il sourit d'un air narquois.

— Après la mort d'Alison, ses employeurs ne voulaient plus rien avoir à faire avec nous. Ils étaient trop occupés à se préparer pour l'enquête et à réfléchir à la façon d'éviter d'être blâmés. Ils nous ont évités, je pense que nous étions une source d'embarras pour eux.

Il baissa les yeux vers ses ongles.

— Quand le directeur des pompes funèbres nous a contactés et nous a demandé de récupérer les effets personnels d'Alison, il y avait une clé parmi ses affaires. Il s'est avéré que c'était une clé maîtresse pour tous les sites de la compagnie ferroviaire du réseau, ça leur évite d'avoir des clés séparées pour différents endroits.

— Alors vous l'avez gardée. Comment diable

pensiez-vous vous en tirer en assassinant ces pauvres hommes ?

Kay étala les photos de l'équipe du projet devant lui.

Un faible sourire traversa ses lèvres, puis il fronça les sourcils.

— C'était facile, au début. Ils souffraient tous de dépression après la mort d'Alison, alors c'était assez simple de faire croire qu'ils s'étaient suicidés.

— Sauf que ça s'est mal passé avec Lawrence Whiting, n'est-ce pas ?

Campbell serra les poings.

— J'ai mal dosé. Je ne m'étais pas rendu compte qu'il avait tant grossi depuis la dernière fois que je l'avais vu à l'enquête. Il semble qu'il se soit consolé avec la nourriture, ainsi qu'avec des antidépresseurs.

Il lança un regard noir à Kay.

— Ça aurait quand même parfaitement marché, cependant. Il n'allait pas s'échapper.

— Sauf qu'un témoin l'a entendu crier.

— Comme je l'ai dit, ils ont tous eu ce qu'ils méritaient.

— Non, dit Kay, ce n'est pas le cas. Aucun d'entre eux ne le méritait, n'est-ce pas ? Parce qu'Alison s'est suicidée.

— Je ne savais pas.

— Ce n'est pas une excuse. Nous avons parlé à Peter. Il dit qu'il a toujours maintenu qu'Alison s'était jetée devant ce train par choix. Kevin McIntyre avait une liaison, Alison l'a découvert et s'est suicidée. Et malgré le fait que, de votre propre aveu, vous aviez tué quatre hommes, vous avez décidé que vous n'en resteriez pas là, et que vous essaieriez aussi de tuer Kevin McIntyre.

— Oui. Il a trompé ma petite fille. Ce salaud le méritait.

L'avocat commis d'office roula des yeux et claqua son carnet sur le bureau. Kay l'ignora et garda les yeux fixés sur Campbell.

— Kevin avait déjà découvert que vous étiez responsable du meurtre du reste de l'équipe d'Alison.

Campbell se laissa aller contre le dossier de sa chaise, son air de défi s'estompant.

— Oui.

— Alors, comment l'avez-vous persuadé de vous rencontrer ?

— Je lui ai dit que j'allais me rendre. Que je ne pouvais pas vivre avec la culpabilité. Que je voulais avoir une chance de lui expliquer pourquoi j'avais fait ce que j'avais fait.

— Qu'est-ce qui a changé ?

Ses yeux se plissèrent.

— Rien. Il devait mourir.

CHAPITRE 56

Kay inséra sa clé dans la nouvelle serrure brillante et poussa la porte d'entrée, elle enleva ses chaussures d'un coup de pied et laissa tomber son sac sur la première marche de l'escalier, puis se dirigea vers la cuisine.

Adam leva les yeux du journal gratuit hebdomadaire qu'il avait étalé sur le plan de travail de la cuisine et sourit.

— Tu l'as eu ?

— Je l'ai eu.

Il glissa du tabouret en bois et franchit l'espace entre eux en quatre grandes enjambées, la serrant dans ses bras.

— Bien joué.

Elle se blottit dans son étreinte un moment, avant de s'écarter doucement, les larmes aux yeux.

— Hé, qu'est-ce qui ne va pas ?

Elle s'essuya les joues.

— Gavin est à l'hôpital, et c'est entièrement ma faute.

Adam fronça les sourcils, puis la prit par la main et la conduisit vers l'îlot central, tirant un autre tabouret pour elle.

— Assieds-toi. Que se passe-t-il ?

Elle s'accouda au plan de travail et passa la main dans ses cheveux avant de raconter à Adam comment elle avait utilisé l'ordinateur de Gavin pour poursuivre son enquête après le cambriolage de leur maison, pour découvrir le lendemain que sa carte d'accès ne fonctionnait plus, et apprendre ensuite que Gavin avait été agressé cette nuit-là sur le chemin du retour.

— Comment va-t-il ?

Elle renifla.

— Deux côtes cassées, le nez cassé et une commotion cérébrale. L'hôpital l'a renvoyé chez lui plus tôt aujourd'hui.

— Ça pourrait être une coïncidence.

Elle poussa un soupir tremblant.

— Et si ça ne l'était pas ?

— A-t-il une idée de qui l'a agressé ?

— Non, et j'ai parlé au détective chargé de l'enquête, il n'y a rien sur les caméras de surveillance. C'est comme si celui qui l'avait agressé connaissait exactement l'emplacement des caméras.

Adam passa une main sur son menton mal rasé.

— Peut-être devrais-tu laisser tomber.

— Je ne peux pas, dit Kay. Tout cela prouve que j'ai

raison, n'est-ce pas ? Quelqu'un ne veut pas que je découvre la vérité.

— Mais es-tu plus proche de découvrir qui ?

Elle secoua la tête et baissa les yeux.

— Quand je me suis connectée, les dossiers avaient été supprimés. Il n'y a aucune trace de cette arme ayant été saisie ou prise comme pièce à conviction.

— Bon sang, Kay.

— C'est plus qu'une tentative de me piéger. Il se passe autre chose, et je n'arrive pas à trouver une piste. Je ne trouve *rien*.

Adam tendit les bras et prit ses mains entre les siennes.

— J'ai toujours cru en toi, tu le sais. Et je sais que c'était mon idée de découvrir qui était derrière ton enquête des normes professionnelles, mais notre maison a été cambriolée—

— Ils n'ont rien pris—

— pour nous effrayer, avant toute chose, et Gavin a été tabassé. Ça va bien au-delà de la falsification de preuves, Kay. Quelqu'un essaie de t'arrêter. Peut-être que tu devrais les écouter.

Elle soupira et retira ses mains des siennes, puis se frotta l'œil.

— C'est vraiment ce que tu penses ?

— J'ai peur de ce qu'ils te feront si tu n'arrêtes pas.

— Je sais.

Un gémissement sonore derrière eux interrompit ses pensées, et un sourire se dessina sur le visage d'Adam.

— Autre nouvelle, Holly est maman.

— Quoi ? Quand ?

Kay bondit du tabouret de cuisine et courut vers l'endroit où Adam était assis.

Il pointa le panier de Holly, où quatre minuscules formes remuantes se blottissaient contre l'énorme chienne, qui les regardait avec de grands yeux sombres, la langue pendante.

Kay croisa les bras sur sa poitrine.

— Eh bien, tu as l'air fière de toi, Holly.

Elle jeta un coup d'œil par-dessus son épaule.

— Quel âge ont-ils ?

— Nés à dix heures ce matin. Pas de complications, alors j'ai appelé la famille, ils seront là dans un moment pour la récupérer et les ramener tous à la maison.

Kay se pencha et tapota la tête de l'énorme chienne.

— Bonne fille, dit-elle, en caressant la tête de Holly.

Ses yeux se posèrent sur les chiots qui tétaient et se bousculaient.

— Ils sont si petits.

— Ils vont grandir bien assez vite. Maurice, le propriétaire, a déjà eu des dogues allemands, alors il sait ce qu'il fait.

— Je vais peut-être aller me changer avant qu'il n'arrive.

— Pas de problème.

Elle l'embrassa en passant, puis ramassa son sac et ses chaussures avant de monter les escaliers et de se diriger vers leur chambre. Elle se déshabilla, puis alla dans la salle de bains attenante et ouvrit les robinets.

Un sanglot bruyant lui échappa, et elle s'accorda

quelques minutes pour tout laisser sortir avant de s'asperger le visage d'eau froide et de se sécher les yeux.

Elle se regarda fixement dans le miroir au-dessus du petit lavabo.

— Ressaisis-toi, dit-elle. Tu ne peux pas être jalouse d'une chienne.

Elle entendit la sonnette retentir et se précipita dans la chambre, enfilant rapidement un jean et un sweat-shirt avant de descendre en courant et d'entrer dans la cuisine, où Adam parlait au propriétaire de Holly et à son fils.

— Nous avons dit à Alec qu'il pouvait en garder un, dit Maurice.

Il ébouriffa les cheveux de son fils.

— Tu as fait ton choix ?

— Celle-ci. Elle est vraiment gentille. Et elle n'abandonne pas, regarde.

Le garçon désigna le minuscule chiot qui se frayait maintenant un chemin parmi ses frères et sœurs pour se rapprocher de sa mère.

— Tu as pensé à un nom ? demanda Kay.

Alec sourit.

— Hunter, dit-il.

Adam ricana.

— Eh bien, vous allez avoir du pain sur la planche, c'est sûr.

— Hé.

Kay lui donna une tape sur le bras, puis se retourna vers Alec.

— C'est très gentil à toi, merci.

— On devrait y aller.

Maurice tendit la main à Adam, puis à Kay.

— Merci pour tout. Je savais qu'elle serait entre de bonnes mains.

— Pas de problème, dit Adam. C'était un plaisir de prendre soin d'elle. Vous avez mon numéro. N'hésitez pas à appeler si vous avez besoin.

— Ah, nous allons essayer de vous laisser reprendre votre vie, sourit Maurice. Quand voulez-vous la voir au cabinet ?

— Je serai de retour lundi, donc si vous appelez Anna pour prendre un rendez-vous ce jour-là, ce sera parfait.

Kay aida Alec à rassembler les quatre chiots et les plaça dans la caisse de transport, et Adam tendit la laisse de Holly à Maurice avant de gratter les oreilles de la chienne.

— Bravo, Holly, dit-il.

Ils se tenaient sur le pas de la porte tandis que la famille leur faisait un signe d'au revoir, puis ils regardèrent les feux arrière de la voiture s'éloigner dans la rue.

— Allez, dit Adam. C'est l'heure du vin.

Il l'embrassa sur la joue puis s'éloigna, ses pas résonnant vers la cuisine.

— Ouais.

Kay balaya la rue du regard, cherchant les ombres entre les réverbères.

Qui observait ? Étaient-ils là, en train d'attendre une autre opportunité ?

Elle n'arrêterait pas, pas maintenant. Elle devait bien ça à Gavin.

Elle devait découvrir qui l'avait attaqué.

Elle tourna le dos et claqua la porte, faisant glisser les nouveaux verrous en haut et en bas du cadre.

Elle se redressa, puis plongea la main dans la poche de son jean, serrant le poing autour de la clé USB.

— Je vous aurai, bande de salauds.

FIN

BIOGRAPHIE DE L'AUTEUR

Rachel Amphlett est l'auteure de romans policiers et de thrillers d'espionnage les plus vendus par USA Today, et la plupart de ses livres ont été traduits dans le monde entier.

Ses romans sont disponibles en format numérique, en version imprimée et en livres audio dans les bibliothèques et chez les détaillants, ainsi que sur son site web.

Grande voyageuse et détective privée par accident, Rachel possède les nationalités australienne et britannique.

Pour en savoir plus sur les livres de Rachel, rendez-vous à l'adresse suivante : www.rachelamphlett.com.

www.ingramcontent.com/pod-product-compliance
Lightning Source LLC
Chambersburg PA
CBHW010426170726
48283CB00011B/3075

Folk Tales of Bengal

Folkeeventyr fra Bengalen

Part One
Del et

1 / 2

Lal Behari Day

English / Dansk